JA

〈JA959〉

銀河乞食軍団　黎明篇①

〈蒼橋《あおのはし》〉義勇軍、出撃！

鷹見一幸・著／野田昌宏・原案

早川書房

6487

図版イラスト：鷲尾直広

本書は野田昌宏氏の原案をもとに、なぜムックホッファとロケ松が東銀河連邦宇宙軍を退役し、〈銀河乞食軍団〉こと星海企業をたちあげることになったのか、その誕生秘話を描いた作品である。

目次

蒼橋《あおのはし》星系概念図

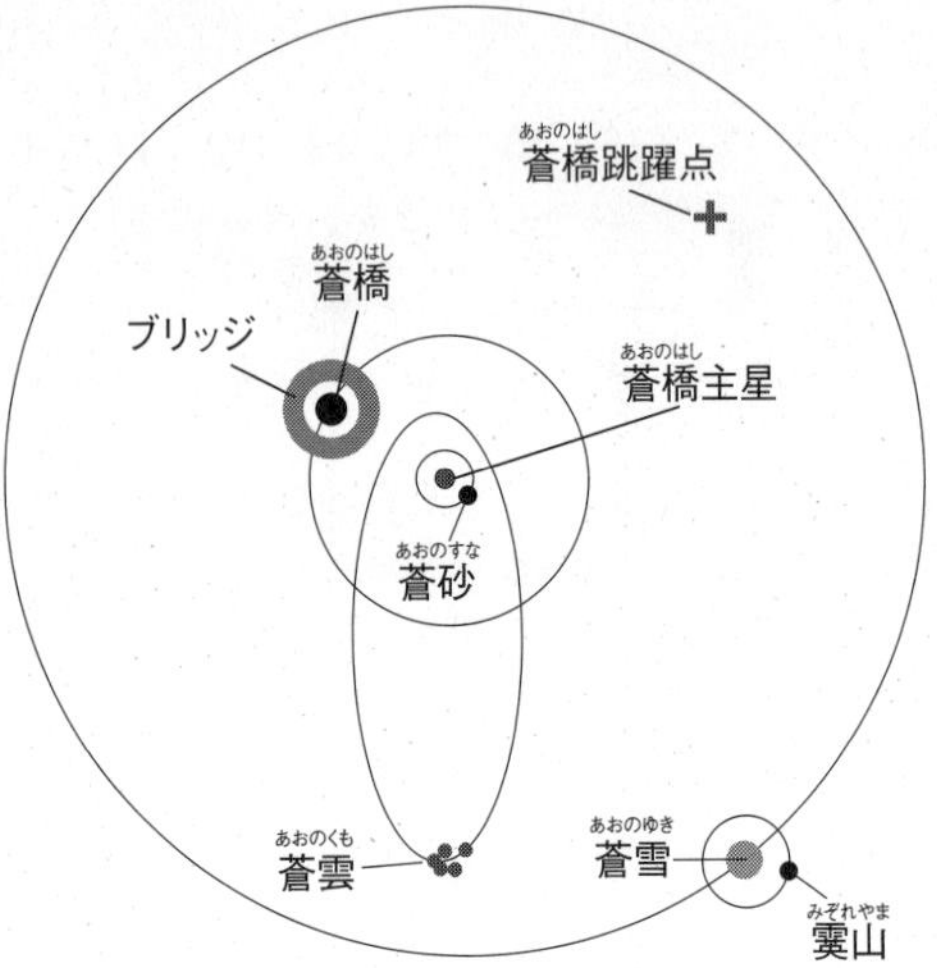

ブリッジ概念図

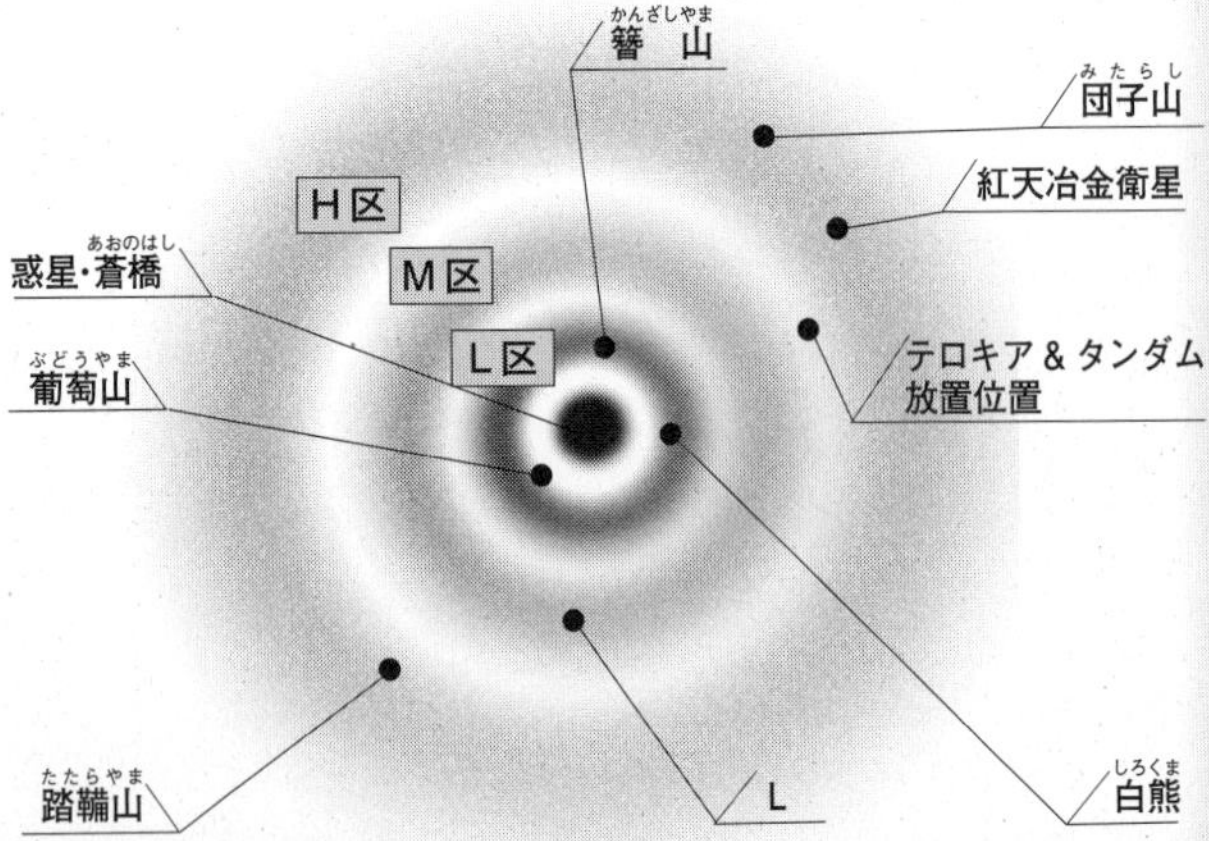

簪山《かんざしやま》(蒼宙市《あおぞらし》)

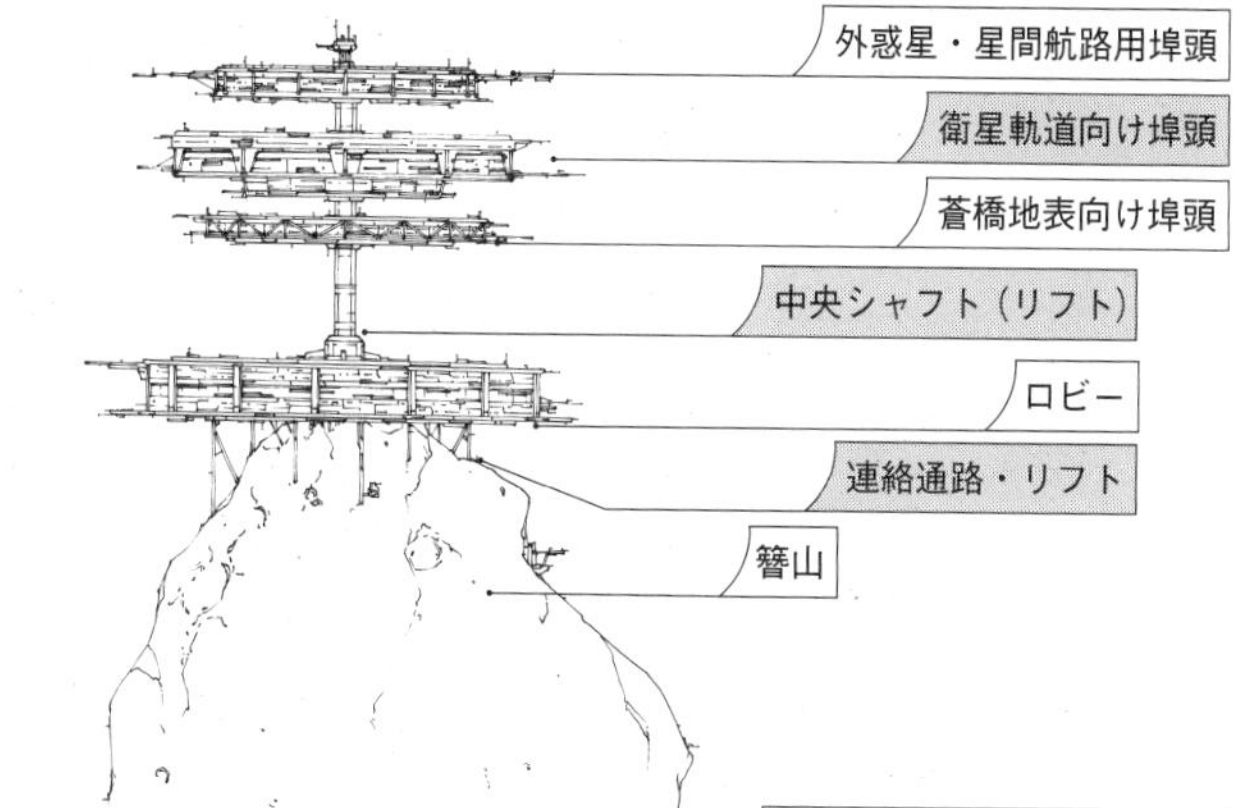

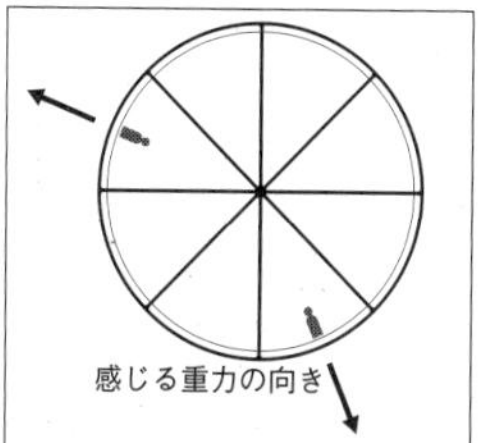

ロビーを真上から見た図
(埠頭と簪山の小惑星部分は省略)

※ 埠頭部分は円盤構造だが、回転していない。(無重力)
※ 中央シャフトが、そのまま簪山(小惑星)を貫いている。
※ 簪山は自転している。内部はくりぬかれていて、内部が居住区画になっている。一番外側の居住リングで、1G になる。
※ 埠頭から中央シャフトで接続されたロビーは、円筒形の構造で、簪山に同期して回転している。1G。
※ 埠頭からは中央シャフトのリフトでロビー部分まで移動。(無重力から微小重力)
その後、スポークのリフトに乗り換えて、円筒の一番外側へ。(微小重力から 1G)
ロビーから簪山へは回転が同期しているのでリフトでそのまま移動。(1G のまま)

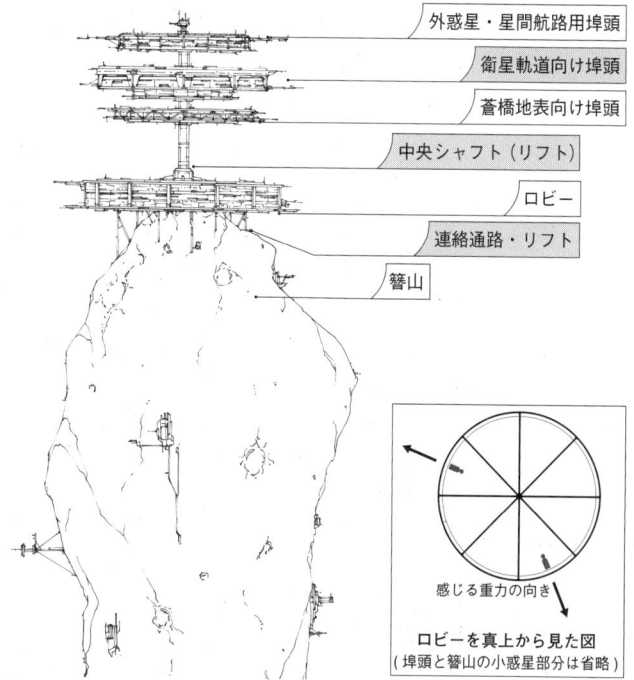

採鉱艇〈車曳き〉仕様

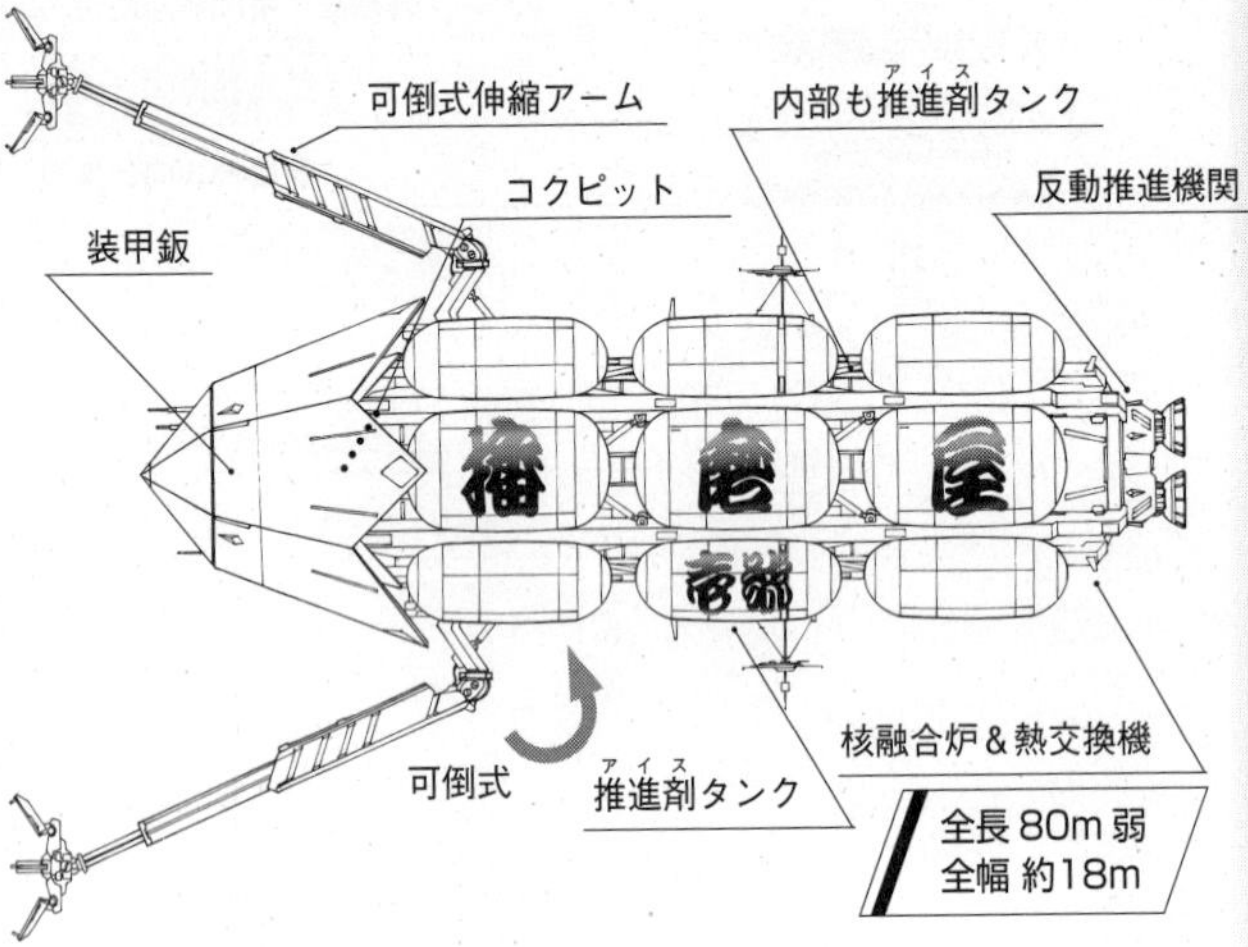

全長 80m 弱
全幅 約18m

採鉱艇〈露払い〉仕様

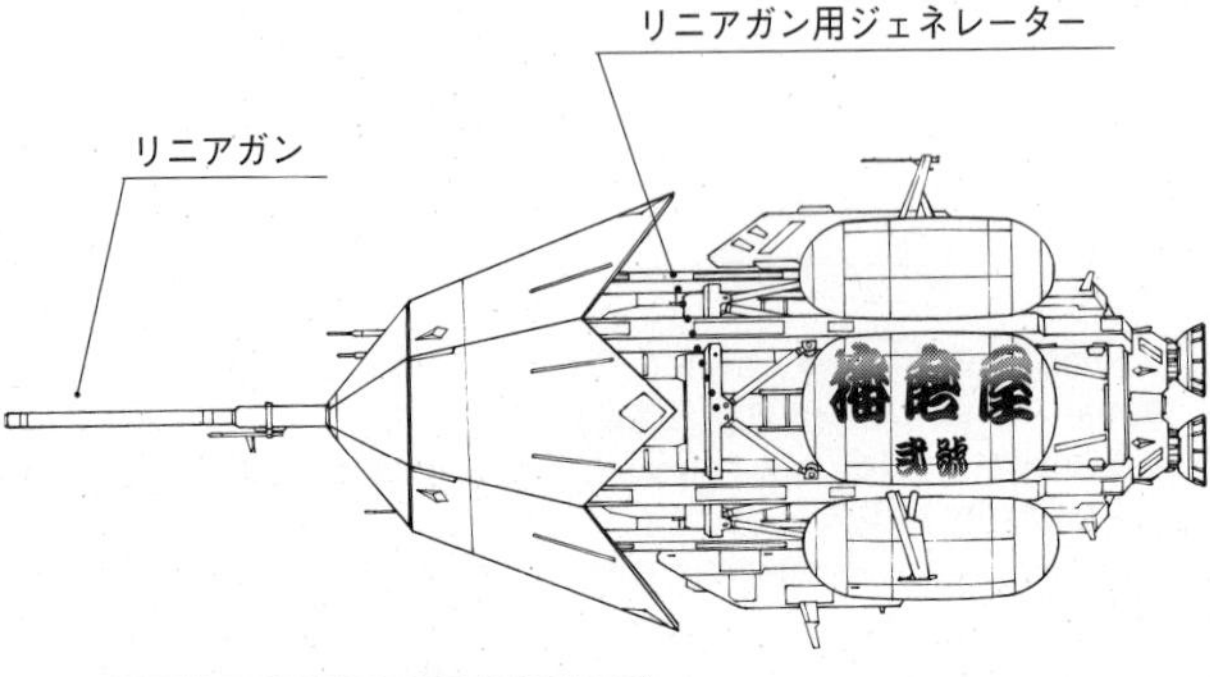

全長 約35m（リニアガン除く）
全幅 約18m

採鉱艇〈発破屋〉仕様

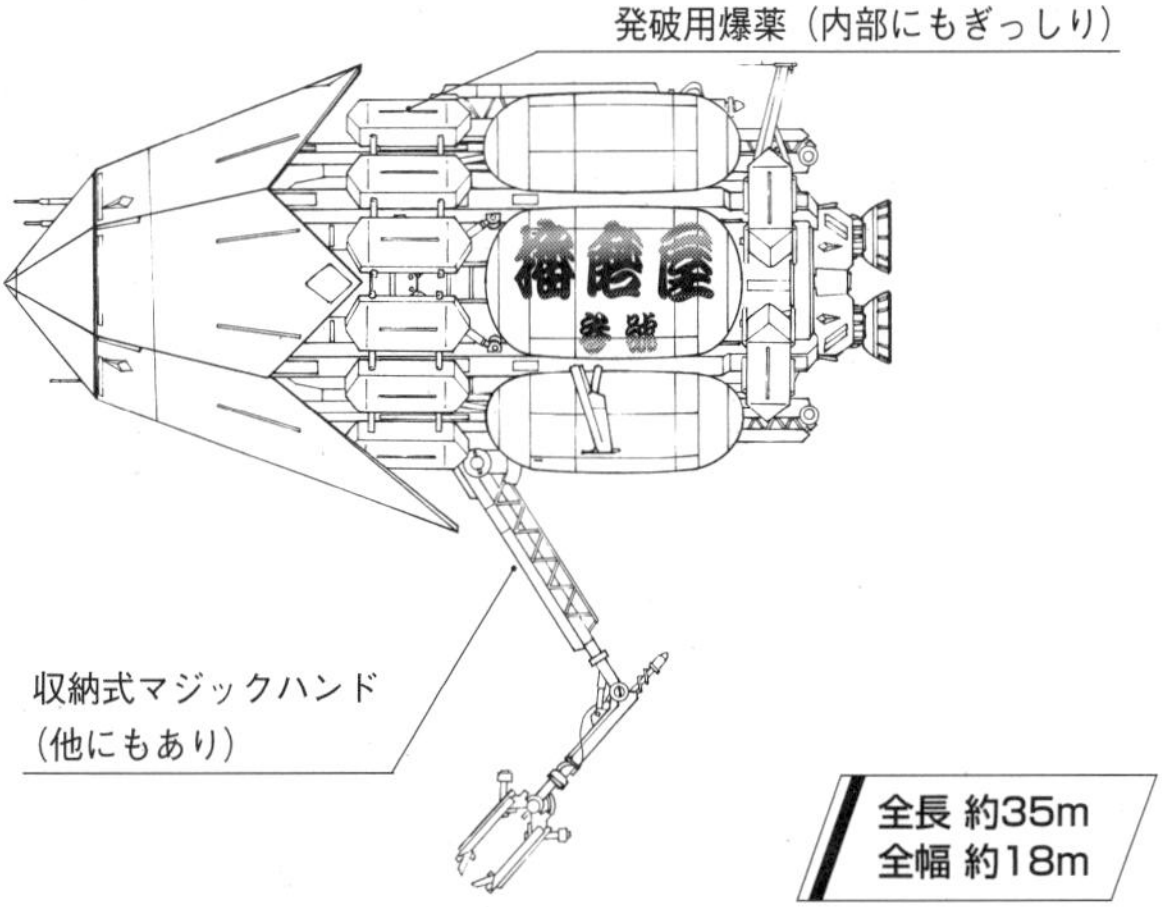

採鉱艇〈旗士〉仕様

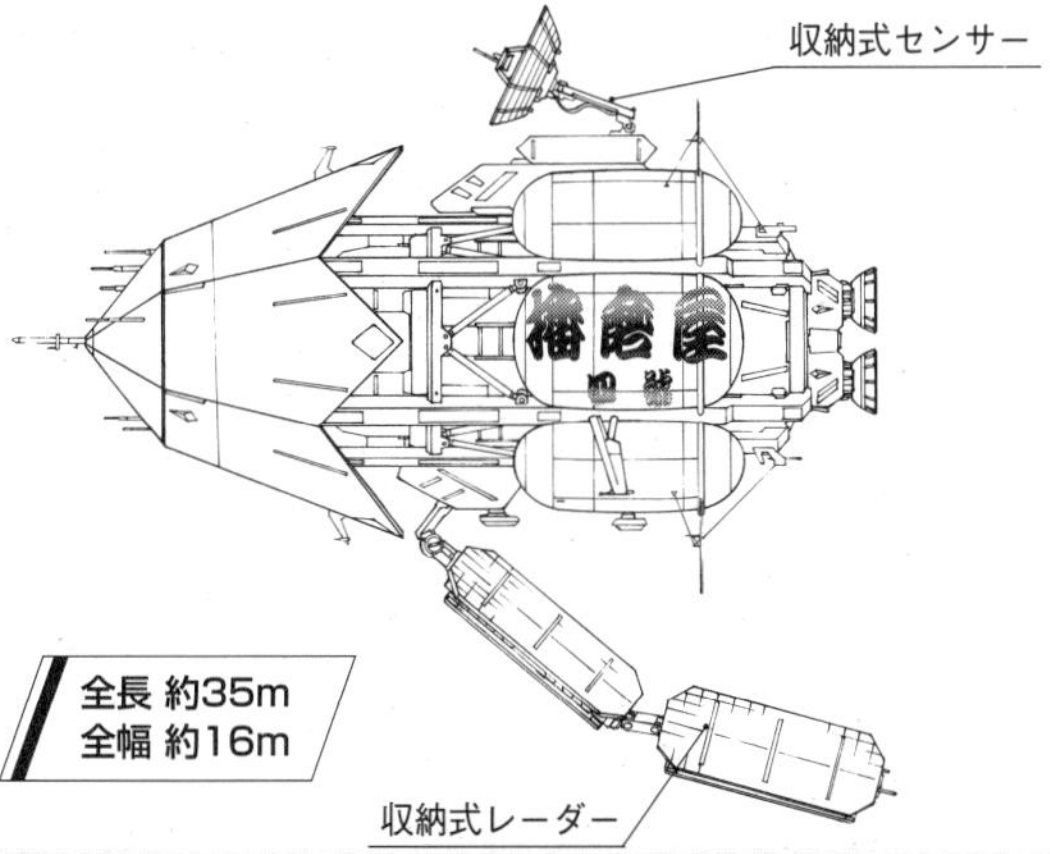

紅天星系軍軽巡航艦

全長 240m
総質量 12,000 t

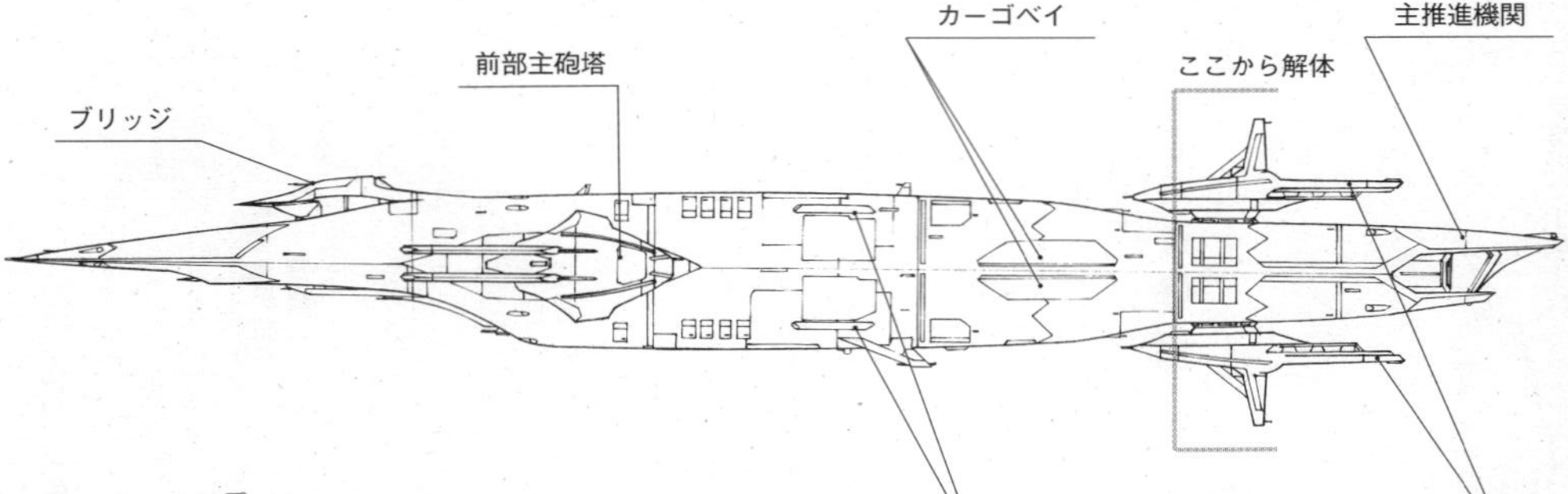

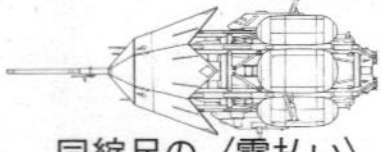
同縮尺の〈露払い〉

※《テロキア》と《タンダム》は強行突入用の海兵隊をのせるため、長射程ミサイルは積んでいない。

〈蒼橋《あおのはし》〉義勇軍、出撃！

登場人物

●〈蒼橋《あおのはし》〉星系

播磨屋源治……………………播磨屋一家の八代目大将。車曳き。《播磨屋壱號》
大和屋小雪……………………同ナビゲーター
成田屋甚平……………………露払い。《播磨屋弐號》
音羽屋忠信……………………破砕技能士。発破屋。《播磨屋参號》
滝乃屋昇介……………………旗士。《播磨屋四號》
ロイス・クレイン……………星湖トリビューン蒼橋特派員
滝乃屋仁左衛門………………御隠居。滝乃屋昇介の祖父
アントン・シュナイダー……広報宣伝担当の情宣部長
和尚……………………………葡萄山細石寺の住職
沙良……………………………蒼橋中級軌道実技学校生徒
越後屋景清……………………車曳き
生駒屋辰美……………………露払い

●東銀河連邦宇宙軍

アルベルト・キッチナー……中将。第57任務部隊司令官
笹倉……………………………大佐。同参謀長
ジェリコ・ムックホッファ……准将。第108任務部隊司令官
アフメド………………………中佐。同参謀長
末富……………………………大尉。司令部付整備補給担当士官
熊倉松五郎……………………機関大尉。同噴射推進機関担当士官。通称〝ロケ松〟

●紅天星系軍蒼橋派遣艦隊

アンゼルナイヒ………………中将。蒼橋派遣艦隊司令官
フリードマン…………………少将。参謀長
ベリーズ………………………中佐。旗艦《テルファン》艦長
ラミレス………………………中佐。軽巡航艦《テロキア》艦長
ラルストン……………………少佐。強行制圧用機動スーツ部隊長

銀河の片田舎に浮かぶ惑星・星涯《ほしのはて》の第二宇宙港。そこの貨物取扱区画にあるメタル・キャビン（掘立長屋）には中小の運送会社や整備会社がひしめいている。その一角にあるのが〈星海企業〉の星涯営業所だ。

その入り口の両開きの扉を抜けてすぐのところにある来客受付用カウンターに、年配の女性が現われ来意を告げた。このあたりでは珍しい上品なフォーマルスーツ姿だ。

しかし、常ならぬ来客に緊張した事務服姿の女の子の、「……申しわけありません。頭目――いえ、社長を始め主立《おもだ》った者は皆、急用で白沙《しろきすな》基地に行っております」という言葉に、あからさまに落胆の色を見せる。

「そうなの？　驚かそうと思って連絡なしで来たのに、裏目に出てしまったわね。で、お戻りはいつごろに？」

初めて見る艶《つや》と色合いのパンツスーツに目を奪われていた女の子は、はっと顔を上げた。

「あ、はい。それが……はっきりいつとは……」

古風な眼鏡をかけた女性は仕方ないなという様子で頷き、カチカチに緊張している女の子に優しく声をかけた。

「なら、これから白沙のほうにお邪魔するわ。お手数だけれど、推進剤《アイス》の補給と、白沙までの最新の航路情報《ノータム》をお願いできるかしら？」

「か、かしこまりました」と跳ねるように奥に消えた女の子を見送って、

「掛けて待ちましょう」と、連れの若い女性を誘う。

バネの形が浮いて見えるソファにこわごわと腰を下ろした連れが、心底不思議な様子で訊《たず》ねた。

「本当にこんな田舎の星に、そんな凄《すご》い方がいらっしゃるんですか？」

そう訊ねられて、年配の女性は晴れ晴れと笑った。

「ええ。探すのにずいぶん時間がかかりましたよ。

わたしがまだあなたくらいの歳《とし》だった頃、あの方はすべてを投げ打って姿を消したの——

—そうね、あれからもう二〇年も経つのね……」

最後は呟《つぶや》くように言うと、年配の女性は遠く過ぎ去った嵐の時に思いを馳《は》せた。

——そう。二〇年前わたしは……。

1　ノルマ

東銀河系の南東部――

かつて王政期の首星系であった〈星古都《ほしのふるみやこ》〉、こんにち東銀河連邦の政府が置かれている〈星京《ほしのみやこ》〉、そして〈星湖《ほしのうみ》〉、〈星河原《ほしのかわら》〉など、連邦のおもな大星系をつなぐ中央幹線航路の途中、〈星峰《ほしがみね》〉から分岐する放射3号航路のさらに先、中堅星系〈紅天《こうてん》〉から農業星系〈豊葦原《とよあしはら》〉を経て至る、小さいながらもそれなりの知名度を持つ自治星系がある。

人呼んで〈蒼橋《あおのはし》〉。

この時代、首都が置かれる惑星は星系の名前で呼ぶのがならわしであり、この星系もTERRA型惑星である第三惑星・蒼橋を含め四個の惑星及び惑星群から成っていた。人口のほとんどは蒼橋に集中しているが、その七割以上が衛星軌道上に居住しているのが、ほかの星系と大きく異なるところだ。

惑星・蒼橋の衛星軌道はおよそ一〇〇万年前に形成された濃密な岩石帯に取り巻かれており、〈蒼橋〉はそこからの採鉱事業で成り立っている星系なのだ。

その岩石帯の一番外側。リング状に輝く帯が少しずつ薄くなり、まばらな光点になる高軌道の縁《ふち》。少し長く加速すれば衛星軌道を抜けて惑星軌道への遷移《せんい》も可能だろうというあたり。


一隻の軌道作業艇が浮かんでいる。

大気圏内での航行をいっさい考慮していない無骨そのものの船体の側面に大書された、《播磨屋壱號《はりまやいちごう》》という勘亭流《かんていりゅう》の大文字でも隠しきれない外鈑のくたびれ具合と、使い込んだ噴射システムの焼け加減は、年季が入ったを通り越して侘《わ》び寂《さ》びの領域に踏み込もうかという風情《ふぜい》だが、このあたりでは別に珍しくもない一隻だ。

五〇メートルに少し足りない全長のおよそ半分が巨大な推進剤《アイス》タンクに占められていることからすると、採鉱師《やまし》の中でも岩塊《ヤマ》に取り付いて長時間逆噴射をかけ、低軌道に遷移させる〝車曳き《くるまひき》〟という役目だろう。

だとすると近くに目的の岩塊《ヤマ》の品位を測定してマーカーを設置する標定士――〝旗士《はたし》〟や、〝車曳き〟が低軌道に遷移する時に障害物を排除する〝露払い《つゆはら》〟などを務める軌道作業艇もいるはずだが、肉眼では捉えられない。

その《播磨屋壱號》の先端、二段六角錐形の防護装甲に覆われた四畳半ほどのコクピットの中でパイロットランプが点滅し、データ受信が始まった。

「滝乃屋《たきのや》さんからデータ入りました。距離一二万二〇〇〇（㎞）、高度マイナス三〇〇〇。接触まで二時間、遷移完了まで一五時間です」

モニタの表示をナビゲーター席に付いている女性が読み上げる。

落ち着いた声に似合った大人の色気を持った——と言いたいところだが、軌道上《うえ》にいる時は、化粧っ気のない顔と、襟首《えりくび》が見えるほど短く刈り上げられた髪のおかげで、そういう雰囲気はカケラもない——と、本人だけが思っている。

名前は大和屋小雪《やまとやこゆき》。軌道実技学校を卒業してまだ三年の若いナビゲーターだ。

「お、さすがに旗坊《はたぼう》だ、仕事が早ぇや——これなら推進剤《アイス》も充分持つ」

伝法《でんぽう》な調子で応《こた》えたのは艇長席の男性。

長身の——というより六尺《ろくしゃく》豊かなという表現が似合うのは、やはりその古風な言葉使いのせいだろう。真空対Gスーツより火消しの法被《はっぴ》が似合いそうな三八歳。播磨屋一家の八代目大将で、名前を播磨屋源治《はりまやげんじ》という。

「甚公《じんこう》は付いてきてるな？」

「はい、成田屋さんは距離四〇〇で追尾中。リンク確認」

源治は軽く頷くと家内無線《ないせん》を入れる。

播磨屋一家専用の低出力無線だ。いわゆる社内無線《カンパニーラジオ》だが、播磨屋一家だから家内無線《ないせん》になる。

「よっしゃ。おい甚公、マーカーは受けたな――」

「――回頭カウント（ダウン）はプラス二〇でいく。いいな？」

《播磨屋壱號》の後方四〇〇キロを追尾していた、もう一隻の軌道作業艇のコクピットで、家内無線《ないせん》用スピーカーの《壱號》ランプが光る。

モニタに見入っていたパイロットが、慌てて応答スイッチに手を伸ばした。年の頃なら二〇代半ば。そろそろ落ち着いてもいい年頃なのに、どこかとっぽい感じが抜けない。そんな兄ちゃんだ。

《播磨屋弐號》に乗って〝露払い〟を務める彼の名は、成田屋甚平《なりたやじんぺい》という。

「ほい、いま確認を……あれ？　兄貴、こいつぁスカですぜ。銭になりゃしませんよ」

とたんにあきれたような源治の応《いら》えが返る。

「あほう。こいつは義務《ノルマ》だ。銭になったら困るだろうが」

甚平の声が裏返った。

「……あ、あああっ、そうだ。そうだった。すいやせん」

蒼橋採鉱師組合には、鉱区の安全を確保するために、邪魔な岩塊《ヤマ》を月に一個以上移動させる義務《ノルマ》がある。ただ、こんな岩塊《ヤマ》もまばらな高軌道でそれを行なう必要があるとは思えないのだが、何故か誰も疑問を持っている様子はない。

「寝ぼけるのも大概《てえげえ》にするがいいや。リンクいいか？」

源治の言葉に背を押されながら甚平の目がモニタを走る。

「へい、ＯＫです。回頭カウントプラス二〇確認」

「確認了解。カウント開始――」

「――カウント開始」

《播磨屋壱號》コクピットでも復唱が終わり、家内無線《ないせん》がＯＦＦになる。

それを待って、小雪が笑いを含んで訊《たず》ねた。

「成田屋さん、忘れてたんですか？」

「らしいな。あんだけ言ったのに高軌道に上《うえ》がったらスコーンと飛んじまったと見える」

「でも、マーカー受けたらまず比重計。これは採鉱屋《やまし》の性《さが》ですよ」

なだめるような小雪の口調に源治も苦笑いを返すしかない。

「違《ちげ》ぇねえな。銭にならねぇ仕事でも、癖は抜けねぇか」

「です。――カウントゼロ、回頭開始、成田屋さんも回頭開始しました」

姿勢制御バーニアのかすかな振動がコクピットの空気を震わせ、シートから身体がわずかに浮き、さらに振られる感覚があって、正面のモニタに映る星空が滑っていく。

やがて星空の動きは遅くなり、ゆっくりと静止した。

「回頭完了」

「回頭完了――減速開始」

小雪の報告に源治が唱和し、主推進機関のボタンを押し込む。

事前にプログラミングされていた数値に従って、核融合炉の炉心近くにある熱交換器《リアクター》に送り込まれた推進剤《アイス》の微粒子が一瞬で気化し、さらに噴射推進エンジン部でレーザーにより半プラズマ化されて後部ノズルから噴き出す。

先ほどのバーニアより野太く重厚な振動と共に背中が押され、源治と小雪はわずかにシートに押し付けられた。

減速を始めた《播磨屋壱號》はゆっくりと低軌道に遷移していく。

「進路障害なし。成田屋さん占位《せんい》しました。パチンコ試射中《リニアガン》。目標接触まで一二〇分」

軌道上の物体の動きは慣性運動だから、軌道の高さ（惑星からの距離）と、速度は完全にリンクしていて、片方だけを変化させることは出来ない。速度を上げれば遠心力で高度が上がり、速度を下げれば遠心力が弱くなって高度も下がる。

これに反する動きがしたいなら、軍艦のように加速しながら姿勢制御噴射《スラスタ》を吹かし続けて遠心力を抑え付け、強制的に軌道を維持するしかないが、そんな贅沢な真似はしがない民間の採鉱船には無理というものだ。

そこで〝車曳き〟を務める採鉱船が目的の岩塊《ヤマ》を動かす時はまず、空荷で軽いうちに高軌道に上がった後、一八〇度回頭して軌道周回方向に主エンジンを向け、軽く噴射して速度を殺すことで、岩塊《ヤマ》がある、より低い――惑星に近い――軌道に遷移する形を取る。

ところが、それと同時にそれまで艇の周辺の軌道を飛んでいた物体（岩屑等）が追いついて来るのだ。

ただ、相対速度は低いから小さなものなら船首の装甲鈑で弾き飛ばせばいいし、大きなものなら噴射を加減して避けてやればいい。

問題は目的の岩塊《ヤマ》に取り付いた後だ。

惑星の引力が味方してくれる高軌道から低軌道への遷移とは違い、岩塊《ヤマ》のような巨大な質量を、引力が敵にまわる高軌道へ遷移させるには膨大な燃料コストがかかる。よほど高品位な岩塊《ヤマ》でないかぎり、邪魔な岩を避けるために一々高軌道に持ち上げていては算盤《そろばん》に合わないのだ。

そこで〝露払い〟が登場する。

岩塊《ヤマ》に取り付いた〝車曳き〟の進路方向――軌道周回方向の後方――に占位し、搭載したパチンコ《リニアガン》で障害物の軌道をずらしてやるのがその役目だ。

ただ、遠くで当てれば少ない修正で済むが命中率は下がるし、近距離だと修正量が増える分、必要な弾数も増える。

緻密な計算と見切りが必要なポジションなのだ。

――その成田屋甚平の用意が出来た、という小雪の報告を受けて、源治が家内無線《ないせん》をONにする。

「よっしゃ。おいボカチン、データは取れたか?――」


「――そろそろ出番だぞ」

と、次に《壱號》ランプが光ったのは、目標の岩塊《ヤマ》の近くで待機している三隻目の軌道作業艇《播磨屋参號》のコクピットだ。

「ほいほい。でもボカチンはなしですよ。破砕《はさい》技能士でございと肩肘張るつもりはありませんが、せめて〝発破屋《はっぱや》〟くらいにしておいてください」

と、落ち着いた声を返したのは、がっしりした身体つきの三十男だ。

口調はのんびりしているが、その目は指の動きに合わせて次々に表示を変える複数のモニタから離れない。

この男の名前は音羽屋忠信《おとわやただのぶ》。いま自分で言ったとおりの〝発破屋〟だ。

「やかましいや、ボカチン食らわすからボカチンでいいじゃねぇか。で、どのくらいかかる？」

源治の口調は容赦がない。忠信は手早く概算結果をまとめた。

「そうですねぇ。これだと一八……いや二〇時間ですねぇ」

「そりゃかかりすぎだ。あいつを〝落とし〟てから五時間以上乗ってなきゃならねぇ」

「でもねぇ、こいつにはちょっと大きな亀裂があるんです。こういうのは手がかかりますす」

〝発破屋〟の仕事は大きく分けて二つある。

一つは、そのままでは〝車曳き〟では動かせない大きな岩塊《ヤマ》を動かせる程度に分割する〝大割り〟。もう一つは〝車曳き〟が精錬衛星の近くまで〝落とし〟た岩塊《ヤマ》を、衛星で処理できる程度の大きさまで破砕する〝砕き〟だ。

いずれにせよ、一発勝負の仕事だけに、慎重な上にも慎重な性格でないと務まらないポジションには違いないが、今回は邪魔な岩塊《ヤマ》を動かすだけで〝発破屋〟の出番はないはずなのに、何故か音羽屋の指の動きは止まらない。

「――分かった。任せる」

《播磨屋壱號》のコクピットでそう返し、家内無線《ないせん》を切った源治は、クスリ、という笑い声を横に聞いて苦笑いした。

確かに毎回毎回二人で同じ事を繰り返していれば笑われもするだろうが、これはもう儀式のようなものだ。

源治は気を取り直して、再度家内無線《ないせん》を入れた。

「おい、旗坊――」

「――次の岩塊《ヤマ》は見つかったか?」

最後に《壱號》ランプが光ったのは、源治たちがいるところよりかなり下――惑星に近い――軌道にいる《播磨屋四號》のコクピットだ。

全周モニタの中央に備え付けられた座席で、しきりに何かを確認していた小柄なパイロットが、顔はそのままで家内無線《ないせん》の応答スイッチから伸びたスティックに手を伸ばした。

小柄すぎて、大人用に設計されたスイッチに腕が届かないのだ。良く見れば座席から少し離れたスイッチには皆、同じように短いスティックが接着されている。

「あのね。ぼくだって滝乃屋昇介《たきのやしょうすけ》って大事な名前があるんだ。屋号とは言わないが、せめて旗士って呼んでおくれよ」

座席の真ん中におまけのような感じで座っているパイロットが、少しふくれた様子で応答する。

どうみても一五歳以上には見えないが、これでも軌道実技学校はきちんと卒業している。

彼の名は滝乃屋昇介。播磨屋一家の〝旗士〟だ。

しかし、源治は例によって容赦がない。

「どいつもこいつもうるせぇや。おめぇみてぇな青二才に旗士なんてのはもったいねぇ。旗坊で充分だ。で、どうなんだよ？」

「それなんだけど——ねぇ源さん、仕事に戻っちゃだめかな？」

妙に歯切れが悪い昇介の口調に、源治の応答も少し低い。

「どうした？　何か見つけたか？」

「今スキャンしてるのが、かなり良さそうなんだよ。こいつならさっきのを〝落とし〟た後、高軌道《うえ》まで戻って来た時にちょうどいい位置にあるんだ。こいつを見過ごすのはもったいないよ」

〝旗士〟の仕事は、動かす岩塊《ヤマ》の選定だ。

無数の岩塊《ヤマ》の中から高品位の鉱脈を持ったものを選別し、旗《マーカー》を立てていくのだが、すべての岩塊《ヤマ》はそれぞれ独自の軌道上を運動しているから相対的な位置関係は常に変動している。

それを把握して、常に次の次の次あたりまで見越して旗《マーカー》を立てるのが、採鉱屋《やまし》チームの要《かなめ》である〝旗士〟の役目だ。

「ちょっと待て」

《播磨屋壱號》のコクピットで源治は家内無線《ないせん》を切り、傍らの小雪に向き直った。

「どう思う？」

「どう？　って仕事に戻るかどうかってことですか？」

訝しげな小雪の表情を見ながら源治は頷いた。

「ああ、昇介の目は確かだ。やつが言うなら間違いねぇ」

小雪が目を見開く「あら？　旗坊じゃないんですか？」

源治は少しばつの悪い様子で口ごもった。

「いや、何。やつの親父《おやじ》さんには世話んなったからな。付け上がるから褒《ほ》めねぇでくれってのが申し送りさ。で、どう思う？」

問い返された小雪は軽く眉をひそめ、改めて源治に向き直った。

「どうと言われても……艇長はもうお決めになっているんでしょう？」

化粧っ気はないが、目鼻立ちの整った顔に真正面から見つめられて、源治は少したじろぐ。

「う、まぁな」

小雪はふっと表情を緩め、微笑《ほほえ》んだ。

「なら仕事に戻りましょう。義務《ノルマ》は済ませるんだから問題ないと思います」

「そ、そうか」

慌てて正面を向いた源治は家内無線《ないせん》を入れ、口を開いた。

「一同謹聴。旗坊がお宝を見つけた。今のを〝落とし〟たら仕事に戻る、いいな」

「ええ？」という甚平の呟《つぶや》きが《弐號》ランプが点灯した家内無線《ないせん》スピーカーから漏れるが、源治は構わず続ける。

「大丈夫、こいつはかなり有望だ。うまくいけばボーナスが付く、長い休暇で銭無しより、普通の休暇でも銭有りのほうが良かねぇか？」

「それは結構ですな。期待しましょう」

《参号》ランプの光と共に流れた落ち着いた声に頷き、源治はマイクに告げた。

「というわけだから旗坊、頼んだぜ」

スピーカーの《四號》ランプが光る。

「合点承知」

浮き立つような昇介の声を耳に、源治は軌道モニタに目を落とした。

進路に目立った障害物はない。予定どおり接触できるだろう。

と、アルトの声が源治の耳をなでた。

「ありがとうございます」

え、と顔を上げた源治の視線の先に航法システムに目を落としたままの大和屋小雪の横顔があった。

「初めて仕事の相談をしてくださいましたね」

源治は一瞬あっとなったが、務めて平静に返答し、時計を確認した。

「パイロットがナビに相談するのは当たり前だ」

ノルマナンバー二七〇一八番である岩塊《ヤマ》を、採鉱の邪魔にならない軌道から動かし始めるまで後、一時間四三分。

〈蒼橋〉は平和だった――まだ。

2　星《ほしの》湖《うみ》

数カ月後――舞台は東銀河系の中心部に移る。

〈星湖《ほしのうみ》〉星系。

東銀河系を縦断する中央幹線航路のほぼ中央に位置し、屈指の物流拠点として東銀河連邦に重きを成す大星系であるこの星系《ほし》は、もう一つの顔を持っている。

いや、そちらのほうがむしろ有名かもしれない。

連邦宇宙軍〈星湖〉基地。

〈星湖〉の五番惑星・凪湖《なぎのうみ》本体に加えて、その衛星軌道すべてを含むこの基地を、東銀河連邦宇宙軍に所属する全艦艇のほぼ四分の一が母港としている。

衛星軌道上には巨大な工廠《こうしょう》プラットホームや補給兵站《へいたん》関連の大小のステーションが浮かび、点在する泊地《はくち》には一箇所で数百隻、場所によっては数千隻にも及ぶ航宙艦の群れが整然と並んでいる。

その泊地の中でも一番厳重な進入制限が敷かれている一角に、長旗サイン（将校の指揮下にあることを示すサイン）を掲げた一隻の〈鷺《さぎ》〉級連絡艇がゆっくりと入ってきた。

誘導ビーコンに従い、基地司令部のある中央指揮ステーションの小型艦用エアロック前でいったん停止した連絡艇は、サイドスラストをわずかにふかして艦尾を振るとエアロック扉に正対した。

エアロックの扉が開き、伸びてきた誘導フレームが艇を捉えるとなめらかに引き込んでいく。

エアロックが封止され、緑のパトライトが点滅を始めて、エアの吹き込みを知らせる。

十数秒後、パトライトは点滅から常時点灯に変わり、連絡艇を包んでいた円筒形のチェンバーが壁面に引き込まれ、白い煙が渦を巻く。

航行中に太陽に向けていた側は高温になり、逆にその反対側は放熱によって冷却されたまま常温の空気に触れたので、温度差によって陽炎と霧が同時に発生しているのだ。

「入気完了。作業開始許可する」

構内にアナウンスが流れると、退避していた色とりどりのユニフォームの作業員があちこちからいっせいに湧き出し、霧を分けるようにして連絡艇に取り付いていく。

ステーション内部との確認を終えた甲板担当下士官が、連絡艇のエアロックのロックレバーを引き、開いたドアの脇に立つ。

大佐の肩章を付けた壮年の将校がステーション内部との渡り廊下部分に立った。

参謀懸章を付けた将校が素早く敬礼するのに合わせ、大佐は深く落ち着いた声で答礼した。

「ムックホッファ大佐。乗艦許可願う」

「マナスル中佐です。乗艦許可します」

連邦宇宙軍の施設は航宙艦であるか否かを問わず、すべて軍艦として扱われる。たとえ周回軌道から一ミリたりとも外れない中央指揮ステーションでもそれは変わらない。

型通りのやり取りを終えた中佐はにっこりと笑い、ムックホッファ大佐に右手を差し出した。

「休暇中にお呼び立てして申しわけありません」

少し湿り気を帯びた中佐の掌《てのひら》を握り、「お手数をかけます」と返した大佐は、先導する中佐に従ってステーションに足を踏み入れた。

総動員時には数万隻の艦艇、数百万人の戦闘員、そして数千万以上の後方支援要員を指揮することが可能な円筒形のステーション内部は、一〇〇を超えるフロアに区切られている。回転によって外側が下になるよう一G調整された通路はゆるい上り坂に見えるはずだが、対放射線防御を考慮して複雑に折れ曲がっているので先を見通すことは難しい。その飾り気のない神殿を思わせる立体迷路を苦もなく通り抜け、中佐は大佐をリフトの一つに導いた。

リフトにはこれまで通り過ぎたものとは違い、控え目だが落ち着いた装飾が施されている。ステーションの中枢部分に直通する専用リフトらしい。

儀礼用の正装で身を固めた衛兵が、ドアの両脇で威儀を正して目礼する。

二人の佐官が示す生体認証タグを年嵩《としかさ》の一人が確認し、もう一人はその様子を身じろぎもせずに見つめる。

ほどなくクリアのランプが点《つ》き、年嵩のほうが「お通りください」と告げた。見ていたほうの衛兵がドアを開く。

完全にシンクロした動きで敬礼する二人の衛兵に答礼し、二人の佐官はリフトに進んだ。

リフトの床には不燃性の絨毯が敷かれ、内部にはドアと共通する意匠の装飾が施されている。

ドアが閉じると、中佐は軽く息をつき、大佐に話しかけた。

「いつものことですが、機械ではなく人間の衛兵にチェックされると緊張します。やましいことをしているわけではないんですが」

大佐は微笑《ほほえ》んだ。厳《いか》つい雰囲気が一瞬で変わる。

「わたしもです。だから、人間によるチェックを残しているんでしょうね。訪問者に〝おまえたちをちゃんと見ている〟と告げるために」

中佐は一瞬虚を突かれた風だったが、さりげなく話題を変えた。

「そういえば、大佐はまだ、何故ここに呼ばれたのかお訊《たず》ねになりませんね。さしつかえなければその理由をお聞かせ願えますか？」

この大佐は、艦長を務めていたポリス級重巡航艦《アテナイ》が大改装に入るために一時任務を解かれた後、凪湖地表で貯まっていた休暇を消化していたはずだ。それが司令部からの急な呼び出しを受けただけでなく、出頭のために〈鷺〉級連絡艇が特別に差しまわされたのだから、普通ならいろいろ詮索したくなるところだろう。

だが、大佐は少し考えて静かに答えた。

「良い理由で呼ばれたのなら、きちんと正式に聞きたいし、悪い理由なら少し早く聞いたところで逃げられはしませんからね」

その答に中佐は小さな声を上げて笑って見せ、続けた。

「ならば良くも悪くもない理由だったらどうです？」

大佐は静かに答えた。

「良くも悪くもない理由なら、呼ばれはしないでしょう」

中佐は何度も頷くと、ちょうど開いたドアを出、「こちらです」と伸ばした腕で通路の先を示した。

リフトと同じ意匠の装飾が施された通路にはやはり不燃性の絨毯が敷かれ、重厚なドアが広い間隔をおいて並んでいる。

「お一人で、とうけたまわっていますので、ここで失礼します。お帰りの際はまたご案内しますが、その必要がないことを祈っています」

何やら含みを残して軽く一礼する中佐に目礼して、大佐は、リフトから一番近いドアの前に進んだ。

少将の徽章と〝アルベルト・キッチナー〟という名前だけが記された耐爆ドアのノッカーを握り、軽く打ち付ける。

電源途絶時でも内部に響くように作られたノッカーの重々しい響きが消える間もなく、インターホンから「開いている。入りたまえ」という柔らかな声がした。

大佐はドアを開け「入ります」と告げて部屋に進む。

豪華だが落ち着いた装飾が施された部屋の中央。両脇に東銀河連邦旗と東銀河連邦宇宙軍旗が立てられた間に置かれた重厚なデスクから、一人の小太りな将官が立ち上がり、笑いかけた。

「星湖基地司令部付、ジェリコ・ムックホッファ大佐、参りました」

ぴしっと音がするような大佐の敬礼に鷹揚《おうよう》に答礼したキッチナー少将は、部屋の応接セ

ットを示し、

「良く来た。とりあえず掛けたまえ」と告げると、自ら腰を下ろした。

旧知の間柄だが今日は妙に愛想がいい。大佐は少し緊張してそれに倣《なら》う。

待つ間もなく、壁面に東銀河連邦と周辺空域の概念図が表示される。

「時間がないので手短にいく。これから行なうのはケーススタディだ。予想される事態に対する現場レベルでの意見交換というやつだな」

「了解《イェス・サー》しています」と大佐が頷く。

連邦宇宙軍は基本的に連邦評議会安全保障委員会の決定がなければ動けないが、決定してから準備を始めるのでは時間がかかりすぎる。こういう形で現場サイドの準備を進めておくのは実務の常道だった。

少将は改めて壁面を見上げ、いきなり本題に入った。

「というわけで、最初の質問だ。次に連邦軍が出るとしたらどこと見るかね？」

――やはりその件か……。

大佐は少し考え、手元のキーを叩いた。

概念図の何箇所かにマークが付けられ、軍のセオリーどおり結論から話が始まる。

「いま一番危ないのは〈蒼橋《あおのはし》〉だと考えます。〈星涯《ほしのはて》〉と〈天智《てんち》〉間の国境紛争も長期化していますが、位置的なこともあって東銀河系全体に大きな影響は出ないでしょう。しかし、〈蒼橋〉問題は〈紅天《こうてん》〉の出方しだいでは連邦に波及する恐れがあります」

少将は大きく頷き、立ち上がった。

「きちんと予習してきたようだな。そのとおり、懸案は〈蒼橋〉だ。こちらに来てくれ、准将」

少将に続いて立ち上がろうとした大佐の腰が一瞬止まるが、

「准将——とおっしゃいましたか？」

と聞き返す口調は変わらない。

連邦宇宙軍には、番号が割り振られた正規の艦隊編制があり、そのための艦隊司令部も存在する。その指揮官は提督と呼ばれ、少将以上の将官が充《あ》てられる。

しかし、それは戦時を想定した編成であり、正規であるが故に小まわりが効かない。

今の東銀河連邦は平時であり、連邦宇宙軍には全面戦争をする相手がいない。紛争の調停や、不正規武装集団——いわゆる宇宙海賊と呼ばれる連中——の掃討といった任務には、強力だが巨大すぎる正規艦隊より、役割に応じた規模と艦艇で適宜《てきぎ》編成される任務群のほうが向いている。

准将とは、そうした任務群を指揮するための階級なのだ。大佐と少将の中間に位置し、本来は大型艦の艦長である大佐が、艦隊司令官としてほかの艦長を指揮する時のために設けられている。

任務のための階級だから任務が終了すれば元の大佐に戻されるのが普通だが、大きな功績を挙げたり、特に優秀と認められれば、正規の将官である少将に昇任する例もある。言い換えれば、准将として認められないかぎり、将官への昇進はないのだ。

「驚いたようには見えんな。予想していたのかね？」

探るように訊ねる少将に、大佐は苦笑して見せた。

「誰かが准将に任じられる時期だろうとは思いましたが、わたしだとは思いませんでした」

「ふむ」軽く鼻を鳴らした少将は奥の扉に向かって歩きながら言葉を継いだ。

「もちろん正式な辞令はまだ先だが、今この時点からきみには准将としての自覚と責任をもって行動してもらう。いいな？」

そう確認された大佐は、「光栄です《イエス・サー》」と頭を下げる。

扉を開けながら振り向いた少将は軽く微笑み、

「ちなみにわたしも中将の内示を受けている。立場は似たようなものだ。たがいに味噌を付けないように気張らんといかんな」と結ぶ。

「おめでとうございます」と再度頭を下げた大佐に無言で頷いた少将は、奥にある専用リフトに彼を招き入れた。

リフトのドアが開いた先は満天の星だった。

遠い光点を背景に、圧倒的な量感と密度を持った銀河系が浮かんでいる。

直径一〇万光年、数千億の恒星からなる巨大な光の渦巻だ。

もちろん実景ではない。暗さに目が慣れてくると、銀河系の周囲を何段にもなったコンソールが囲んでいるのが分かる。大きなホールほどもある部屋の中だ。

立体模擬戦技盤《ホログラムシミュレーター》。

有事には現地の星系と高次空間通信《HDSN》（Hiper Dimention Space Network）でリンクして各種データを表示出来るだけでなく、番号が付いているすべての天体の動きをリアルタイムで表示可能とされている。

大佐は嘆息した。話は聞いていたが、現物を目にするのは初めてだ。

――これが将官の視点なのか……と、一瞬見とれていた大佐だったが、

「お待ちしていました」という声に我に返った。

入り口脇のコンソールに付いていたらしいマナスル中佐が立ち上がり、微笑んでいる。

「オペレータを務めます。ご希望があれば何なりとお申し付けください」

「中佐もやっと道案内以外の仕事が出来たわけだ、存分にこき使ってやってくれ」

そう言ってニヤリと笑った少将の「始めてくれ」という合図と共に、少将と並んで座った大佐の目の前で、銀河系が変貌を始める。

銀河系の一角の星が次々にオレンジ色に輝き始め、それらが薄青い輝線《きせん》で繋がれていく――やがて銀河系の東半分は無数に枝分かれした輝線で覆われ、東銀河連邦の版図が浮かび上がった。

薄青い輝線が超空間航路。それで結ばれた濃いオレンジ色が東銀河連邦に直接加盟する大星系、黄色に近いのが連邦傘下にある自治星系だ。

目を凝らせば、薄青い輝線で結ばれたオレンジ色の星々は限られた数しかなく、無数の星がその隙間にあることが分かる。超空間航法の実用化によって、人類の居住に適した惑星を持たない星系を飛び越して殖民が進められた結果だ。

最後に輝線の集中する中央付近に連邦首都星系〈星京《ほしのみやこ》〉と、このステーションがある〈星湖《ほしのうみ》〉が強調表示され、そこからかなり離れた東南象限にある二つの自治星系がマークされるのを待って、少将は口を開いた。

「建前としては連邦が自治星系間の問題に口出しするのはご法度《はっと》だが、そういうわけにはいかなくなった」

銀河の画像がズームアップされ、〈紅天〉を中心とするエリアが拡大されると、映像の輝度が落ち、様々な画像やグラフがオーバーラップしていく。

「すでに知っていると思うが、いちおう整理しておこう。

〈蒼橋〉は、もともと、その軌道帯の鉱物資源に着目した〈紅天〉系資本によって開発された星系だ。現在では東南象限のみならず、連邦内でも有数の産出量と品質を誇っているが、開発の経緯から今でも〈紅天〉の国策企業である蒼橋星間運輸公社が輸出を独占している。運賃の決定権も公社が握っているから、割高な運賃を名目に〈蒼橋〉からの買入価格を叩いて、二重三重に利益を上げているわけだ。

その富によって〈紅天〉は凡百の弱小星系から有数の中堅星系にのし上がった。今では連邦への直接加盟すら口にするほどだ。

その一方で、入植以来すでに二〇〇年が過ぎ、自己資本を蓄積した〈蒼橋〉では採鉱以外の産業も立ち上がり、〈紅天〉の風下に立つのを潔しとしない勢力が台頭して来た。

だが、〈紅天〉は、不平等条約の典型である紅蒼通商協定の改定に応じようとしない。

それに業を煮やした彼らが実力行使に出たというわけだ。

資源輸送船のパイロットで組織する星間運輸労組が、輸出業務への〈蒼橋〉企業の参入と運賃の自由化を求めて無期限のストライキに入り、積み出し港も封鎖したのが二週間前だ」

グラフが一つ拡大される。緩やかに上下していた複数のラインが、右端でいっせいに急上昇している。

「以来、〈蒼橋〉からの資源を一手に扱う〈紅天〉の金属関連市場は、品薄になって大暴騰《だいぼうとう》している。早急に輸出が再開されないかぎり、市場価格の混乱は実体経済に波及する。

連邦もただでは済まんだろう――ここまでで何か質問はあるかね？」

少将に問われて、大佐は手を上げた。

「その勢力というのは労働組合ですか？」

少将が軽く中佐に合図しながら頷く。

「確かに今回の動きの主体になっているのは蒼橋労組連合だ。だが採鉱師などの自営業者や〈蒼橋〉系企業の事業者組合もこれに連携している。特定の勢力と言うより、星系全体が反〈紅天〉で結束していると見たほうがいいな」

立体画像の一番上に、蒼橋にある各種の組合の関係図が浮かび上がる。ピラミッド型ではなく、複数の組合が一番上の蒼橋評議会と表示された横棒にぶら下がり、さらに縦横斜めの線で結ばれている。

「〈蒼橋〉はこれらの各種組合の代表が集まった評議会によって運営されている。青色が蒼橋系、赤色が紅天系だ。見てのとおり圧倒的に蒼橋系が多い。〈蒼橋〉の方針が覆ることはないと考えていい。

この状況で一番望ましい解決はなんだと思うかね？」

この少将の問いに、大佐はためらうことなく答えた。

「〈紅天〉が素直に組合の要求を認めることですが――それは出来ないでしょうね」

新規輸送業者の参入を許せば、資源を〈紅天〉を通り越して他星系に直接運ぶことが可能になる。独占の旨《うま》みが消えれば〈紅天〉の影響力がいっきに弱体化するのは明白だった。

大佐の指摘に少将が頷く。

「そこがこの問題のネックだ。あのエリアの星系のほとんどは、〈紅天〉による開発からスタートしている。皆〈蒼橋〉同様、開発の初期に結ばれた対〈紅天〉通商協定に縛られているから、ここで〈紅天〉が譲歩の姿勢を見せればほかの星系も黙ってはいない」

〈紅天〉を中心に十数個の星系がマーキングされ、資源や物資が移動する様子が表示される。一番太いラインは〈蒼橋〉から〈紅天〉に向かい、そこで枝分かれしてほかの星系、そして連邦の領域に流れ込んでいる。ほかの星系から出るラインも線の大小はあれ、いったん〈紅天〉に向かい、そこで枝分かれしているのは変わらない。

「見てのとおり、〈蒼橋〉の資源は〈紅天〉の生命線だ。ここは〈紅天〉も動く――いや、動かざるを得ない」

少将の口調に引き込まれるように大佐は訊ねた。

「何か根拠が？」

「いま動かなければ、二度と動けない――〈紅天〉の現政権はそう考えているらしい――これ以上は言えないな。察してくれ」

大佐は一瞬戸惑った様子だったが、堅い表情で頷いた。

「問題はどう譲歩するかではなく、譲歩自体が問題ですか――これは厄介だ……」

——少将があえて現政権という言葉を使った意味は確認するまでもない。次期政権の目が出ているということだ。となれば現政権が譲歩の姿勢を見せれば、いっきに足元をすくわれる。ここで弱みを見せるわけにはいかないのは当然だった。

嘆息したムックホッファに、少将はニヤリと笑って見せた。

「そろそろ状況が呑み込めたか？　一度引けば、後は際限なく引くしかない——そう考えている以上、〈紅天〉は強攻策を取る以外ない。だが、逆に言えばそれが〈蒼橋〉側の付け目だろう」

「われわれの出番ですか？」

「そうなるな。事を荒立てて〈紅天〉に手を出させ、そこにわれわれを引き込んで調停させるという算段《さんだん》だろう」

「連邦はそれに乗るわけですね？」

「乗らざるを得ない」

大佐の問いに即答した後、少将は一拍置いて何かを暗誦するように言葉を続けた。

「——〈蒼橋〉を放置して〈紅天〉の占領を許せば、〈紅天〉の影響力は強まり、それを背景として彼らの念願である連邦への直接加盟論が現実味を帯びてくるだろう。しかし、現状のままその検討を許せば、既存の加盟星系間の軋轢《あつれき》を引き起こす可能性が高い。

だが、ここで〈紅天〉の意図を挫《くじ》ければ、好ましい政策変化を招来する可能性がある——

―というのが、情報部のシンクタンクの見解だ」

「好ましい政策変化――ですか？　時間稼ぎにすぎないような気もしますが……」

――確かに東銀河連邦は強大とはいえ、決して一枚岩ではない。安定しているように見えるのは大星系同士の力が拮抗しているからにすぎず、状況しだいでいつひっくり返るか分からない危うさも内包している。

そんな中に、矛盾を孕《はら》んだまま図体だけが大きくなった中堅星系が正式に加盟申請をすれば、火薬庫に火の点いたマッチを投げ込むようなものだ。

だから今のうちに叩いて火種を消す――という考え方が出ても不思議はない。

――ただ、連邦への直接加盟はすべての自治星系の究極の目標と言っていい。ここで〈紅天〉を叩いても、いずれ別の星系が手を挙《あ》げるのは眼に見えている……。

大佐の、いかにも信用できないという口調に、少将は笑って見せた。

「そう思うのが当然だな。確かにこの一件がどう転ぼうと、連邦が抱える問題が全部解決するはずがない。

だが、われわれの力で妥協が成立して資源の輸出が再開できれば、それだって好ましい政策変化の一つだ、違うかね？」

軽くたしなめるような少将の口調に、大佐は思わず目を伏せた。

「准将が聡《さと》いのは承知しているが、ことによりけりだな。われわれの仕事は火消しだよ。

消した後のことはほかの人間に任せる。仕事とはそういうものだ」

「申しわけありませんでした。心します」

――連邦宇宙軍は槍の穂先だ。柄を持つ人間の意図どおりに動くのが役目――連邦宇宙軍士官学校で最初に習うことを改めて指摘されて、大佐は内心で赤面した。

その様子をじっと見ていた少将は、すっと視線を室内に戻した。

「情報では、紅天艦隊は二週間以内に行動を起こすと予想されている。時間はないぞ」

そう少将が告げると、画像が再び変化した。

〈紅天〉に焦点が合い、拡大された上に艦隊の組織図が表示される。

「紅天星系軍の半数以上は、影響下にある星系の抑えに分散しているから、動員可能な兵力は限られる。現状で重巡航艦四、軽巡航艦一〇というところだろう。ただ、軽巡航艦のうち六隻は去年竣工したばかりの最新鋭艦だ。今回動くのはこの六隻に補助艦を加えた二〇隻前後。重巡航艦や揚陸艦は帯同しないというのが情報部の判断だ」

最新型の軽巡航艦の詳細図が表示され、性能諸元がオーバーラップする。

気を取り直した大佐はそれを一瞥《いちべつ》し、少将に確認する。

「遠距離火力と加速性に重点をおいたタイプですね。惑星・蒼橋へ直接侵攻はせず、高速で小まわりの利く軽艦隊でヒット&ランを狙う――という目論《もくろ》みですか？」

「そうだろうな。〈蒼橋〉のすべては衛星軌道上にあるから、首都惑星を制圧しても意味はない。そして衛星軌道への進入を考慮するなら、火力はあっても動きの鈍い重巡航艦は使いにくい」

映像の焦点が〈紅天〉から〈蒼橋〉に移る。惑星・蒼橋の周囲を囲む幅広い岩石帯がズームアップされ、赤と青の輝点がちりばめられていく。赤い輝点が〈紅天〉系資本、青い輝点が〈蒼橋〉系資本の施設だ。赤は軌道の内側に多く青は外側に多いが、中央部分は広く空いていて輝点はない。惑星にある輝点は赤青ともにごくわずかだ。

「まず跳躍点周辺を抑えて星間交易を封鎖した後、外郭軌道の蒼橋資本系産業衛星を占領する――という手はずだろう。たぶん、最初の狙いは精錬衛星だな」

紅天艦隊を示す矢印が蒼橋に向けて伸びていき、最外縁の内側に輝く青い点で止まる。

それを見ていた大佐が少将に向き直った。

「〈蒼橋〉側の戦力はどの程度です？」

「〈紅天〉が無理強いした紅蒼相互安全保障条約で軍備が制限されているからな。深宇宙での捜索救難用に連邦宇宙軍払い下げの旧式哨戒艦が六隻在籍しているほかは、衛星軌道用の警備艇が三〇隻ほどだ。戦力と言えるほどのものはないな」

画面にオーバーラップした蒼橋警察軍の概要を眺めながらあっさりと答える少将に向かって、大佐は言葉を選んだ。

「にもかかわらず〈紅天〉に喧嘩を売ったのは――やはりわれわれを当てにしているわけ

ですね？」

「そのとおりだ。〈蒼橋〉の政府も組合も馬鹿ではない。すでに安保委には非公式に接触があった。紅天艦隊が出れば、それに合わせて〈蒼橋〉政府から平和維持軍の派遣要請が出される手はずになっている」

大佐は首肯《しゅこう》した。落とし所はすでに決まっているということだ。

――しかし、それは〈紅天〉も承知しているだろう。それでも出てくる以上、それなりの目算《もくさん》があるということになる。

「派遣命令が出る前に〈蒼橋〉に行くことは出来ないし、遅れれば〈紅天〉の占領を許してしまう――微妙ですね」

少将はそこで少し笑った。

「まぁ、訓練名目で艦隊を事前に〈蒼橋〉に送っておくという手もあるが、今回この手は使えない。分かるな？」

大佐が無言で頷く。

――連邦軍がいれば〈紅天〉は手を出さない。それではまずいのだ。

少将は何事もなかったように話を続けた。

「〈紅天〉としてはわれわれの到着前に蒼橋の軌道帯に手をかけたいところだろう。そこを停戦ラインとして交渉に入り、撤退を条件にスト停止を迫ると考えられる」

「〈蒼橋〉は抵抗するとお考えですか？」

少将の返答にためらいはない。

「するな。間違いなく。

彼らは紅天艦隊を撃破する必要はない。われわれが到着するまで、衛星軌道帯への侵入を許さなければいい。警察軍に加えて二〇〇〇隻以上ある軌道作業艇を義勇軍として動員するだろう」

大佐が頷く。

「話に聞く蒼橋義勇軍ですね。どの程度の戦力と予想されます？」

少将はその質問に難しい顔になった。

「正直なところ良く分からん。もちろん、深宇宙での戦闘力は皆無だろうが、あの〝ブリッジ〟でとなると予想出来んのだ」

それまで自信たっぷりだった少将の意外な弱音を耳にして、大佐は〈蒼橋〉で通用する過去の戦訓が何かないかと考えをめぐらした。

――宇宙空間での戦闘の事例は多いが、その大部分は惑星軌道以遠の深宇宙が戦場だ。

戦闘が衛星軌道に移るのは通常、防衛側が制宙権を失った後の最終段階であり、一方的な掃討戦になる場合が多い。地上戦のトーチカと同じで、軌道から動けない防衛ステーションはほかの増援に向かうことが出来ず、任意の突破点に攻撃を集中できる航宙艦には抗し得ないからだ。

——だが、〈蒼橋〉の軌道帯は〝ブリッジ〟と呼ばれる濃密な岩石帯に囲まれている。この中に入れば、高い機動性能を誇る航宙艦であっても本来の力を発揮することは無理だ。いくら巡航艦でも、行く手を塞《ふさ》ぐ無数の岩塊を弾き飛ばして進めるほど頑丈ではない。

——そんな状態の巡航艦なら狙い撃ちにする方法はいくらでもあるが、〈紅天〉が強要した紅蒼相互安全保障条約で自主防衛戦力を放棄させられた〈蒼橋〉には、巡航艦の外鈑を撃ち抜けるほど強力な兵器はないはずだ。

——となれば……と、そこまで考えて大佐はいったん考えを打ち切った。事前に情報を得ていた少将が予想出来ないと正直に明かしていることを、少し考えたくらいで解決できるはずがないからだ。

大佐は素直に兜《かぶと》を脱いだ。

「確かに連邦黎明期を除いて、衛星軌道での本格戦闘の例は希少ですし、ましてや、あの蒼橋の〝ブリッジ〟に類似した環境下での戦闘事例は皆無です。過去の戦訓に頼るわけにはいきませんね」

少将が少し苦々しげに同意する。

「そのとおりだ。〝ブリッジ〟の外から目標を破壊すればすむならともかく、今回それをすれば〈紅天〉は自分で自分の首を絞めることになる。いくら不本意であっても〝ブリッジ〟内に入らざるを得ないだろう」

少将の指摘どおり、〈蒼橋〉に、そこさえ破壊すれば抵抗を打ち破れるという軍事的な拠点はない――というか、あるのは〈紅天〉に富をもたらしてくれる産業施設だけだ。紅天艦隊はそれを出来るかぎり無傷で占領しなければ任務を達成出来ない。

「しかし、〝ブリッジ〟は蒼橋義勇軍にとって庭であり畑のようなものです。恐らく紅天艦隊やわれわれ連邦宇宙軍が知らない特性がいろいろあるでしょう。彼らがその地の利を生かして防衛に専念するなら、紅天艦隊といえども苦戦はまぬがれないと考えますが？」

大佐の指摘には少将も異論はないが、立場上それを当てにするわけにはいかない。

「そのとおりならこちらもやりやすくはなるが、われわれとしては素人集団の善戦に期待して作戦を立てるわけにはいかんのだ。だから……」

少将はそう言うと、コンソールに付いている中佐を見やった。

その瞬間、銀河系がブレた。

実距離にすれば数千光年に及ぶ空間を一瞬で飛翔し、星湖基地に焦点が合う。

艦隊の組織図がポップアップし、シルエットで表示された航宙艦が並び始めた。

「現在の第三象限方面艦隊の艦を中心に、重巡航艦四隻と軽巡航艦八隻を主体とする第五七任務部隊を編成し、わたしが直卒《ちょくそつ》する」

「巡航艦だけで一二隻ですか？」

大佐が思わず発した声に、少将はニヤリと微笑んだ。

「初めて驚いたな。そうだ、巡航艦を十二隻連れていく。理由は分かるな」

大佐は急いで考えをめぐらせた。隻数で単純に倍。こちらの四隻が重巡航艦であることを考え合わせれば、戦力は優に三倍を超えるだろう。

「——向こうがナイフでこっちがピストルなら、相手に〝勝てるかも知れない〟と思わせてしまうが、大砲を持っていけば手向かいはしない——そういうことですか？」

少将は満足そうに頷くと、言葉を継いだ。

「そのとおりだ。〈蒼橋〉と〈紅天〉の双方に手向かいは無駄だと思わせて交渉に臨《のぞ》む。准将には小まわりの利く艦を主体に艦隊を編成して、第一〇八任務部隊として指揮下に入ってもらいたい」

大佐は一瞬絶句した。かろうじて声が出る。

「編成もわたしが？」

少将が軽く頷く。

「無論、艦隊編成は連邦宇宙軍本部の仕事だし、これはケーススタディにすぎない——とは言ってもすでに根まわしは済んでいるからな。機動戦艦部隊をよこせとでも言わないかぎり、たいていの要求は通るはずだ」

大佐は薄く微笑んだ。機動戦艦部隊は対星系全面戦争用の部隊だ。もし出撃すれば〈紅天〉程度の星系軍は一瞬で粉微塵になるだろう。

だが、今回は戦争をしに行くのではない、戦争を止めに行くのだ。

「まず旗艦を決めてくれ。任務の性格上軽巡航艦になるが、その辺は理解して欲しい」

そう少将が言うと、連邦宇宙軍星湖基地に在泊していて、二四時間以内に出動可能な軽巡航艦のリストがポップアップされる。その数、一〇〇隻あまり。

大佐が艦長として乗るなら機動戦艦や宇宙空母、あるいは重巡航艦のようないわゆる主力艦と呼ばれる攻撃力に秀でた大艦が普通だが、准将として座乗するなら艦種にこだわる必要はない。任務優先だ。

大佐はリストに目を走らせ、一つの艦名に目を留めた。

「《プロテウス》にしたいと思いますが、よろしいですか？」

それを聞いて少将は少し眉を上げた。意外だったらしい。

「《プロテウス》？　ユリシーズ級だな。それでいいのかね？」

ユリシーズ級軽巡航艦は傑作の誉れ高い優秀艦だが、世代的には一つ前に属する。より優秀とされる新型艦が何隻か就役済みなのだ。

だが、大佐ははっきりと言った。

「いえ、《プロテウス》でお願いします。前に艦長を務めたことがあるので乗組員とも馴染みがありますし、何より実績がありますから」

新型艦には新機軸が採用される――そうでなくては新型艦とは言えない――が、新しいアイデアは往々にして新しいトラブルのもとになる。だが、就役からある程度の時間が経過し何度も任務をこなしているユリシーズ級なら、そういう問題はすでに解決済みなのだ。

理解した少将は少し微笑んだ。

「なるほど、新技術より実績を取るか。大佐らしい判断だ。了解した。ほかの艦は白紙から考えてもらって構わないし、星湖泊地にいる艦にこだわる必要もない。司令部の人選も任せる――というか、今も言ったように時間がない。正直言って、直卒する艦隊の手配だけで手一杯だ。とても支援艦隊までは手がまわらん。済まないがよろしく頼む」

少将の口調は少し切迫している。演技ではなさそうだ。

「分かりました。ほかに艦隊は出ないのですね？」

「二艦隊だけだ。総数も一〇〇隻以内と上から釘を刺されている」

大佐の眉が曇る。「一〇〇隻ですか……」

「不足かね？」少将の問いに、大佐は編成表を改めて見上げた。

作りかけの編成表の大部分にはまだ艦種だけで艦名が入っていない。

「いえ、こちらではなく第五七任務部隊のほうです。巡航艦一二隻に護衛・補助艦二〇隻ではバランスが悪いと思いますが――」

少将は頷いた。

「確かに基本編成なら補助艦はこの倍は必要だろう。だが、今回はこれでいく」

艦隊編成表をじっと見ていた大佐は一つ頷くと、少将に確認した。

「第五七任務部隊は〝ブリッジ〟には近付かないと判断してよろしいですか？」

少将は微笑んだ。

「そのとおり、近付くつもりはない。巡航艦一二隻は保険だと思ってくれ」

「なるほど。大砲は遠くから撃つものですからね」

「そういうことだ。実際に働いてもらうのは准将の艦隊になる——いや、むしろわたしが働くようなことになったら任務は失敗だと思って欲しい」

大佐は表情を引き締めた。

少将は、実務を彼に任せて高見の見物をする——と言っているわけではない。少将の艦隊が〈蒼橋〉を制圧したり、紅天艦隊を撃破したりするのはたやすいが、それでは平和維持軍の目的に反する。保険は最悪のケースを見越して掛けるものだから、当てにするな——と言っているのだ。

少将は無言で考え込んでいる大佐を注意深く見守る。無理難題を押しつけているのは承知の上だ。

——確かに両者の役割分担は明確だ。

少将の第五七任務部隊は、紅天艦隊と、周辺星系への抑えの役割を果たす。平時における巡航艦十二隻には、それだけの重みがある。だが、過度に緊張を高めないためにも、第五七任務部隊があくまで抑えであることを示す必要があり、それが補助艦の少なさとなっている。このあたりは軍事的というよりは、政治的な駆け引きのレベルだ。

——対して必要に応じて実際の介入を行なうのは、大佐と第一〇八任務部隊の仕事となる。そこまではいい。だが大佐の役割が真に困難なのは、何が起きるかを現時点では予測出来ない点にある。

——紅天艦隊が蒼橋義勇軍の抵抗を撃ち破り、〝ブリッジ〟を含む蒼橋星系全体を占領する状況、〝ブリッジ〟防衛に成功した蒼橋義勇軍が紅天艦隊と睨《にら》み合い、膠着《こうちゃく》状態になる状況、あるいは両者入り乱れて、誰も状況を把握できずに混沌とする状況まで、ありとあらゆる状況を想定し、対策を立てることは現実問題として不可能だ。

——にもかかわらず。

ただ一言「了解《イエス・サー》しました」とだけ告げた大佐を、少将は興味深げに見直した。

「それだけかね？」

「え？」

「いや、ここは、〝任せてください〟とか、〝ご安心ください〟とかいう感じの、威勢のいい台詞《せりふ》で決めたくなるところだと思うんだが——准将は違うらしいな」

「申しわけありません。そういうのはどうも苦手で……」

恐縮して頭を下げる大佐を手で押さえて、少将は笑いかけた。

「いやいや、かえって安心したぞ。大言壮語する人間に限って成果はからっきしというのは良くある話だからな。

とにかく矢面に立つのは准将の艦隊だ。最悪の場合、〝ブリッジ〟への進入もあり得る。その辺を充分考慮して編成を考えて欲しい」

そう言われて、大佐は思わず眉間に皺を寄せた。

「それは――いささか骨ですね」

と、少将が破顔した。

「いささか骨――か。やはり准将以外に適任者はいないな。あの〝ブリッジ〟に入れと言われれば、普通の指揮官なら十人の内七人は転属願いを出す」

「残りの三人は？」

「二人は突っ込んでいって死ぬだろうな。そして最後の一人は――」そこでキッチナー少将は意味ありげに言葉を切り、ムックホッファ大佐を見た。

「入らないで済ませる方法を考える――ですか？」

「そうだ。だから今までに呼んだほかの誰でもなく、きみがここにいるんだ」

3　出会い

ムックホッファ大佐が准将の辞令を受けてしばらくたった後。

外で静かに緊張が高まる中、〈蒼橋《あおのはし》〉にも少しずつその気配は近付きつつあった。


〝ブリッジ〟と呼ばれる惑星・蒼橋の軌道帯は、近くで見るといくつかの間隙があり、それによって三つの鉱区に分かれている。最外部の鉱区であるH《High》区と、中央部で岩塊密度が高すぎるために進入が禁じられているM《Middle》区。そして惑星・蒼橋に一番近いL《Low》区だ。

そのH区とM区の境目にある空隙から少しH区に入ったあたりに、人為的に作った小さな空間があり、一つの奇妙な形の巨大な衛星が浮かんでいる。

内部に巨大な遠心分離式精錬ユニットを納めた大小の岩塊をいくつも連ね、その中央を太いシャフトが貫くこの衛星の、最初のユニット群が完成したのが四三年前。それ以来、より高精度の精錬が出来るようにユニットが何度か増設され、今ではその全長は一キロメートルを超える。

H区の高軌道から〝車曳き〟によって運ばれてきた岩塊《ヤマ》は、〝落とし口〟と呼ばれる地点で〝発破屋〟によって砕かれ、衛星先端の巨大なホッパーに落とし込まれる。

岩片は内部でさらに砕かれて細粒化された後、巨大な中央シャフトを通って精錬ユニットを順に通過しながら精錬され、有用な金属が回収された後、最後に残った砂粒だけがシャフトの後端から排出され、各種シリコン類の原料として有効利用される仕組みだ。

〈蒼橋〉最大の精錬衛星であり、名前をアクエリアスという。

だが、そんな上品な名前より、見た目どおりの〝団子山《みたらし》〟という呼び方のほうが通りがいいのが〈蒼橋〉という星系《ほし》だ。

現在では〈蒼橋〉で採鉱される鉱石の三分の一を処理出来るまで増強されたこの衛星によって、〈蒼橋〉の産業は、採鉱一辺倒からいっきに成長した。

今では〝団子山《みたらし》〟の少し内側の軌道に、冶金・成型・金属加工等の衛星が蝟集した〝踏鞴山《たたらやま》〟と呼ばれる工業衛星群が出来上がっている。

ただ、その目覚しすぎる成長が〈蒼橋〉の経済的自立を警戒する〈紅天《こうてん》〉の警戒心を高め、紅蒼通商協定の改定交渉を頓挫させ、ストを誘発する原因になったのも事実だった。

その〝団子山《みたらし》〟のやや高軌道に設定された〝落とし口〟への待機軌道に、十数個の岩塊《ヤマ》が大きく距離を空けて並んでいる。

不自然に等距離に並ぶ岩塊《ヤマ》を良く見ると、どれにも銀色に輝く棒が刺さっているのが分かる。岩塊《ヤマ》を低軌道に遷移《せんい》させるために取り付いた〝車曳き〟の艇体だ。

依然として星間運輸組合のストに解決の見通しが立たないので、岩塊《ヤマ》の受け入れは今日でいったん休止になる。そのため、待機中の岩塊《ヤマ》の数は多い。

その列の中ほどにある岩塊《ヤマ》に取り付いた《播磨屋壱號》のコクピットで、受信を知らせるパイロットランプが点滅した。

「番号来ました、二三番です。待ち順では七番目になります」

大和屋小雪《やまとやこゆき》が〝団子山《みたらし》〟の待機番号を報告する。

今日運んできた岩塊《ヤマ》は義務《ノルマ》ではない。歴としたお宝だ。

モニタに目を落とした播磨屋源治《はりまやげんじ》が待機軌道上の艇の番号を確認し、忌々《いまいま》しそうに呟《つぶや》く。

「結局、越後屋《えちごや》のあとけぇ。おもしろくもねぇ」

〝落とし口〟に遷移出来る軌道に入れる岩塊の数は限られているが、そこに入るのは早い者勝ちだ。

タイムリミットがある今日はいつにも増して熾烈な競争が行なわれ、源治は手慣れた駆け引きで何隻かを出し抜いたが、最後の最後で商売敵の越後屋に抜かれてしまったのだ。

「今日は最終日だから我慢したが、今度あんな阿漕《あこぎ》な真似をしたらただじゃおかねぇ」

わざと衝突コースを選び、チキンレースを仕掛けて来た越後屋のやり口がよほど腹に据えかねたのだろう。源治の怒りは収まらない。

どうしたものかと考えていた小雪が、何かを思い付いた様子で座席脇のポケットに手を伸ばした時、《四號》ランプを光らせた家内無線《ないせん》のスピーカーから、成田屋甚平の声がした。

「まぁまぁ、兄貴は事故がないのが一番だって、いつも言ってるじゃねえですかい。あのくらいは大事の前の小事ってやつですぜ」

とたんに源治が吼《ほ》えた。

「うるせぇ、そんなこたぁは分かってらぁ。これは〝車曳き〟の意地ってやつだ」

遅れを取ったのがよほど悔しいのか、なおもぶつぶつ言う源治の前に、はい、と小雪が何かを差し出した。

「なんだこりゃ?」

「越生堂《おごせどう》の光年飴です。疲れが取れますよ」

口に入れれば一光年進む間味が消えないという飴だ。もちろん洒落だが、超空間航法を使えば五光年や一〇光年はひとっ飛びだから、嘘というわけでもない。

源治は一瞬妙な顔をしたが、小雪の気遣いが分からないほど野暮《やぼ》ではない。

少し気まずくなった源治が「世話をかけるな」と、声に出そうとした時、小雪がほかの艇の接近を告げた。

「建設組合の艇《フネ》が先行します。最接近距離四〇（㎞）。軌道変更必要ありません」

列を組んで待機する岩塊《ヤマ》の間をすり抜けるようにして、鳶職仕様の作業艇が何隻か低軌道に遷移していく。宇宙空間での建設作業に従事する〝宇宙鳶《そらとび》〟の連中だ。〝団子山《みたらし》〟が休止している間に行なわれる補修作業に向かっているのだろう。

待ち切れないという勢いで次々に遷移していく〝宇宙鳶《そらとび》〟たちの作業艇を見送りながら、源治は眉間の皺をわずかに緩めた。

――しゃらくせえ。甚平の言うとおりだ。見ろ、〝宇宙鳶《そらとび》〟の連中には迷いなんかカケラもねぇじゃねぇか。あいつらはおれたちがちゃんとやると信じてる――いや、違うな。信じてるんじゃねぇ。知ってるんだ。その肝心《かんじん》のおれが越後屋ごときに引っ掛かってちゃあ、面目が立たねぇや……。

ようやく自分と折り合いを付けたものの、礼を言いそびれてしまった源治はふっと肩の力を抜き、飴を口に放り込んだ。順番が来るまではまだ時間がある。光年飴の実力を確かめるとしよう。


さらにその少し後、東銀河系の中心部。

東銀河連邦宇宙軍・星湖《ほしのうみ》基地の中央指揮ステーションの中、立体模擬戦技盤が置かれた部屋がざわめいている。

今、巨大な戦技盤に表示されているのは銀河系ではなく、無数のスクリーンだった。周囲のコンソールに数十人のオペレータが付き、報告と同時に部屋の中央にある第一〇八任務部隊の立体編成図を更新していく。

その裏には同時に準備を行なっているキッチナー中将の率いる第五七任務部隊の編成表が表示されているはずだが、こちら側からは見えない。

まだシルエットだけの艦がほとんどだが、すでに色が付き、補給整備状況を示す表示に切り替わっている艦も何隻か見える。

と、中央のコンソールが呼び出しランプを輝かせた。真新しい肩章を付けたムックホッファ准将が即座に応答する。

「ムックホッファだ」

「第二四一掃海艇部隊、出港しました。到着は二七時間後です」

同時に編成図の一部、一二隻ほどのシルエットが点滅し、移動中を示す色付き表示に変わる。

「了解」と返す准将の表情は険しい。

キッチナー少将(今は中将)の時間がないという言葉に嘘はなかった。

いくら根まわしは済んでいると言っても、実務は実務だ。「よろしく頼む」の「よろしく」の内容を一つ一つ詰め、結果にしていかなくてはならない。

まず、指揮する第一〇八任務部隊の司令部要員の任命と召集に一日。基本方針の徹底と準備計画の立案に二日。今日やっと艦艇の集合が始まったところだ。

とはいえ、誰に何を任せるか決めるのが司令官の仕事だ。この段階になってもまだ司令官が動かねばならないようなら、用意した計画に齟齬《そご》があったということになる。

後はどんと構えて完了報告を待っていればいいのだ――マニュアル的には。

准将は大急ぎで詰め込んだ准将用教本を思い返し、コンソールに表示されている最新のタイムテーブルに目を落とした。

基本フォーマットどおりの予定表だが表示にメリハリがあり、非常に分かりやすい。最初の一日二日分は、これでいいのか？　と思うくらい大雑把だが、何かが実行されると、それに見合ったスケジュールが瞬時に変更・追加される。

今出航の報告があった第二四一掃海艇部隊の整備補給予定もすでに組み込まれていることを確認し、感心したように頷いた准将だったが、その詳細に目を走らせたとたん、眉が曇った。

――通常は機関関係の整備から入るはずなのに、装備関係の作業が先に入っている。機関が完全でなくては装備関係の整備は出来ないはずだ……。

さて、どうするか？　准将は少し悩んだ。初顔合わせのスタッフは皆、新米准将の手並みを計っているところだろう。立案者に質すのは簡単だが、重箱の隅を突《つつ》いているように見えるかも知れない。ここは何か理由があるはずと判断して見過ごすべきか……。

顔を上げた准将はカフに手を伸ばした。

「はい、整備補給担当、末富《すえとみ》大尉です」

ヘッドセットから綺麗なアルトが流れ出し、准将は一瞬心を奪われた。張りというより、艶《つや》がある。確かキッチナー中将が推薦してくれた人間だったはずだが――どんな顔だったかな――そんなことを頭の片隅で思いながら訊《たず》ねる。

「第二四一掃海艇部隊の整備計画に付いて聞きたい」

「あ」と一瞬息を呑む気配があって、アルトの声は少し急き込むように話し出した。

「装備関係の整備を先にした件ですね。あれは機関関係のスタッフのシフトを優先したためです」

「シフト？」

「はい。第二四一掃海艇部隊より近い位置にいる第一一三索敵艇部隊が間もなく出港します。機関整備は先に到着するそちらを優先させ、手が空きしだい掃海艇に移ります。掃海艇の装備は主機関とは切り離されている部分が多いので先行整備が可能ですし、機関整備とも平行出来ます」

そういうことか――准将は内心で唸った。確かにこれから次々に艦が入ってくる。手当たりしだいに整備を始めたら収拾が付かなくなるのは当たり前だった。

「分かった。整備スタッフが足りないなら言ってくれ、増員は可能だ」

　ところが末富大尉の返答は意外なものだった。

「いえ、増員は必要ありません。あまり判子の数が増えるのは良くありませんから」

「判子？」

「はい。一つの部隊の機関整備は一つのチームで担当するようにシフトを組んでいます。そうすれば問題があった時に誰を締め上げればいいかすぐ分かりますから」

　恐ろしいことをさらりと言われて、准将は苦笑した。確かに最初から部隊ごとに整備責任者が限定されているなら対応は楽だろう。

「分かった。あまり現場を脅かさないように頼む」

　末富大尉はころころと笑った。

「はい。締め上げるのはお任せします」

　准将は緩む頬を引き締めて告げた。

「うむ。それがわたしの仕事だが、そうならないようにするのがきみの仕事だ」

「了解しました《イエス・サー》」

　通信が切れる。准将はふっと息をついて、ほの暗く霞《かす》む戦技盤の向こうを見やった。

　――今日出来ることを明日するな。明日出来ることを今日するな、ですね。あなたが推薦して下さっただけのことはある……。

と、コンソールの個人通信ランプが明滅した。発信元を見た准将がヘッドセットを秘話通信に切り替え、応答ボタンを押す。

「こっちの用件は済みました」

前おきなしにそう告げたモニタの男の背後には、メビウスの輪をいくつも絡み合わせたような複雑なメカニズムが見えている。星間航法用消去機関《バニシグ・エンジン》だ。

准将が艦長を務めていた重巡航艦《アテナイ》の機関室から通話しているらしい。

「ああ、得手《えて》でないことを頼んですまない」

少し心苦しそうに返す准将に、男は軽く顔をしかめて応《こた》えた。

「そりゃあ大佐——じゃなかった——准将のご指名ですが……本当におれでいいんですかい？」

准将は何度も言ってきた口説き文句を、念を押すように繰り返した。

「本職でないのは承知の上だよ。わたしはこの任務をいわゆる本職に任せるのはかえって危険だと思っている。われわれがいま必要としているのは軍事的な情報ではなく、あの星系《ほし》で生活している人々が何を感じ、何を求めているのかということだ。それを意に反して探り出すのではなく、腹を割って聞けるのは、同じ技術者であるきみしかいない。違うかね？」

「そこまで買っていただけるのは嬉しいんですが、正直保証は出来ませんぜ」

「分かっている。出来ないことまでやれとは言わないさ。連絡艇の手配は済んでいる」

「とうとう退路を絶たれましたか。ようがす、やってみますわ。豪勢に〈豊葦原《とよあしはら》〉まで直行ですね」

「うむ。その先は自分で手配を頼む」

「そりゃあ連邦宇宙軍の旗立てて行くわけにはいきませんや。なんとかします」

「頼む」「じゃ、〈蒼橋〉で待ってます」というやり取りが終わって、准将はシートに深くもたれた。

――《アテナイ》が大改装に入ったおかげで、噴射推進機関担当士官《ろけっとや》だった彼を司令部付で引っ張れたのは幸いだった。大丈夫。あいつならやってくれる。

この部屋に入って初めて笑った准将は、改めて部屋中央の編成図に目を移した。

残りの四日で艦艇を集合させ、整備と補給を完了しなければならない。


同じ頃、〈蒼橋〉の〝ブリッジ〟の一番内側、L《Low》区の最内縁。

ここにもやはり、団子山《みたらし》周辺と同じように人為的に広く空けられた空間がある。

定期的に行なわれる丹念な掃海によって確保されているその空間に浮かんでいるのが〈蒼橋〉の表玄関〝蒼橋軌道宇宙港〟を擁する、巨大な〝蒼橋第一共同ステーション〟だ。愛称は〝蒼宙市《あおぞらし》〟。

だが、そんな人形劇が似合いそうなさわやかな名前より、差し渡し数キロに及ぶ回転楕円形の岩塊の周囲に、無数のアンテナや標識灯を突き出した姿そのままの〝簪山《かんざしやま》〟のほうが通りがいいのが〈蒼橋〉という星系《ほし》だ。

〈蒼橋〉で最初に手が付けられたこの岩塊《ヤマ》は、採掘後に居住区として再利用する前提で掘削され、今では何段にもなった多数の同心円状のトンネルと、それを貫くスポーク状の通路によって連結された一大居住・商業・娯楽空間になっている。

　岩塊の長軸を軸に全体を回転させることで最大一G程度の擬似重力を発生させているこのステーションは、一時滞在者だけでも五万人、定住人口は八〇万に届こうという、宇宙《そら》に浮かぶ〈蒼橋〉最大の都市なのだ。

　単に〝簪山《かんざしやま》〟と言う時はこちらだけを指すことが多く、蒼橋評議会を始めとする各種行政組織の施設もあるし、〈紅天〉系企業に勤める〈紅天〉市民の数も多い。

　そしてその岩塊の中心軸の先にある追加構造部分が、〝蒼宙港《あおぞらこう》〟と呼ばれる軌道宇宙港だ。

〝簪山《かんざしやま》〟に接続して回転している部分が旅客用宇宙港で、星間航路、衛星軌道航路、そして惑星・蒼橋地表向けの三段円柱構造になっている。

　そしてその先にある複雑な構造物が、ゼロG環境が必要なので回転していない業務用埠《ふ》頭《とう》群だ。〈蒼橋〉からの輸出品は少し離れたところにある〝蒼橋軌道貨物港〟から積み出されるが、その帰りの輸送船が生活関連の貨物を積んでここに到着し、その貨物はここから〈蒼橋〉各地に散っていく。

最下部の第三層が蒼橋地表向け埠頭、第二層が衛星軌道向け埠頭、そして最上段の第一層が外惑星と星間航路用の埠頭だが、第二層だけが極端に大きいのには理由がある。

〈蒼橋〉では人口の七割が〝ブリッジ〟に住んでいるから需要が大きいのはもちろんだが、ここは〝ブリッジ〟で働く各種作業艇の多くの母港にもなっているため、大規模な係船・整備エリアが設けられているのだ。


その係船エリアの一角から、数人のクルーが漂い出し、三々五々と散っていく。

最後の一人になったオレンジのツナギが、〝簪山《かんざしやま》〟の中央を貫いて走る、巨大なリニアモーター式のメインリフト《きしや》の駅に向かう。

ゼロG環境の業務用埠頭群と回転している〝簪山《かんざしやま》〟相互の連絡はこのメインリフト《きしや》を使うしかないので、円筒形の車両の直径は星間航路輸送船の標準コンテナを収めるために一〇メートルほどもある。

少しとっぽい感じのツナギの兄《にい》ちゃんは、その車列の先頭にオマケのように張り付いている厚さ五メートル程度の旅客用車両に乗り込んだ。車内は二重の円筒形になっていて、湾曲した天井から吊革が伸びている。

兄ちゃんが空いた吊革を摑むとほどなく、柔らかいブザーと共にメインリフト《きしや》がゆっくりと動き出した。旅客ロビー部に近付くにつれて身体が少しずつ重くなり、たわんでいた吊革がぴんと伸びる。ロビー部の回転に同期するために車両がシャフトの中でまわりだしたのだ。ただ、回転の中心なので感じる重力は〇・一G程度。普通に歩くには磁力靴の助けがいるだろう。

「間もなく星間航路ロビー。星間航路ロビー。床のドアが開きます。お降り間違いのないようご注意ください。次は衛星軌道ロビーです」

柔らかいブザーの音と共にアナウンスが流れると、今ははっきりと床として感じられる湾曲した壁面に扉が開き、短い階段が現われる。

兄ちゃんは磁力靴をオンにし、階段を下ると円筒形の星間航路ロビーの轂《ハブ》部分に当たるフロアに踏み出した。ここから放射状に出ているスポークリフトを使って、同心円状に構成されているほかのフロアに向かう仕組みだ。

兄ちゃんは長い上り坂になっているように見える轂《ハブ》部の通路を進む。遠心力による擬似重力は常に自分の真下方向に働くから、いくら進んでも上っているとは感じられないのがいつ来ても妙な感じだ。

到着ロビー行きのスポークリフトを見つけて乗り込むと、下がっていくうちにさらに身体の重みが大きくなり、ほぼ一Gになったところで、チャイムと共にドアが開いた。

開いたドアの向こうは別世界だった。

明るい照明と華やかなＡＤ《アド》サイン。小綺麗な服装で清潔な広いフロアを行き交う人々。

良く見れば轂《ハブ》部同様に床がわずかに湾曲しているが、適当な間隔で立てられた仕切り壁によって、それと意識させない作りになっている。この下（外側）に搭乗ゲートがあり、回転するロビー部に接線方向から同期した旅客船が可倒式のアームで保持され、固定される仕組みだ。おかげで旅客は一Ｇ状態のまま宇宙船に乗り降り出来る。

第二層の薄暗く実用一点張りの業務用埠頭群とは大違いだが、妙に浮き足立ったざわつきが感じられるのは、やはりストに解決の見通しが立たないせいだろう。

ストによって組合員のピケが張られているのはここではなく、離れたところに浮いている〝蒼橋軌道貨物港〟だが、良く見ればこのフロアのあちこちにも蒼橋警察軍の濃緑の制服が見え隠れしている。

公式にはこのストは一企業の労働争議でしかないが、実質は独立戦争に近いことはすでに知れ渡っている。気の早い〈紅天〉系企業の中には社員と家族を避難させ始めたところもあるらしい。出発ロビーで目立つい い身なりの家族連れは、たぶんその先陣だろう。

そして出ていく者があれば入ってくる者もある。

蒼橋警察軍が目を光らせているのは、その中でも他星系《よそ》から来た人間だ。

——緑服《けいさつ》も楽じゃねぇか。

兄ちゃんは肩をすくめると磁力靴を切って歩き出した。

目指す星間航路ゲート近くに並ぶ一般伝書便《クーリエ》カウンターの一角、セルマエクスプレスの前に人だかりが出来ている。

高次空間通信《HDSN》を使える組織や人間は限られているし、コード通信しか出来ない。そのため、コネを持たない一般企業や市民の間では昔ながらの高速艇を使ったクーリエ便が主流で、データを直接受け取りに来る人間も多いのだ。

ただ、今日はいつもの三割増の混雑だ。

——こいつも停止するかも知れねぇって話は意外に広がってるようだな。

兄ちゃんは軽く舌打ちすると、人垣のなかに肩を押し込んだ。

到着データの送り状を記録した個人端末をセットし、守秘パスワードを打ち込むと、空飛び猫のマークが付いた標準型PACが滑り出す。

掌《てのひら》より二まわりほど小さいPACの重さを軽く確かめ、ポケットに入れる兄ちゃんの頬がほころんだ。

と、その時、カウンター前の人垣が崩れて一人の若い女性が転《まろ》び出た。

新品の真っ白な真空耐Gスーツに磁力靴、外したヘルメットは上手《うま》く固定できていないのか、頭の後ろでぶらぶら揺れている。

「あ、あれっ、あれれ……」

体勢を立て直そうと足に力を入れたとたん、彼女は右足をフロアに貼り付けたまま前につんのめり、慌てて左足を大きく踏み出したまま動かなくなった。

〝達磨さんが転んだ〟で、思いっきり足を出したとたんに鬼に振り向かれた子供のような格好で途方に暮れている様子に、周囲からクスクス笑いが漏れる。

ツナギの兄ちゃんは笑いながら声をかけた。

「ねえちゃん、どうした？　新しい遊びか？」

振り向いた顔は真っ赤だが、まだ若い。

くせっ毛の下の顔は、そばかすまじりだった。ついでにＨＭＤ《ヘッドマウントディスプレイ》をつけている――――と思ったら、ただの古くさいデザインの眼鏡らしい。

一瞬むっとした様子だったが、声をかけた男が典型的な宇宙船乗《ふなのり》りスタイルなのを見て取ったのか、彼女は素直に頭を下げた。

「すみません、助けていただけませんか？　足が貼り付いちゃって」

「足？」

兄ちゃんは片眉を上げると彼女の磁力靴を眺めた。

小さなパイロットランプが点滅している。

「おい、靴がホールドモードになってるぜ」

「足を固定して船外作業したりする時のモードだよ。切り替えな」

「え？　ほ、ほーる……ど？」

「切り替えって……どうすれば……」

兄ちゃんは天を仰いだ。

「おいおい、そんなことも知らないでＡＺＩＭＯのＡＮ３なんか着てるのかよ？　腰んとこに靴のコントローラーがあるだろ、その端のダイヤルが今Ｈになってるから、Ｏに合わせりゃいい」

「えっち？　おー？」

「ＨはＨｏｌｄ、ＯはＯｆｆだよ」

「は、はい、分かりました……えーと」

言われてスーツの右腰に付いているコントローラーに手を伸ばした彼女だったが、何故か再び固まってしまった。

「どうした？」

「あの……ヘルメットが重くて首が曲がらないんで、コントローラーが見えません」

兄ちゃん、いっきに気が抜けた様子。

「ああもう！　仕方ねぇ、動くなよ」

言うなり彼女の腰に手を伸ばすとダイヤルをＨからＯへ。

となれば当然、彼女は支えを失うわけで。

あっと思った時にはもう、二人そろってフロアと仲良しというしだい。

「ど、どいてください！」

彼女は慌てて兄ちゃんを押し退けようとするが、退くわけがない。乗ってるのは彼女のほうだ。

「それはこっちの……痛ぇ、グローブはめた手で殴るんじゃねぇ」

「ご、ごご、ごめんなさいっ」

と、緑服《けいさつ》が飛んで来るほどの大騒ぎした後、やっとのことで二人が立ち上がった時、期せずして周囲から拍手が沸き起こったりしたが、それはまぁ置いておいて。

「申しわけありませんでした」

深々と頭を下げる彼女に、ちょっと目元を腫《は》らせた兄ちゃんは鷹揚《おうよう》に手を振った。

「いいってことよ。しかしまたなんで、スーツをパワーONにしてたんだ？　このフロアは一Gに調整されたAAAの耐圧区画だぜ」

女の子はいっそう肩を落とした。

「あの――船が〈蒼橋〉に着いたんでスーツ着ないといけないと思って、手荷物から出して急いで着て降りたんです。説明書読んでる暇がなくて……」

兄ちゃんは改めてため息をついた。

「じゃあ、何か？　このスーツは下ろしたてで、個別調整もやってねぇのか？」

女の子はきょとんとした。

「個別調整って何ですか？」

兄ちゃんの嘆くまいことか。

「ああっ、もうなんでこんなやつがAN3なんて着てるんだよ。人間の代謝能力には個人差があるから、それに合わせてスーツを調整しなきゃいけねぇんだよ」

「ええと……」

少し首を傾げてから、女の子はぽんと手を打った。

「わかりました！　パンツの裾上げみたいなものですか？」

その返答に兄ちゃんの肩がさらに一段落ちる。

「あのなぁ……まぁいいや。そんなもんだ。後でちゃんとスーツ屋に行けよ。言っとくけど洋服屋じゃねぇぞ」

「え？　違うんですか？」

首を傾げる様子に兄ちゃんはしばらく無言で天を仰いでいたが、ふ、と身体の力を抜いて言った。

「分かった、スーツ屋を紹介してやる。後のことはそこで聞け」

「ええと……」と女の子はしばし考え、突然ぺこんと頭を下げた。

「はい。分かりました。お願いします」

兄ちゃんはゆっくりと踵を返し、「付いて来な」と片手を振った。

と、その背中に「あの、成田屋さん」と声が掛かった。

兄ちゃんぎょっとして振り向いた。

「な、なんでウチの屋号を……」

「背中に書いてあります。大っきく、成田屋って」

彼女はそう言って微笑《ほほえ》んだ。

名入りのツナギだったことを思い出して、成田屋甚平《なりたやじんぺい》が頭をかいた。

「頭隠して尻隠さずってやつだな。たしかにおいらは成田屋だ、成田屋甚平。見てのとおりの採鉱屋《やまし》だ」

それを聞くと彼女もにっこり笑ってウエストポーチを探り、一枚の名刺を取り出した。

「星湖《ほしのうみ》トリビューン蒼橋特派員のロイス・クレインと言います」

「ブン屋さんだったのか」

甚平の口調が少しぎこちなくなったのには理由がある。

彼の所属する採鉱師組合は事業者組合だが、ストを打っている星間運輸組合とは連携関係にある。上から〝他星系《よそ》の人間と気安く話さないように〟という通達が出ているのだ。

甚平は改めて目の前の女記者を眺めた。

餌を待つ小動物に似た瞳が見つめている——甚平はふっと肩の力を抜いた。

「〈星湖《ほしのうみ》〉からだと〈星峰《ほしがみね》〉、〈紅天《こうてん》〉、〈豊葦原《とよあしはら》〉と、三回乗り換えか」

何事もなかったように訊ねる甚平に、ロイスは嬉しそうに答える。

「いえ、〈紅天〉からの直行便があったんで二回で済みましたが、待ち時間が長くて……」

「なるほど。で、何しに〈蒼橋〉に？　あんたもストの取材か？」

そう探りを入れたつもりだった甚平だったが、ロイスの表情が急に曇った。

「それが……突然部長に呼び出されて、〈蒼橋〉へ行け、って言われて……何の取材かって聞いても〝行けば分かる〟の一点張りで……〝なんでもいいから、見たこと聞いたことを書いて送ればいいんだ、愚図愚図するな！〟って怒鳴られて……スーツを押し付けられて……散々脅かされて……放り出されたんです……あたし……部長に嫌われてるんです……きっといらない子なんです……」

話しているうちに声が低くなり、そのうち涙ぐんできた。

聞いた甚平はぽかんとするばかりだ。初対面でいきなり内部事情をまくしたてられても返答のしようがない。

「……そ、そうか。そりゃあ災難だな……ブン屋さんも大変なんだな」

「分かります？」と潤《うる》んだ目で見上げられて、甚平は一瞬たじろぎ、もごもごしながら返事を絞り出す。

「ああ、分かった。分かったから、とりあえずスーツ屋に行こうぜ。こっちだ」

——何か、この女と話してるといろいろ考えるのが馬鹿みたいに思える。これ以上関わりになる前におっ放すとしよう。

と、涙をぬぐったロイスがかぶりを振った。

「いえ、その前に一つお願いがあるんです。どこかＰＡＣの読めるところはありませんか？　チェックインしたホテルに携帯ビューアー《てちょう》を忘れてきてしまって」

「ＰＡＣ？　ああ、クーリエ便か」

クーリエ便のデータは人間のように宇宙港で乗り換える必要はないから、後から出た通信が先に着くことは良くある話だ。

納得した甚平は少し考えていたが、ロイスに顎をしゃくった。

「こっちだ。付いて来な」

関わりになる前に——というさっきの決心がもうスポンと抜けてしまったことに、甚平は気付いていない。

混雑するロビーを慣れた様子で横切り、クーリエ便カウンターの裏手にある端末セクションに着いて初めて、甚平はロイスがいないのに気が付いた。

さっそく迷子かよ——と、背後を窺えば、人混みの間を白いものがふらふら動いている。

「こっちだこっち」手招きする甚平を見つけて、おろおろとあたりを見まわしていたロイスの顔がぱっと輝く。

「あ……良かった。あたし見捨てられたかと思って、もう心細くて……」

「分かった分かった。いいから座りな」

息を切らせて寄って来たロイスにセクションを示し、甚平は少し離れた。

「重ね重ねすみません。では遠慮なく」

と、PACをセットしたデスクに腰を下ろしたロイスの指が、目にも留まらない速さで動き始めた。

ちょっと見直す感じで見とれていた甚平だったが、しばらくして彼女は顔を上げ、彼のほうを見た。表情が固い。

「あの、ニュースを読んでストのことはだいたい分かりました。〈紅天〉の軍隊が攻めて来るって本当なんですか？」

「まぁ、確かにいろいろあるが、その話を聞きてぇのか？」

初めて会った記者に、おいそれと話せるようなことじゃねぇがな——と、心の中で続けた甚平だったが、ロイスはかぶりを振った。

「いえ、それはものすごく——本当にものすごく気になるんですけれど、今はいいんです。もっと気掛かりなことが出来て……」

「戦争より気掛かり？　穏やかじゃねぇな」

甚平は心理的に少し身構えた。

「はい、いま開いた部長のメールに……その、一つだけ分からない言葉があるんです。検索してもさっぱりで……」

「なんだ？　分からねぇなら聞きゃあいいじゃねぇか。記者なら高次空間通信《HDSN》を使えるんだろう？」

――正確に言えばおまえさんじゃなくて、おまえさんを雇っている会社が、だがな。と心の中で付け加えた甚平に向かって、ロイスは大袈裟にかぶりを振った。

「だめです。高次空間通信《HDSN》は高いんです。記事を送る時以外には絶対使うなと部長に言われてるんです。こんなことで使ったら、あたし、本当に部長に見捨てられます！　でも……そんなことになったらどうしよう……あたし、帰れない……失業しちゃう……」

と、ロイスはうつむき――突然ぱっと顔を上げた。

「そうだ、仕事を探さないと！　どこかで記者を募集してませんか？」

真顔で訊《き》かれて、甚平は再度がっくりと肩を落とした。

「あんたなぁ……いくらなんでも気が早ぇだろうよ。職探しする前に、何が分からないのか言ってみな。〈蒼橋《ここ》〉だけで使ってる言葉かも知れねぇ」

「あ、そうか、そうですね。ええと……〝Lを探せ〟って言われたんですけど、何のことかご存知ですか？」

そのとたん、甚平の表情が強張《こわば》った。

素早くあたりを見まわすと、ほかの人間に見えないようにして唇に指を立てる。

話しかけようとしたロイスの口を低い声がふさいだ。

「河岸《かし》を変える。付いて来な」

怯えた様子のロイスは促されるまま席を立って、先導する甚平の後を付いて歩き出した。

しばらくは静かにしていた彼女だったが、突然何かを思い付いたらしく、甚平に声をかけた。

「あの、もしかしてこれ、ナンパってやつですか？　だったらあたし困ります。いちおうあたし彼氏がいて、いいえ、出発前に振られちゃったんですけど、いえそうじゃなくって、悪いのはあたしだったんですけど、じゃない、ええと、そうじゃなくって、あ、あたし、困ります、いきなりナンパ、困ります」

聞くなり甚平はたたらを踏んだ。

「ああっもう、何を言い出すのかと思ったら——おれは女には不自由してねぇよ。いいから付いて来い」

「そうですか……」

何故か少し気落ちした様子のロイスを従えて、甚平は水平リフト《でんしや》の一つに向かった。

〝簪山《かんざしやま》〟の回転している部分を行き来するだけなら、メインリフトに乗らなくても、同心円状に配置されている各フロアを貫く水平リフトを使うほうが便利だ。遊園地の乗り物に良く似た屋根のない椅子だけの車両だが、歩くよりは遥かに早い。

甚平がロイスを連れて来たのは、ロビー部の先端にある〝蒼宙横町《あおぞらよこちょう》〟と呼ばれている小規模な商業フロアだ。水平リフトで逆方向に行けば、もっと繁華な〝簪山《かんざしやま》〟の商業エリアに出るが、ここは〝蒼宙港〟で働く人間相手の場所なので、行き交う人は男女を問わず作業服やツナギ姿だ。

雑多な店が軒を並べた〝蒼宙横町〟は今日も混雑している。ストの影響で仕事が休みになった連中が繰り出して来ているのだろう。

いっきに雰囲気が変わったことに少し怯え、あたりを不安げに見まわしていたロイスだったが「こっちだ」という甚平の声に慌てて後を追った。

江戸紫に白く〝小料理　鹿の子《かのこ》〟と染め出された暖簾《のれん》から、甚平が顔を出している。

「心配ねぇ、妙な店じゃねぇよ」

ロイスも慌てて暖簾をくぐった。

店に充満した揚げ物や焼物、そしてじっくり時間をかけた煮物の匂いが鼻をくすぐる。

混雑した店内を器用に縫って、甚平はロイスを店の奥に引っぱっていく。

「おやおや、甚平くんにも春が来ましたか」

「凄《すご》い、AZIMOのAN3だ」

「ごめんよ」と〝鹿の子〟の座敷の襖《ふすま》を開けた甚平とその連れを見て、降ってきたのがこの挨拶だ。

音羽屋はともかく、昇介はちょっと的を外れてるんじゃねぇかと思いつつ、甚平は二人をロイスに紹介する。

「こっちの四角いのが音羽屋忠信《おとわやただのぶ》、あっちのこんまいのが滝乃屋昇介《たきのやしょうすけ》だ。二人とも播磨屋一家の身内で、後二人いるんだがまだ来てねぇ。

本来ならひと仕事終えて〈豊葦原〉あたりに休暇に行く時期なんだが、ストが始まって積み出しが止まっちまったからな。これからどうするか、用足しにバラけた後、ここで相談する手はずになってたんだ。

この姉ちゃんは港で知り合った記者さんだ。名前は――なんだっけ?」

「覚えてなかったんですか?」とふくれて見せたロイスは、ポーチから名刺を取り出し、二人に手渡した。

「星湖トリビューン蒼橋特派員のロイス・クレインです」

名刺を受け取った音羽屋の表情が変わる。

「またなんで甚平くんは星湖の記者さんと一緒に?　組合の通達を忘れたんですか?」

いや、忘れてたわけじゃねぇが——と、到着ロビーでの一件を話し始めた甚平だったが、途中でいきなりうっとわき腹を押さえて悶絶した。

見ればロイスがそばかすが見えなくなるくらい真っ赤な顔をして、戻した肘をさすっている。

「ふむ。甚平くんはもう少しデリカシーというものを覚えたほうがいいですね。そういう時は困ってる様子だったんで手助けをした——くらいでいいんです」

落ち着いた口調の音羽屋に言われると、そうかな？　という気分になるのが不思議だ。

痛みが治《おさ》まるのを待って、甚平は肝心なことに話を移した。

「いや、問題はこの後よ。この記者——ロイスさんが、宙港のど真ん中で〝L〟の話をしようとしたんで、慌てて黙らせてここに連れて来たんだ」

とたんに部屋の空気が変わった。

昇介は名刺を座卓の上に置き、音羽屋の目がすっと細くなる。

「ロイスさん。その言葉をどこで聞きました？」

低い声がいっそう低い。

あまりの空気の変わりようにロイスが茫然としていると、座敷の襖がからりと開いた。

「おいおい、何事だ——おや、見ねぇ顔だな」

入って来たのはもちろん、播磨屋源治《はりまやげんじ》と大和屋小雪《やまとやこゆき》だ。

これがああであっちがこうで、と一通り挨拶と説明が終わり、どっかりとあぐらをかいた源治が改めて口を開いた。

「なるほど。だいたい分かった。つまりこの記者さんをどこに埋めるかって話だな」

真っ蒼になって硬直したロイスの肩を小雪がぽんぽんと叩き、軽く源治を睨《にら》んだ。

「艇長のいけないのはそういうところです。女の子をいじめると嫌われますよ」

源治は頭を掻いた。

「いや、申しわけねぇ――にしても、こりゃあ難儀だな。

その本社の部長とやらが、どこから嗅ぎ付けたか知らねぇが、確かに〝L〟っていう名前のもんはあるし、今の騒動――言うまでもねぇが、星間運輸組合のストのことだ――に関係しているのも間違いねぇ。だが、拠《よんどころ》ねぇ経緯《いきさつ》ってやつで、まだ公には出来ねぇんだ」

「拠《よんどころ》ない経緯《いきさつ》？　どういうことです？」

まだ少し青い顔のまま首を傾げるロイスに、源治は手を横に振った。

「いやいや、それを話すと、なんでおれたちがそれを〝L〟としか呼ばねぇか、から始めて全部話さなくちゃぁいけなくなる――どうしたもんか……」

考え込んでしまった源治に代わって、音羽屋が膝を進めた。

「ロイスさん。あなた、〈蒼橋《ここ》〉に来る前に下調べして来なかったんですか？」

音羽屋に正面から訊ねられ、ロイスは赤面した。

「それが……部長に止められたんです。『〈星湖〉あたりで分かることなんぞ、たかが知れてる。現地のことは現地で訊《き》け。無視されて、怒られて、馬鹿にされているうちに、現地の人が何を感じ、何を思っているかが見えてくる。そうなったら原稿を書け。おれがそれを読者にきちんと伝わる記事にしてやる』って言われて……」

音羽屋が、ほぅ、と感心した声を上げた。

「それはまた出来た部長さんですね。ロイスさん、あなたは運がいい」

「そうでしょうか？」不得要領《ふとくようりよう》に首を傾げるロイスに、源治は優しく言った。

「ロイスさん、事情は分かった。その部長さんの言うとおりだ。あんたにはまだ〝L〟の原稿は無理だな。その前に、まだ見たり聞いたりしなきゃいけねぇことがいっぺぇあるはずだ」

「スーツの使い方とかね」昇介がまぜっかえすが、小雪はまじめな顔で言った。

「昇介くんの言うとおりですよ。部長さんがそのスーツを持たせてくれたのはきっと、そのスーツがないと行けないところに行きなさい、って意味なんですよ」

「それなんですが……」と、何やら考えていたらしい音羽屋が口を挟む。

「御隠居《ごいんきょ》に頼んではいかがでしょう？　適任だと思いますが」

「祖父《じい》ちゃんかい？　うん、いいと思うよ。物知りで話し好きだし、それに女の人大好きだから喜ぶよ」

「なるほど、御隠居か――いいかも知れねぇな。

どうでぇ？　それでいいかね？」

と向き直った源治に訊《き》かれて、ロイスは目を白黒させた。話が呑み込めないのだろう。

「あのな、〈蒼橋〉の生き字引みたいな爺《じい》さんがいるんだよ。引退した採鉱師《やまし》で組合の顧問もやってるが、ぶっちゃければ昇介の義理の祖父《じい》さんさ。

そこへ行っていろいろ聞いて来ちゃあどうか、ってことさ。それとも自分で誰か捜すかね？」

源治の話を聞いてロイスの顔がほころんだ。

「あ、はい。おっしゃることは分かりました――でも、どうしてそこまでご親切に？」

小首を傾げるロイスに、小雪が微笑む。

「別に親切ごかしで言ってるわけじゃないのよ。ロイスさんが〈蒼橋〉についてちゃんとした原稿が書ける記者になってくれれば、わたしたちもとても助かる、ってことなの」

小雪のわたしたちの意味をまだ知らないロイスは、素直に頭を下げた。

「すみません、お世話になります」

「よし決まった。おい、甚平。ロイスさんをスーツ屋に案内したら、〝葡萄山《ぶどうやま》〟の御隠居のところに連れていってやれ」

4　葡萄山《ぶどうやま》

——という話があった少し後。舞台は〝簪山《かんざしやま》〟と同じL区の反対象限あたりに浮かんでいる一群の岩塊に移る。

そこは自然に集まった岩塊群のようにも見えるが、それにしては密集しすぎているし、あちこちから光も漏れている。

さらに目をこらせば、ゆっくりと回転する岩塊群《ユニット》を貫くシャフトも見えるだろう。

正式名称〝蒼橋《あおのはし》労組連合満期保養ステーション〟。

その名のとおり、小金を持って引退した宇宙生活者の隠居所だ。

とはいうものの、そこはかとなくうらびれた雰囲気が隠せないのは、本当に金のある引退者は〈豊葦原《とよあしはら》〉を始めとする自然豊かな他星系に移住してしまうからだろう。

さらに腕に覚えのある住人が勝手に岩塊《ユニット》を継ぎ足したりしたので、今では全部でいくつあるのか誰も知らないというありさま。

おかげで付いた愛称が〝細石《さざれいし》ステーション〟。

残念ながらこんな雅やかな名前より、見た目通りの〝葡萄山《ぶどうやま》〟のほうが通りがいいのが〈蒼橋《あおのはし》〉というところだ。

そんな〝葡萄山《ぶどうやま》〟の一角。

鰻重で言えば〝並・肝吸いお新香付〟あたりのグレードの部屋が並ぶ岩塊《ユニット》の通路に、二つの人影が姿を見せた。

ひそひそ声で囁《ささや》きあっている。

「あっちだったな」

「そうだよ。あ、声がする」

通路の向こうから何やらにぎやかな声が流れて来た。

「……若いの、まぁぐっといけ、話はそれからだ。

おお、いい飲みっぷりじゃねぇか」

「客が若い娘で嬉しいのは分かるが、でけぇ声だな」

「歳《とし》だからね。耳が遠くなってるんだよ」

ひょい、と二人が通路を覗き込むと、中ほどにある一つの扉が開け放たれ、室内の明かりが漏れている。

「わ、祖父《じい》ちゃん開けっ放しだよ」

「なるほど爺《じい》さん、まだ枯れてないつもりか」

「え？」

「女性を部屋に入れる時のマナーってやつだ」

「ふぅん、そうなんだ」

などと言いつつ、小柄なほうの一人がトントンと弾《はず》むようにして奥に向かう。

その名前のとおり、中央シャフトのまわりに岩塊《ユニット》が実る形になっている〝葡萄山《ぶどうやま》〟もゆっくり回転していて、各岩塊《ユニット》の外側が下になるような遠心力による擬似重力が働いている。

ただ、住んでいるのが年寄りばかりだからその値は〇・六G程度、若者には楽勝だ。

「あんまり近付くんじゃねぇ。気取《けど》られるぞ」

「大丈夫だよ、ほら」

入り口脇の壁に張り付いた一人が中に向けて顎をしゃくる。

「え、何？　手土産代わり？

おっ、こりゃあトビノドグロの燻製《くんせい》じゃねぇか。若けぇのに気が利くねぇ。

こりゃあこっちも何か出さねぇわけにゃあいかねぇな、ちょっと待ってな」

ガタガタ戸棚を探る気配があって……。

「よし、これだ。豊葦原寒梅《とよあしはらかんばい》の特上吟撰《ぎんせん》。

それとこれだ。

今の盃は放っといていいから、こっちのを使いな。

いい酒にゃあいい器でないとな。

え？　綺麗な盃ですね？

お、分かるかい？　〈蒼橋〉特産の磨羯《まかつ》焼きさね、さ、好きなのを選びな」

「話に夢中だよ。ああやって、好きな盃を選ばせるのが祖父《じい》ちゃんの趣味なんだ」

「なるほど、そういやおれも選ばされたな」

「どうせ一番派手なのを選んで、鼻で笑われたんじゃない？」

「うるせぇや」と、年嵩《としかさ》のもう一人も若いほうの脇に張り付く。

白いスーツの娘が盃を選んだのだろう。好々爺《こうこうや》というには少し生きが良すぎる爺さんが驚いたような声を上げた。

「ほぅ、これはまた珍しいのを選んだな。

え？　変ですか？

いやいや、そんなこたぁねぇよ。

おまえさん、目が高いや」

そっと部屋の中を覗き込むと、爺さん上機嫌で、一番地味な色合いの盃を差し出した娘に酒を注いでいる。

一礼してくっ、と盃を干した娘が、あっという顔をした。

「お、分かるのかい？　こんなお酒初めて飲みました？

美味《おい》しい？　こんなお酒初めて飲みました？

そうだろうそうだろう。

このくらいの酒でねぇと、あんたのくれた手土産には……おや」

保存パックを開く音がして、爺さんの口調が変わった。

「こりゃあ黄銛印《きもりじるし》じゃねぇか。

えらく気張ったもんだが……おまえさん、誰に知恵を付けてもらった？」

「お姉ちゃん慌ててる慌ててる」

「機転ってものが利かねぇやつだからなぁ」

「そんな真っ赤な顔して手を振ったって無駄だぁね。

これがおれの好物だってぇことはこの辺の誰だって知ってるが、もともとめったに入ってくるもんじゃねぇ。

ましてや超一級の黄銛印とくりゃあ、その辺の店にゃあ置いてねぇからな。

え？　たしかに高かった。

そりゃそうだろう。

こんなもん手土産に出来るのはよほどの御大尽《おだいじん》か、買っても自分の懐が痛まねぇやつぐれぇだが、おまえさんはどう見ても御大尽にゃあ見えねぇな」

ふくれた様子の娘を軽くいなして、爺さんは続ける。

「余計なお世話だ？　まぁいい。

誰が知恵を付けたのか、とか、何を頼まれたか、なんてのは聞かねぇよ。

どうせ話せったって話せる筋合いのもんじゃねぇんだろう？

おまえさんはただの酔狂《すいきょう》で、このおいぼれの話を聞きに来た、それでいいやね。

で、何を聞きたいんだね？

――ふぅむ、このストの背景と来たね」

爺さん苦笑いして言ったね。

「昨今の記者さんってのはお手軽だねぇ。

そんなことも知らないで取材に来るんだから」

「あっ！」

「凄《すご》い、正座したまま飛び上がった」

「え？　何で記者と分かった？

あのなぁ……鎌かけられてほいほい引っ掛かってたら仕事にならねぇだろうに。

おまえさんの上司に同情したくなったぜ」

「あ、今度は泣き出したよ」

「忙しい女だな」

ちょっと辟易《へきえき》した様子の爺さんは、言いすぎたと思ったのかしきりに慰めている。

「いやいや、おまえさんの身の上話はいいよ。

その部長さんてぇのは言ってみりゃあ、あんたの身内みてぇなもんだろう？　そう悪く言うもんじゃねぇ。

おまえさん、話をしに来たんじゃなくて、聞きに来たんだろう。

何が聞きたいんだね？」

「あ、やっと泣きやんだ。やっぱり部長さんとやらにも問題あるんじゃない？」

「かもしれねぇが……やっぱりあの女のほうの問題だろうぜ」

娘さんがしゃくり上げながら口にした頼みを聞いて、爺さん小首をかしげたね。

「ふぅむ、〈蒼橋〉の歴史から知りたい――か。

また大きく出たが、たいていのことはその辺の公衆回線使ってアクセスすりゃあ分かるだろうに。

え？　データベースはだめだ？　住人からじかに聞けって言われてる？

誰がそんなことを？

ふむ、その部長さんがそう言ったのか。

なるほど……そうか……」

と、娘の話を聞いた爺さんは居住まいを正した気配。

「申しわけねぇ、あんたのことをお手軽と言ったのはおれの眼鏡違《めがね》いだ。謝る。そういうことなら、おれも本腰を入れざぁなるめぇ。

まぁもう一杯いきねぇ」

娘さんに薦めた後、自分の分は盃からコップに代えて、爺さん胡坐《あぐら》を組み直した。

「さて、話は一〇〇万年前から始まると思いねぇ。

え？　昔すぎる？

たしかにそうだが、ここからでないと話が見えねぇんだ、まぁ聞きねぇ。

あ、膝は崩せよ、長くなるから遠慮するんじゃねぇやな」

言われて娘さん、もぞもぞと足を寛げたね。

「あ、痛そう」

「相当痺れてたな、あれは」

と通路雀が太平楽に囁き交わすなか、爺さんの十八番、蒼橋昔語《あおのはしむかしがたり》が始まった。

「その頃、この〈蒼橋〉には三つの惑星があった。

一番惑星の蒼砂《あおのすな》、二番惑星の蒼橋、三番惑星の蒼雪《あおのゆき》だ。いや、皆まで言うな。

言いたいことは分かってるから、先にこっちの話を聞くがいいや」

口を開きかけた娘さんを抑えて、爺さんは話を続ける。

「蒼砂《あおのすな》は太陽に近い灼熱の岩塊、蒼雪《あおのゆき》はガス惑星だが、蒼橋《あおのはし》は豊かな水と酸素に恵まれた

ＴＥＲＲＡ型惑星だったらしい。

今の姿からは想像もできねぇがね。

で、その一〇〇万年前、平穏だった蒼橋星系に突然のお客様があったと思いねぇ。

 で、それを迎えたのが蒼橋だったわけだ。

 ま、ぶっちゃけた話、外星系から紛れ込んだ矮《わい》惑星が蒼橋に衝突したんだな。

普通、天体同士が衝突する時は、近づくにつれてたがいの引力で引き合うから、進路とたがいの重心が一直線になるような形でぶつかる。

ところがこの矮惑星は星系の外から来ただけあって相当速かったらしい。

完全に重心が向き合う前に蒼橋とぶつかったんだな。

矮惑星は蒼橋を抉《えぐ》って地表を宇宙に弾き飛ばし、自分はいくつかに砕けたあげく、衝突で速度を殺されて新しい惑星になった。

これが今の二番惑星群・蒼雲《あおのくも》さね。単体じゃねぇから惑星群だぁな。

おまえさんが言い掛けたのはこの蒼雲のことだろう？」

こくこくと頷く娘さんに確認すると、爺さん、特上吟撰を満たしたコップをぐびり。娘さんにも勧めると話に戻った。

「爺さん絶好調だな」

「十八番だからね」

「で、問題は地表のおよそ二割を抉り取られた蒼橋のほうだ。

正面衝突だったらたぶん砕けるか、惑星が誕生した時と同じどろどろの溶岩塊になっていたところだろうが、幸いにして形は保ったままだったんだな、これが。

とはいうものの、幅二〇〇〇キロ、長さ八〇〇〇キロの傷跡を残した衝突だ。

衝撃で崩れた惑星全体の地殻バランスを補正するために、無茶苦茶な造山活動が起きたんだな。地表はずたぼろのどろどろだ。

おまけに衝突で飛び散った岩塊の八〇パーセント以上が戻って来やがった。

要するに隕石が何万年も降り続けたってぇこったな。

地表には焼けた岩の欠片《カケラ》が降り積もり、大気は地表に到達する前に蒸発した隕石の生成物――要するに灰やカスってことだ――でいっぱいだ。

おかげで脊椎動物ぐらいまで進化していたらしい蒼橋固有の生物はほぼ全滅しちまった。

一〇〇万年くれぇじゃあ新しい生命が一から進化しなおすにゃあ短すぎるから、いま蒼橋にいる生き物は、植物も含めて人間が入植した後に持ち込まれたもんだけさ。

で、実はと言うと、この隕石落下は今でも続いてるんだな。

さっき言った蒼雲は、その速度のおかげで離心率の高い長楕円軌道になってる。

こいつが三二年と八カ月に一度蒼橋に接近しやがるんだが、この時に蒼雲の引力の影響で〝ブリッジ〟の低軌道上にある岩塊の軌道が乱れて落下して来るわけだ。

こいつを蒼雲驟雨《シャワー》っていうんだが、なかなかに厄介な代物さ。
だもんで、蒼橋の都市は海から離れた内陸部にあって、しかも半地下式になってる。
え？　なんで海から離れる必要があるんだ？
あのなぁ、大きな隕石が海に落ちたらどうするんだ？
隕石津波ってのは高さ数百メートルになることもあるんだぜ。
おっかなくて海のはたなんかに住めるもんかね」
と、娘さんが爺さんが摘んでいる燻製をまじまじと見た。
「あ、気が付いた」
「遅ぇよ、やっぱり天然物だな」
「ん？　やっと分かったたな。
そうさ、海の近くに住むようなやつはいねぇから、漁業をやるやつもいねぇんだ。
まぁそもそも魚がほとんどいねぇがね。
海にあるのは酸素発生用の緑藻コロニーだけさね。
だから〈蒼橋《ここ》〉じゃあ海産物は全部他星系《よそ》からの輸入品だ。
値が張るのも当然ってこったな。
そこで問題だ。なんでまたこんな焼け石しかねぇような惑星《ほし》が開発されたんだと思う？
そう、宇宙《そら》に吹き飛ばされた岩塊のうち、八〇パーセントが落ちて来たってことは、まだ二〇パーセントばかし上にあるってこった。

それが〝ブリッジ〟さ。

え？　岩石帯ならリングだろう？　なんで橋かって？

そりゃあ蒼橋《した》に降りりゃあ分からぁな。

岩石群の数は数億個とも一〇億個以上とも言われてるが、実際に数えたやつぁいねえから ほんとのこたぁ分からねぇ。

そいつが高度七〇〇〇キロから六〇万キロの衛星軌道にばら撒かれてるんだ。

一番混み合った部分は厚みが二〇〇〇キロくれぇあるから、地上から見ると長い帯のように見える。それがあっちの地平線からこっちの地平線まで一跨《ひとまた》ぎにしてるんだ。

これがばかでっけぇ橋じゃなくて何だ、てぇわけさ。

この星系《ほし》に蒼橋って名前が付いたのもこいつがあったからなんだぜ」

娘さん、こくこくと頷いてます。

「あ、やっと納得した」

「遅ぇなぁ。何かいらいらしてきたぜ」

爺さんはコップを傾け、娘さんの盃を満たし、話を続ける。

「で、まぁこの〝ブリッジ〟は、大部分が惑星地表由来の岩石だから、高品位の鉱石が多いんだな。

何？　なんで惑星表面由来だと鉱石が多いのかって？

おいおい、そこから説明しなくちゃいけねぇのかよ、参ったな」

爺さん再びコップを傾け、娘さんの盃を満たし、仕切り直した。

「あのな。鉱脈ってぇのは普通、地下深くのマグマに含まれてる金属成分が、高温高圧の水に溶け出す熱水反応ってぇやつが元で出来るんだ。

金属成分を含んだ摂氏数千度・数万気圧の熱水が岩の割れ目なんかに滲み込んで上昇しながら、何千年、何万年もかけてゆっくり冷えるうちに、金なら金だけ、タングステンならタングステンだけが析出するのにちょうどいい圧力や温度の場所が出来て、鉱脈になるわけだ。

だから鉱脈は惑星の地殻にしか存在しねぇ。

もちろん、マグマに金属成分が含まれてるんだから、もっと深いマントル層にだって金属元素はあるさね。

ところが均等に混じり合ってるから品位が低くて精錬しようがねぇ。

それより深ぇ核は溶けた鉄の塊だが、鉄は知ってのとおり安くてどうしようもねぇ。

早い話がそのままじゃ商売にゃあならねぇんだ」

爺さん改めてコップを満たし、娘さんの盃に注ぐと話を続けた。

「だからほかの星系《ほし》でやってる小惑星採鉱ってぇのは大変なんだぜ。

小惑星ってのは惑星が砕けたもんだが、惑星全体で地殻が占める割合ってぇのは一〇〇〇分の一以下だ。

リンゴの芯が核、実がマントルとすりゃあ地殻は皮みてぇなもんさ。

この比率は砕けたって変わらねぇから、小惑星が一〇〇〇個あっても地殻由来のやつは一個しかねぇってこったし、それに鉱脈があるかどうかはまた別の話と来る。

おまけにそれが居住可能な惑星から遠く離れた公転軌道にばら撒かれてるんだ。

小惑星帯なんて言ったところで、実際に行ってみりゃあ寂《さび》しいもんだぜ。

どれか一つにたどりついたって、ほかの小惑星なんぞ見えやしねぇ。

そんなガラガラの宇宙《そら》で、一〇〇〇個に一個の地殻由来のやつを探し出し、空振りだったらまたやり直しだ。

確かに一発当てりゃあ御大尽だが、そんなやつぁ一〇〇〇人に一人もいやしねぇ」

「あ、何か聞いてるよ」

「爺さん苦笑いしてるな」

「何？　おれもやってたのかって？　いやまぁちょっとな。

上手《うま》くいったかって？　おまえさん、野暮《やぼ》なことを訊《き》くもんじゃねぇやな。

上手くいってりゃあ蒼橋《ここ》にゃあ来ねぇよ。

今ごろは〈星京《ほしのみやこ》〉あたりで左団扇《ひだりうちわ》さね」

爺さんは少し遠い目をすると、コップを干し、酒瓶に手を伸ばした。

「ま、飲みねぇ。〝ブリッジ〟の話だったのに妙なところに逸れちまったな。

でも、要点は分かるだろう？　〝ブリッジ〟があるのは遠い公転軌道じゃなくて、蒼橋の目と鼻の先の衛星軌道。しかも浮かんでるのは地殻由来の岩塊《ヤマ》だ。

ここで採鉱しなくてどこでやるってわけだ。

ただ、品位がいくら高くたって、鉱石のまま他星系《よそ》まで運んでも採算が合うのは、よほど希少な元素だけさね。

だから〈紅天《こうてん》〉は最初に精錬衛星を作って、鉱石を精錬したインゴットにして積み出すことにしたわけだ。

ところがその運賃は〈紅天〉が作った蒼橋星間運輸公社の言い成りだから、その分買い叩かれて、〈蒼橋〉の取り分は碌《ろく》にねぇと来たもんだ。

そこで昔の人は考えた。だったらもっと高ぇもんを輸出すりゃいいじゃねぇか、ってね。

そこで〈蒼橋〉では官民総出でアクエリアスってぇ精錬衛星を作った。

さらにいろいろな金属のインゴットが作れるようになったら冶金衛星も作って、純金属ではなく合金のインゴットを輸出するようにしたんだ。

そのままじゃあ安くて採算が合わねぇ鉄でも、冶金衛星で抗張力モリブデン多重複合鋼にしてやれば、値段がいっきにハネ上がるってぇ仕組みだな。

は作れるのさ」

ここなら合金に必要な希少金属を遠くから集めて来る必要はねぇから、たいていのモン

「あ、また手を挙げたよ」

「おい、何かぐにゃぐにゃしてねぇか？」

「え？　なんで集める必要がないのかって？

あのな、たとえば銅の鉱石ったって、銅しか含んでねぇわけじゃねぇんだ。

一番多いのが銅ってだけで、少しだが金や銀も混じってるし、ほかの元素もいろいろ含んでるんだぜ。

だからアクエリアスじゃあ無重力多段連続精錬ってやつで、他星系《よそ》の鉱山じゃあ不純物として捨てちまうしかねぇような微量成分も分離してるのさ。

普通の精錬をやってるうちに、高価な希少元素も自然に溜まっていくってぇ仕組みだ。

え？　そんな便利なこと、なんで他星系《よそ》でもやらないのか？

そりゃあ出来ればやりてぇだろうよ。

ただ、それ用の鉱石じゃねぇ、一般の鉱石から品位の低い元素を使える分量まで取り出すには、それこそ山ほどの鉱石を処理しなくちゃいけねぇんだ。

地表《した》の鉱山《ヤマ》で地下深くの鉱脈から掘り出したり、遠くの小惑星帯から岩塊《ヤマ》を引っ張って来るようなことをしてたんじゃ、手間ばかりかかって採算にゃあ合わねぇんだな。

こんなことが出来るのは〝ブリッジ〟がある〈蒼橋〉だけさぁね。

だから今じゃあ、この近くの星系《ほし》で採鉱なんてやってるところはありゃしねぇ。

採鉱や精錬やってた連中はみんな〈蒼橋〉に来ちまったしな。

――と、いうわけでここまでが前置き。これからが本番だ。

で、さっきも言ったが輸出を一手に仕切っているのが蒼橋星間運輸公社。そのパイロット連中が結成したのが蒼橋星間運輸労組だ。

で、これに採鉱師組合や精錬組合が加わって出来たのが蒼橋労組連合になるわけだ。この〝葡萄山《ぶどうやま》〟は……」

「あ、倒れた」

「こりゃいけねぇ」

通路雀がまごまごしているうちに、爺さん娘を助け起こした。

「大丈夫《でえじょうぶ》か？

何？　気持ち悪い？　あたしお酒だめなんです？

だったら早く言わねぇか。

え？　せっかく勧めてくれてるのに断れない？

阿呆《あほ》ぅ、遠慮もことによりけりだ」

爺さん、こっちをふり向いて怒鳴ったね。

「コラ！　そこの表六玉《ひょうろくだま》ども、医務室行って誰か呼んで来い！」

甚平と昇介は飛び上がり、センターの医務室めざして逃げ出した。

ほどなく駆け付けた看護師のおばちゃんに大目玉食らった爺さんは、一言《ひとこと》言ってやろうと二人を捜したものの、雲を霞《かすみ》と消え去った後。

しかもあろうことか、酔いから覚めた星湖《ほしのうみ》トリビューンの新米記者は、聞いた話を何も覚えてなかったという——。


「それはそれは、災難でしたな」

「まったく、とんでもねぇやつらでさぁ」

〝葡萄山《ぶどうやま》〟の房の先端。

一個だけ突き出た岩塊《ブロック》の中に建立された葡萄山細石寺の庵の中。

しゅんしゅんと湯気を上げるIH《誘導加熱》茶釜を前にぼやいているのは、滝乃屋の御隠居《ごいんきょ》こと滝《たき》乃屋仁左衛門《のやにざえもん》。

向かい合って茶を点てているのは墨染めの衣に袈裟掛けの老住職だ。

満期保養ステーションである以上、本人の意図しない退去者が出るのはやむを得ない。

衛星軌道上に寺があるのも、〈蒼橋〉の現実の一つだった。

茶杓《ちゃしゃく》で綺麗に抹茶を泡立てた七十がらみの住職が「ま、お一つ」と差し出した茶碗を、仁左衛門が存外に正当な所作《しょさ》で受ける。

「結構なお手前で」と、型通りのやり取りが済んだところで、仁左衛門は膝を崩した。

住職はそれにかまわず、静かに、「その記者の娘は使えそうですかな？」と水を向ける。

「いやぁ、使えるも何も、ありゃあまだまだだね」

そう顔をしかめる仁左衛門だったが、住職の「これからが楽しみということですな」という応《いら》えに、思わず相好を崩した。

「そう聞こえましたか？　まぁ、今はどうしようもねぇが、ありゃあ、おもしれぇ娘だ。鈍緒《にびあか》の盃を選びやがった」

住職は、「ほう」と片眉を上げる。よほど驚いたのだろう。

「というわけで、しばらく若い連中の遊びに付き合うことにしやした。お含みおきくだせえ」

わざわざ膝を戻して頭を下げる仁左衛門に目礼して、住職は山水画の掛け軸が掛かった床の間の脇、水腰障子《みずこししょうじ》の開けられた窓を眺めた。そこにだけある非天然素材の建具――三重の高耐久有機プレート越しに、寺がある岩塊《ブロック》の回転に合わせて〝ブリッジ〟がゆっくりと流れていく。

住職がぽつんと呟《つぶや》く。「あと二週間ですかな」

仁左衛門は静かに頷いた。

5　訪問者

　それからさらに何日かがすぎた〝簪山《かんざしやま》〟の一角。〝蒼宙横町《あおぞらよこちょう》〟にある播磨屋一家御用達の小料理屋〝鹿の子《かのこ》〟の一隅で、ロイス・クレインが滝乃屋昇介《たきのやしょうすけ》と差し向かいで何やら話し込んでいる。

　店は今日も混雑している。作業艇は一度出ると何週間も戻れないし、艇の中では手間のかかる食事や高温が必要な料理は作れない。揚げ立てのフライや炭火でじっくり焼き上げた焼き鳥を手頃な値段で食べさせるこの店は採鉱師《やまし》たちに人気なのだ。

　ちなみにロイスは耐Gスーツはもう着ていない。大和屋小雪《やまとやこゆき》に見立ててもらった新品の淡いピンクのツナギだ。胸元に付いたウサギのアップリケが彼女のこだわりらしい。

　卓の上には半分空いた焼き鳥の皿と、柚子《ゆず》ジュースのパック。酒は懲《こ》りたのだろう。

　ストのおかげで出荷できないから精錬・冶金衛星は休止中。それに合わせて播磨屋一家も休業中だ。源治と小雪は組合の用事で慌《あわ》ただしく動きまわり、音羽屋は今のうちにということで蒼橋《した》の奥さんと子供に会いに行き、甚平は何故か途中から寄り付かなくなったので、最近の相手はもっぱら最年少の昇介だ。

昇介はもともと人懐っこい性格だし、ロイスの頓珍漢《とんちんかん》な質問にも楽しそうに答えてくれるからロイスも訊《き》きやすい。おかげで最近は〝それなりに分かった〟風の質問をするようになってきた。

「なるほど分かりました。〝ブリッジ〟の鉱区はL《Low》、M《Middle》、H《High》の三つなんですね。で、M区は立ち入り禁止――と」

携帯ビューアー《てちょう》を開いて確認するロイスに、昇介が補足する。

「そうそう。M区は岩塊《ヤマ》の密度が高すぎるから、蒼橋《あおのはし》航路局の航法支援レーダーが対応し切れないんだ。艇《フネ》のレーダーだけじゃ目隠しして行くようなものだからね」

「ふむふむ」と頷いていたロイスだったが、ふと何か気になる様子で訊《き》き返した。

「あれ？　最初に採掘を始めたL区でも、まだ採り尽くしたわけじゃありませんよね？　何でH区でも採鉱してるんです？」

昇介は少し考え、「んー、ちょっと長くなるけどいい？」と訊《たず》ねた。

「ええ、別にかまいませんけど」

「じゃ、お言葉に甘えて。時にロイス姉ちゃん、ぼくらの名前をどう思う？」

いきなり話が変わってロイスは少し混乱した。

「名前？　昇介さんというのはいい名前だと思いますけど」

「違う違う、上のほう。ぼくなら滝乃屋。大将は播磨屋で小雪姉ちゃんは大和屋だし、おっちゃんは音羽屋で、甚平兄ちゃんは成田屋でしょ？」

「ええ、最初聞いた時はびっくりしました。〇〇屋って〈蒼橋〉に多い苗字なんですか？」

「それが違うんだな。ぼくの戸籍上の苗字は佐々木だし、大将の苗字はハイネマンていうんだよ」

「え？　え？　ってことは、昇介くんの本名は佐々木昇介で、播磨屋さんの本名は源治・ハイネマンなの？」

「そういうこと。誰もそんな風には呼ばないけどね。播磨屋や滝乃屋は屋号なんだ」

「屋号？」

「商号って言ってもいいかな。個人営業の酒屋や雑貨屋の名前とおんなじ。ぼくらは自営業だから、創業者が付けた屋号と装備――作業艇なんかも含んだ一切合財《いっさいがっさい》ね――を代々引き継いでいくんだよ。ウチの滝乃屋はぼくで六代目、大将は八代目さ」

ロイスは素直に感心した。

「へぇー、何か凄《すご》い――それはいいけど、それが鉱区の話とどう繋がるの？」

「話はこれからさ。〈蒼橋〉を発見して開発を始めたのが〈紅天《こうてん》〉だってことは知ってるよね？」

「ええ、ここと〈豊葦原《とよあしはら》〉がほぼ同時に発見されて、こちらは採鉱中心で、〈豊葦原〉は農業中心で開発することになり、平行して入植が始まったって聞きました」

「ホント、〈豊葦原〉が隣にあって良かったと思うよ。蒼橋じゃあまともに作物は育たないからね。

おっと、話が逸れたね。問題は開発が〈紅天〉主導で行なわれたってことなんだ。だから最初の採鉱者はみんな〈紅天〉の会社に雇われてたんだ」

昇介は焼き鳥の串をつかみ、くぃと先端の葱《ねぎ》と鶏肉を歯でしごき取る。ロイスもつられてつくねの串に手を伸ばした。

「今は違うの？」

「採鉱が軌道に乗ると人手が必要になって、直雇いから請け負い制になったんだよ。採鉱技術者は使用料を払って採鉱会社から採鉱艇を借り、採取した鉱石を精錬衛星に売る形になったんだ」

そう言われて、ロイスは口を動かしながら眉をひそめた。

「でも——それだと採鉱会社は楽だけど、採鉱技術者は大変じゃないですか？」

「大変だよ。採鉱艇の使用料は高い上に燃料費や整備費用も自分持ちだからね。だから、引退した技術者が集まってお金を出し合い、中古の採鉱艇を買って動かすようになったんだ。これが採鉱師組合のはしりさ。八二年前の話だけどね。でも、横槍が入った」

ロイスがちょっと首を傾げ、大急ぎでつくねを飲み込むと言い当てた。

「採鉱会社ね」

「当たり。採鉱師《やまし》に自前で船を持たれたら収入が減るし、無理も言えないからね。最初は安全性がどうのこうのといろいろ難癖を付けて、自営業者を追い出そうとしたんだ。

でも、ちょうど精錬衛星だけでなく冶金衛星も稼動を始めて、採鉱船はいくらあっても足りなくなりつつあったし、いくら〈紅天〉資本の採鉱会社でも、必要な船を全部自前で用意するのは大変だったんだ。

結局、紆余曲折はあったものの、L区はこれまでどおり請け負い業者だけしか採鉱出来ないけど、H区なら自営業者も採鉱していいってことになったんだ。

H区は一番遠い上に一番広いから岩塊《ヤマ》同士の間隔が空いていて、いい岩塊《ヤマ》を探すのは大変だったみたいだけどね。それに初めの頃は精錬衛星がL区にしかなかったから、岩塊《ヤマ》を持っていくのも一苦労だったって聞いた。

今ではH区にもちゃんと〝団子山《みたらし》〟――じゃなかった、アクエリアスっていう精錬衛星があるし、〝踏鞴山《たたらやま》〟みたいな工場衛星地帯もあるから、今のぼくらは楽だけどね」

「御手洗《みたらし》？　何か美味《おい》しそう」

好物の名前を聞いてロイスの目が輝く。

「今度行って見るといいよ。見たら食べたくなるかもね」

「へぇー、そうなんだ——え？　ちょっと待って」

「どうしたの？」

「最初はH区からL区まで岩塊《ヤマ》を運んでいたの？　でも間に立ち入り禁止のM区があるんじゃなかった？」

「あるよ。でも普段はH区で仕事してるぼくらも、こうやってL区に来てるでしょ？」

葱《ねぎ》串を食べ終えた昇介がこともなげに答え、柚子ジュースに手を伸ばす。

「そ、それはそうかも知れないけど……どうやって来たの？」

「説明しにくいなぁ……そだ」と、少し考えた昇介は板場を振り向いた。

「イカリングできる？」

「生かい？　パックかい？」ごま塩頭の板さんが訊《たず》ねる。

「え？　生なんてあるの？」

「魚安の親父《おやじ》が思惑で仕入れたものの、結局持てあまして泣き付いて来やがったのさ」

「思惑？　何それ？」

「鮮魚便も止まるからね。だからって生魚仕入れてどうすんだって話さ。もう刺身にゃできねぇが、フライなら上等だ。安くしとくぜ」

事態の緊迫を受けて星間運輸便は次々に運休を始めているが、理由はどうあれ生の魚介類は貴重品だ。

屈託なく、「じゃ、それで」と注文した昇介に、板さんが笑顔で答える。

「ほい、イカリング一丁」

ほどなくして、狐色の衣に油がピチピチ跳ねているテングイカのリングフライが運ばれて来た。

いい匂いが鼻をくすぐる。

思わず、「美味しそう」と呟《つぶや》いたロイスを制して、

「熱いうちに、と言いたいけどちょっとおあずけ」

昇介は盛られたイカリングの中から大中小と三つのリングを選び出し、器用に箸《はし》を使って大と小の衣をはいだ。

三つのリングをはめこみ、白・黄金色・白の三重の同心円を作ると、真ん中につくねを入れて、焼き鳥の串で横から串刺しにする。

「ほい〝ブリッジ〟の出来上がり。真ん中のつくねが惑星・蒼橋。周囲のイカリングが〝ブリッジ〟だと思ってね」

「ええと、衣が付いてるのが進入禁止のM区、ないのがL区とH区ということね?」

「そうそう。ロイス姉ちゃんが言うのは、外から内側に行こうとすると、この衣のところが邪魔になるってことでしょ?」

イカリングの同心円の外側から滑った箸《はし》の先が、途中の衣付きのリングで止まる。

「そうです。ここを通らないと内側と外側の鉱区は行き来できませんよね。何か秘密の方法があるんですか？」

ロイスの箸も衣を突っつく。

「秘密ってほどでもないけれど、こうするんだよ」

昇介は串を持って同心円を持ち上げると、一番外にある裸のイカリングだけをくぃ、と傾けた。

子供が描いた星間航法用消去機関《バニシグ・エンジン》の心臓部――という感じの妙なオブジェが出来上がる。

それを口の前に持って来た昇介は、

「H区からL区に行く時は、こんな風にちょっと斜めに加速して傾斜軌道に入って、適当なところで……」

と、イカリングが一番浮いた部分をいきなり齧《かじ》った。

「あ」

羨《うらや》ましそうに叫んだロイスを横目に、ぷらんと垂れた一端を箸先でつまみ、それを一番内側の裸のリングに載せる。

「こうやって速度を合わせてL区の軌道に入ればいいんだよ。岩塊《ヤマ》を運ぶときはあんまり加速も減速も出来ないから時間がかかって大変だけどね。逆も同じさ」

ロイスの目がまん丸になる。

「え？　ええっ？　なんで、なんで軌道を傾けるの？　いいの？　そんなのアリなの？」

逆に昇介はぽかんとした。

「いいのって――衛星軌道は別に惑星の赤道に沿わなきゃいけないって法はないよ。速度さえ合えば、どんなに傾いた軌道でもアリさ――あ、このイカ美味《うま》い」

齧った欠片をもぐもぐと飲み込むと、昇介は残りのイカリング製の〝ブリッジ〟にぱくりと噛み付いた。

「そんな……軌道を傾けるなんて……ズルいです……」

何がズルいのか良く分からないが、ロイスは黄昏《たそがれ》ている。

と、卓に影がさした。

「すみません、播磨屋源治《はりまやげんじ》さんのお身内の方ですね？」

髭を綺麗に剃り上げた四十がらみの男だ。着ているのは青色のツナギだが妙な違和感がある。

どう答えていいのか分からないロイスが困惑していると、やっとイカリングを飲み込んだ昇介が顔を上げた。

「そだけど。おっちゃんはどこの人？」

「組合のほうからうかがいました。播磨屋さんと少しお話をしたいのですが」

「組合？」昇介は首をひねった。

「大将なら、小雪姉ちゃんと一緒に組合の寄り合いに出てるはずだよ。会わなかった？」

男は軽く舌打ちしたようだったが、昇介とロイスを改めて眺めると、言葉を継いだ。

「では、ほかに播磨屋さんのお身内の方はおいでになりませんか？」

「うーんとね、今は音羽屋さんも甚平兄ちゃんもいないよ」

「そうですか……」男は少し考えていた風だったが、「また来ます」とだけ言いおいて立ち去った。

ぽかんと見送るロイスと昇介だったが、顔を見合せると揃って首を傾げた。

「今の人、誰ですか？」

「知らない、初めて会った――でも組合の人じゃないよ」

「え？」

「指が綺麗だったし、顔も焼けてない。宇宙船乗《ふなのり》りじゃないね。それにあのツナギ」

「ツナギがどうかしたの？」

「皺が全然なかったでしょ？　あれ、デュラブルザイロン製だよ。普通の人が着るもんじゃない」

「あ！」ロイスは声を上げた。

――新品の自分のツナギでも畳み皺ぐらいはある。でも、あの男の青いツナギにはそれすらなかった。違和感を感じたのはそのせいだったのか……。

「どんな人が着るものなの？」

昇介はさらりと言った。「軍、警察、そしてヤバイ人」

「え？」

「デュラブルザイロンは、対レーザー、対固形弾防御に特化した繊維なんだ」


——そんな会話がされていた頃。

成田屋甚平《なりたやじんぺい》はやさぐれていた。

〝蒼宙横町〟の中央通路《めぬきどおり》は、今日も人でいっぱいだった。

〈紅天〉が実力行使に出るという話はすでに誰も疑わず、話題はそれがいつかに移っているが人々の表情は妙に明るい——そんな落ち着かない雑踏の中で、甚平はふと立ち止まった。

あやうくぶつかりかけた後ろの通行人が舌打ちして通りすぎるのもかまわず、頭上の看板を見るともなく眺めた後、踵《きびす》を返した。

やっぱり〝鹿の子《かのこ》〟へ行くのはやめておこう——そう決めた後は早かった。

人混みを縫ってメインリフトに向かい、業務用埠頭《ふとう》群の係船《きしや》エリアで降りる。

慣れ親しんだゼロG空間に戻った甚平は磁力靴を切って軽く床を蹴り、四周の壁のそこここに設けられたグリップを、摑むのではなく弾くようにして身体を進める。

もう何年となく繰り返して来た動作だ。意識しなくても身体が覚えている。

甚平はぼんやりと、初めて〝ブリッジ《うえ》〟に来た一三歳の頃を思い出した。

――胸弾ませて入学した初級軌道実技学校は重力調整がされていなかった。

皆がパニックを起こす中で、勘のいいやつや、敏捷なやつがようやくグリップの使い方に気付き、ほかの連中が見よう見まねで後に続くまで混乱は続いた。

――考えて見りゃあ、あれが最初の実技研修だったんだよな……。

無茶なやり方だが、何も知らねぇ新入生に、衛星軌道での暮らしってやつを最初に叩き込むのにゃああれが一番だったと、今なら思う。

――だから同じことをやっただけなんだが……まさかあんなに大泣きされるとはなぁ――

――おっといけねぇ。

考えないようにしていたことを考えてしまって、甚平は頭を振った。

とたんに声が降る。

「気を付けろぃ」

慌てて顔を上げれば、着古したツナギ姿の男が睨《にら》みつけている。

危うくぶつかるところだったらしい。

「お、申しわけねぇ。ちょっと考えごとをしてたもんで」

頭を下げて行きすぎようとした甚平だったが、

「ちょうどいいや。ジャンク屋はどこか知らねぇか？」

と問われて振り向いた先にいたのは、歳《とし》の頃なら三五、六。身体つきはいかついが、目尻の下がった太い眉に愛嬌《あいきょう》がある男だ。

源治の兄貴と同じくれぇの歳かな——そう思いながら、

「ジャンク屋？　だったら反対側だぜ。そっちにまっすぐ行って三番目のリフトを降りた先だ」

「反対側？」男は舌打ちすると向きを変えた。

自然に並ぶ形になり、甚平は男に声をかけた。

男に声をかける趣味はないが、ここしばらく他人と会話していないせいもあって、妙に人恋しい気分だった。

「〈蒼橋〉は初めてかい？」

「ん、まぁな」

何故か言い淀む男に構わず、甚平は言葉を継いだ。

「見たところ宇宙船乗《ふなの》りらしいが、今は時期が良くないぜ」

「ああ、知ってる。ストだろう？」

「悪いことは言わねぇ。落ち着くまで〈豊葦原〉あたりに避難したほうがいいぜ。今なら

フトに乗り込んだ。

　礼を言う間もなく手を振って離れていく甚平の背中を見送って、男は一つ頭を振るとリフトに乗り込んだ。

「お、そのリフトだ。じゃあな」

「文字どおりの意味さ。〈紅天〉が来る。余所者《よそもの》には少し住みにくくなるかも知れねぇ。

「避難？　どういう意味だ、そりゃ？」

まだ便がある」


　甚平と別れた男が降りた先が整備フロアの入り口だった。

　嗅ぎ慣れた機械油と電気溶接の匂いが男の鼻を打つ。

　自分の居場所に帰って来たような気分でテラス状になった通路に漂い出た男は、手すりから下を見下ろして、「ほゥ」と感心したような声を上げた。

　それぞれの幅と高さが二〇メートル。奥行き一〇〇メートルはある規格化されたハンガーが横一列に何十も並び、何百人もの整備員が動きまわっている。

　天井は粗いメッシュで覆われているだけなので、中の様子は良く分かる。見える範囲で空いているハンガーは一つだけだ。

　埋まっているハンガーを順に見ていくうちに、男はあることに気が付いた。

　――いろいろ種類があるように見えるが、こいつらは全部同じ基本モデルにオプションをくっ付けてるだけだ。

途中に船倉ブロックを追加してやれば輸送型に、推進剤《アイス》タンクを増やしてやれば曳舟型になるわけだ――枯れた技術だけを使って、部品の種類を極限まで減らしているんだな。経済性優先もこれだけ徹底してると、かえって清々《すがすが》しいぜ。

と、男が感心していると、空だったハンガーでオレンジ色のパトライトが点滅し始めた。同時にアナウンスが響く。

「二三番ハンガー入渠《にゅうきょ》。二三番ハンガー入渠」

それと同時に二三と書かれたハンガーの天井が分厚いシャッターで覆われていく。男の足元から機械音が響き、エアの吹き込み音が続いた後、パトライトは緑色に変わり、天井が開き始めた。

さっきまでなかった太い円筒がハンガーの中にある。と、その円筒はいきなりガイドレールに乗ってこちらの足元に引き込まれていき、ハンガーの中には湯気を上げる作業艇が鎮座していた。まだ新しい胴体外鈑には、素っ気ない書体で〝越後屋鉱務店〟とある。

「二三番ハンガー入渠完了。二三番ハンガー入渠完了」

アナウンスと同時にパトライトは消灯し、待機していた整備員が機体に群がっていく。それと同時に握った手すりから何か重い物が遠ざかっていくような振動を感じて、男はやっとその仕組みを理解した。

——あの円筒形エアロックは移動式か。この通路の床下に左右に移動する仕掛けがあるんだな。これならハンガーがいくつあってもエアロックは一つで済む。連邦宇宙軍ならハンガーごとにエアロックを付けるか、共用の大型エアロックからハンガーに移動させるところだが、モデルが一つならこういうやり方もありだな。

——しかしいい手際だ。〈紅天〉の艦隊が来るのは確実だってのに、全然気にしてる様子がねぇ……いや、待てよ。

と、男は改めて並んだハンガーの中の作業艇を一つ一つ確認し始めた。

——こいつらはことが起これば蒼橋義勇軍に組み込まれるはずの艇《フネ》だ。これだけあるハンガーが満杯ってことはその準備をしてるんじゃねぇか？

男は舐《な》めるように眼下のハンガーを順に見ていく。だが、使い込まれた各種の作業艇に、武装らしき物が組み込まれている様子はない。

——リニアガンを装備してる艇《フネ》は何隻かあるが、ガイドレール《砲身》が短かすぎる、あれじゃあ巡航艦の外鈑を貫くだけの初速は出せねぇな。かと言って宇宙機雷を積み込もうにも、あの船倉の大きさじゃあ一〇発も載らねぇ。モデルが一つでエアロックより大きい艇《フネ》は整備できねぇんだから。当たり前と言えば当たり前なんだが……。

その時、男の視線の先で何かが光った。あれは？　と近付いて見ると、塗装が剝げた艇《フネ》の胴体の上で、真新しいアンテナらしき部品が照明を反射して輝いている。

男は合点した。

――あれだ。戦争《ドンパチ》やるなら、もとから載ってる通信機材だけじゃ足りねぇ。通信妨害《ジャミング》も受けるし、採鉱じゃ必要ねぇ統合管制システムともリンクしなきゃならねぇはずだ。

そういう目で見ると、それっぽい動きをしている整備員があちこちで目に付く。今のと同じ新品のアンテナは軒並み立っているし、通信系の機材らしいユニットを積み込んでいる艇《フネ》も多い。

――と言うことは、こいつらを統合指揮するところがどこかに設けられているということになるが……。

と、そこまで考えて、男は内心で苦笑した。

――いけねぇいけねぇ。おれはそういうことを探りに来たんじゃねぇ。おれに出来ることをやりに来たんだ。肝心《かんじん》のジャンク屋はどこだ？

と見まわす男の視界に、あちこちから垂直に伸びるロープが映った。大小の部品や人間がすうっと上がっていき、隣では降りて来る。

ん？　とそれをたどった先にあったのは、天井からぶら下がったように見える部品屋らしき雑多な仕切りだった。

上か！　いや、ここはゼロGだから上下は関係ねぇな。しかし上手《うま》いこと考えやがったな。部品が必要になったら上――下でもいいが――から持って来ればいいいわけだ。

男は一つ頷くと、ほかの人間を真似して、手近にあったロープの取っ手を摑んでみた。上下に抵抗なく動く。方向がぶれないためのガイドらしい。

試してみるか、と男は軽くフロアを蹴った。

天井（床）がすーっと近付いてくる。着地に備えて姿勢を……と思った時、取っ手を摑んでいた腕がぐんと引かれた。身体はそのまま動き続けてくるりと逆立ちする形になる。自然にハンガーを見上げる形になって、男は着地した。

――なるほど。この取っ手は本体の倍より少し短いロープの真ん中に付いてるんだな。両端にバネ付滑車を仕込んでおけばロープがたるむこともないし、どっちに動いてもフロア直前で止まるって寸法だ。

男は改めて目の前に広がる大小の仕切りを見下ろした。

――博覧会《コンベンション》の会場を上から見たみてぇだな。

仕切りに天井がないところはそっくりだ。一つだけ違うのは、たくさんの客らしい人影が床ではなく、仕切りの上のロープを手掛かりに、ひょいひょいと渡っていくことだろう。

――さしずめ、使い慣れた道具箱を物色する靴屋の小人――ってところか。

各仕切りの中からは部品搬入用らしいロープが垂直に立ち上がっている。空いた天井がそのまま出入り口なのだろう。

左右の壁際まで続いている仕切りの大きさは様々だ。大は講堂くらい、小は五メートル四方くらいしかない。しばらく見ているうちに、男はその順番にちゃんと意味があることに気が付いた。

——なるほど、一番右が推進系だ。ノズル類の次に反応炉、核融合炉が来て、推進剤《アイス》関連。その先にフレームや外鈑、カーゴユニットなんかの船体関係だ。そして最後に航法システムとコクピット関係があって、一番左はたぶん装甲鈑——作業艇の部品の配置そのまだ——単純なアイデアだが、ほかのところではこうはいかねぇ。基本モデルが一種類しかない〈蒼橋〉だから出来る工夫だな。

むくむくと頭をもたげた自分の嗜好に従って、男はロープを伝って右端に向かった。

——一目で店の商品が眺められるから、客にはありがてぇな。

最初はそんな風に考えていた男だったが、推進系の店をいくつか物色するうちに、男の表情が曇り始めた。

——妙だな。普通の部品屋とジャンク屋の区別が付かねぇぞ。

男がジャンク屋を探しているのは、どんな部品が商品になっているか知るためだ。

売り物になる部品のレベルは、その星系《ほし》の経済と技術のレベルとリンクしているから、見る者が見れば掛け値のない実情が分かるはずだった。

使い込んだ部品が高値で売られていればその部品の供給に問題があるということだし、程度のいい部品しか店頭になければ、その逆だ。

だがここの店はどこも、コーティング材に包まれた新品と使い込んだ部品が区別されずに並んでいるように見える。

——どういうことだ？　首を捻る男の目に、小柄な女の子が店番をしている店が映った。店の看板には〝皿《ノズル》全種取り扱い。更紗屋《さらさや》〟とあり、黒鉄色に焼けた大小の皿型の円錐形が、重なるように並んでいる。

——皿屋の更紗屋？　洒落か？　まあいい。あそこで聞いてみるか……。

「ちょっと見させてもらうぜ」

そう声を掛けて頭から店に入ると、まだ十代とおぼしき女の子は、にっこりと笑って返事を返した。

「あいヨ、見るだけならタダだヨ」

元気は良いが妙に舌足らずな返事にちょっと驚いた男だったが、すぐに思い返した。

——そういや〈蒼橋〉はもともと他《よそ》星系からの移民で発展した星《ほし》系だったな。この娘もまだ来てから日が浅いんだろうが——妙に馴染んでるな。

そう思って見直すと、着ているツナギはまだ古びてはいないが、しっかり使い込んだ様子が見て取れるし、少し汚れが付いた顔ではしっこそうな瞳がくりくりしている。自分の仕事を心から楽しんでいる顔だ。

——こういう店員がいる店はおもしれぇんだ。

男は何やら嬉しくなって軽口で返した。

「当たり前だ。どこに見物料を取るジャンク屋がある?」

「博物館は金取るョ」

「そんなお宝でもあるって言うのかよ? 抜かすがいいや」

と、お約束のジャブの応酬をすませた男は店に入り込み、物色を始めた。

「お、こいつぁ良いな、綺麗に焼けてやがる。パルス換算で四〇〇〇――いや五〇〇〇時間ってとこか。この分なら、あと三万時間はいけるな」

男がためつすがめつ眺めているのは差し渡し三〇センチほどの小型ノズルだ。主推進の補助用だが、可変ノズルとしても使えるタイプだ。

壁を蹴ってつーっと漂って来た女の子がちょっと眺め、ポンポンと叩く。

「これなら、あと五万時間は軽いョ」

「五万時間? いくらなんでもそりゃあ無理だろう。こいつの標準耐用回数は二万五〇〇〇時間だぞ。遠地点《アポジ》で一回吹かせばパルス換算で一〇〇〇や二〇〇〇はいっちまう。五万ももつかよ」

そのとたん、女の子はニヤリとしか言いようのない笑みを見せた。

「お客さン、他星系《よそ》から来たばかりだネ」

図星を指され男は少しうろたえた。

「ん、ま、まぁそうだが。どうして分かった？」

女の子はやっぱりね、という顔で得々と説明する。

「〈蒼橋《ここ》〉の船は〝ブリッジ〟の中だけで用が済むから、遠地点《アポジ》での長吹かしなんてやらないンさ。外惑星《そと》に行くのは推進剤《アイス》のタンカーぐらいのもんだョ」

「むぅ」と、男は奇妙な声を上げた。噴射推進に関しては一家言あるつもりだったが、これでは形なしだ。

男のばつの悪そうな顔に構わず、女の子は手馴れた様子で続ける。

「そいつは交換したとたんに事故ったやつに付いてたのだからお得だョ。物はそれしかないけどネ」

「一つじゃしょうがねぇなぁ。似た規格で四つくらい揃ってるのはないか？」

別に本当に買うわけではないが、最低でも上下左右――と考えてしまったのは専門家の性かも知れない。

訊《き》かれた女の子は小首を傾げた。

「ンー、御釈迦《オシャカ》（不良品・廃棄品）で良ければあるョ。ちょっと高いけどネ」

「御釈迦で高い？　なんだそりゃ？」

「ま、見るだけでも見てョ。こっちこっち」

そう店の奥に案内されて、男は目を剝《む》いた。

「こいつは新品じゃねぇか。コーティングも取ってねぇ」

「うんにャ、御釈迦だヨ、ほラ」

ノズルの縁《ふち》に三角形の傷――というか切込みが入っている。

「なんだこの傷は、これじゃ使えねぇじゃねぇか」

「だから御釈迦だって言ってるョ」

「こんなもんどうすんだよ」

「あワてなィ、あワてなィ」

女の子はノズルの一番外側に手をかけ軽く捻った。

回転に合わせて金属の地肌が線になって現われ、ノズルの切込みが入っている部分だけがぽこんと外れる。

女の子は隣の仕切りにあった平べったい円筒形の部品を取り、ノズルに合わせてくるくるとまわした。

あっという間にノズルは完全な姿を取り戻す。

男はあっけに取られた。

「交換できるのか……強度は大丈夫なのか？」

女の子は涼しい顔だ。

「専用のシーリング剤かませてやれバ、何も問題ないョ」

そう言われても男が納得するはずがない。

「だったら最初からちゃんとして売りゃあいいじゃねぇか」

「そんなことしたら完品になっちゃうョ」

「え？」

女の子はケロリと言うが、男には意味が分からない。

それを見た女の子は、仕方ないなぁ、という感じで説明する。

「完品の物品税はバカ高いんだョ。でも、スクラップならゼロだネ」

「わざと御釈迦にして出してるってぇのか？」

「まぁネ。この商売もいろいろと大変なのョ」

「むぅ、何か仔細がありそうだな。聞かせてもらってもいいか？」

ぶしつけな申し出に、女の子はにっこり笑って答えた。

「いいョ。そろそろお客も減る頃だし、お茶でもしようかと思ってたとこだョ」

そう言うと、女の子は男を店の奥の商談スペースらしい窪《くぼ》みに案内した。

無骨なバルブやケーシング類で埋まった店の中で、その一角だけが妙に華やかな色合いの小物類で飾られている。

女の子は保温ケースから香茶を二パック取り出すと、男に一つ手渡した。

それを一口吸って、男はほうと口を開けた。

「こいつは美味《うま》いな。いい葉を使ってる」

女の子がクスリと笑った。

「それはお客さん用のパックだからネ」

「いいのか？　そんな上等なやつを出しちまって？」

「いいんだヨ。一人で飲むと怒られるけド、お客さんがいればあたいも飲めるからネ」

男は苦笑いした。この娘にゃあかなわねぇ。

「なんだ、おれはダシかよ——まぁいいや、話の続きだ。御釈迦を売ってる理由を聞かせてもらえるか？」

女の子もパックに口を付け、ほぅという顔になった。

「やっぱり〈豊葦原〉の一級品は違うネ。あ、そうそう、御釈迦の話だったネ。〈紅天〉が圧力かけてるんヨ。〈紅天〉が買う輸出品は無税にしろ、〈蒼橋〉向けは物品税を高くしろ、ってネ。そうすれば紅天製の部品でも競争出来ると思ったんだろうネ」

「で、競争出来たのか？」

「出来ないヨ。昔は〈紅天〉から輸入するしかなかったけどネ。〈蒼橋〉みたいに軌道作業艇がたくさん使われている星系《ほし》はほかにはないんだヨ。だからラ、輸入じゃ間に合わないってンで、自前で作り始めたのがどんどん増えて、今じゃ作れないものはないからネ」

聞き捨てならないことを言われて、男は思わず突っ込んだ。

「作れないものはないって――核融合炉や航法システムも作ってるのかよ？」

「作ってるヨ。Ｈ区に――あ、Ｈ区ってのは高軌道の鉱区のコトだヨ――に工場衛星が集まったエリアがあって、そこで手作りで作ってるンさ」

あっさりかわされて、男は目を剝いた。そりゃあ無茶苦茶だ。

「核融合炉を手作りだって？　冗談言うなよ」

「冗談でも何でもないヨ。ここは金属には不自由してないし、冶金工場もいっぱいあるからネ。あそこの親父《おやじ》や小母《おば》ちゃんたちは、ジルカロイの炉心でも純度九九・九九九九九九パーセントのシリコンウエファーでもなんでも作っちゃうんサ」

そう言われて、男はちらと上を見た。同じ規格のハンガーが並んでいる。

――作るのが一種類だけなら、出来ないこともないかも知れねぇが……。

「本当なら凄ぇ話だが――それは使い物になるのか？」

「なるサ。下手なもの作ったら気の荒い採鉱屋《やまし》連中が怒鳴り込んで来るから、作るほうも必死だヨ。軌道作業艇の部品に限って言えば、品質は東銀河系一だと思うヨ」

そう言われて男は、とりあえず納得することにした。ここで論争しても仕方ない。

「なるほど、蒼橋製の完品は性能はいいが物品税が高い。かといって安かろう悪かろうの紅天製の部品は使いたくない。だから御釈迦ってわけか」

「そ、生活の知恵ってやつだネ」

「てぇことは、ほかの店に並んでいる新品らしい部品も、全部御釈迦ってことか？」

「そだヨ。ここで新品を扱ってるのは〈紅天〉系の商社だけサ。買うのも〈紅天〉系の会社だけだけどネ」

なんのことはない、部品屋とジャンク屋が区別出来ないはずだ。全部ジャンク屋なのだ。

「いいのか？　こいつは明確な税金逃れだろうに」

そう問われて、女の子はケラケラと笑った。

「もともと〈紅天〉に押し付けられた税金だシ、スクラップに税金かけたら外れた螺子《ねじ》一本にも物品税がかかるコトになるからネ。お上も事情は承知してるから何も言わないヨ」

「そういうからくりか。で、その工場では御釈迦しか作ってねぇのか？」

「まさカ。ちゃんと完品も作ってるヨ。さっきも言ったけど、部品の輸出は無税で関税もかからないからネ、みんな公社（蒼橋星間運輸公社）が買い付けて〈紅天〉に運ぶんサ。向こうで組み立てて、外側をかぶせれば紅天製作業艇の一丁上がりってわけだネ」

男はぽかんとした。これも初めて聞く話だ。

「そうなのか？　紅天製の軌道作業艇ってのは他星系《よそ》でも結構有名だぞ。あいつの中身は蒼橋製だっていうのか？」

「そうだヨ。外は赤いけど中身は青いんだヨ」

「じゃ、じゃあなんで〈蒼橋〉で作業艇自体を作らないんだ？　部品を売るより儲かるだろうに」

　女の子はあきれたような顔で男を見返した。

「お客さン、本当に何も知らないんだネ。紅蒼通商協定ってのがあってネ、〈蒼橋〉は部品は無関税で〈紅天〉に輸出出来るけド、完成した宇宙艇はインゴットなんかと同じで公社が割り増し運賃を取るシ、バカ高い〈紅天〉の関税もかかるんサ。商売にはならないヨ」

〈紅天〉のやり口はいろいろ聞いているが、どうやら噂以上らしい。

「そりゃあ――〈紅天〉もやりたい放題だな」

「確かに汚いやり口だけド、ここを最初に開発したのは〈紅天〉だからネ。最初の取り決めが生きてるんサ」

「よくみんな黙ってるな」

　と、女の子はニコリと笑った。

「黙ってないヨ。だからストやってるネ」

　男はあっとなった――そうか、ストにはそういう背景もあるのか――こいつは思ったより根が深いぞ。

　男は少し考えると、自分なりに慎重なつもりで探りを入れた。

「紅天艦隊が来るかも知れないんだろう？　さっき会ったやつには〈豊葦原〉に避難した

ほうがいいって言われたしな。大丈夫なのか？」

女の子はパックの香茶を飲み干し、こともなげに答える。

「難しいコトは分からないけどネ、ここらはたぶん大丈夫だヨ」

「えらく自信があるんだな」

「組合の人が言ってたんだけどネ。〈紅天〉にとって〈蒼橋〉は金の卵を産む鵞鳥《がちょう》らしいネ。鵞鳥に卵代を払えと言われて殺すような飼い主はいないって言ってたヨ」

「なるほど、言い得て妙だが、それが〈紅天〉に通用するかね？」

「それを通用させるのガ、お客さんたち連邦宇宙軍の仕事だと思うけどネ」

男は文字どおり鳩が豆鉄砲を食らったような顔をした。

「な、何を言ってるんだ？　おれは……」

おたおたと手を振る男に、女の子はさらりと言った。

「そんなツナギ着てシラを切ってもだめだヨ」

「ツナギ？」と男は自分の身体を見下ろすが、別に変わったところは見当たらない。

「ソレ、階級章は外してあるケド、連邦宇宙軍の機関科士官用艦内ツナギだロ？」

「……よく分かるな……い、いや、これは……その、払い下げ品だ」

「あのネ、田舎の星系軍と違って、連邦宇宙軍はしっかりしてるんだヨ。ただのツナギでも着られる形で払い下げたりなんかしないんサ。それを着てるってコトはお客さんは現役の士官ってコトだヨ。違ウ？」

　そこまで言われて、男は手を挙げた。

「参った、降参だ。確かにおれは連邦宇宙軍の人間だ。差し障りがあるから階級と名前は勘弁してくれ」

　女の子はにっこり笑った。

「お客さん、いいヒトだネ」

「いきなり何を言い出すんだよ」

「だってそうだロ？　たぶん、情報収集《いろいろしらべ》に来たんだろうケド、あたいみたいな小娘に図星指されたぐらいでおたおたしちゃってサ。本職じゃないんでショ？」

「ま、まぁな。向いてねぇって言ったんだが、〈蒼橋〉に行くなら噴射推進系に詳しくないといけねぇ、って口説《くど》かれたんだ、仕方ねぇだろう」

「ホラ、またペラペラしゃべってるヨ。ホントに向いてないネ」

「うるせぇや。で、どうする？　どこかに通報する気か？」

「通報？　なんデ？」

「おれはおまえたちの内情を探りに来たんだぞ、言ってみればスパイだ。紅天艦隊が来るかも知れねぇって時に、こそこそ嗅ぎまわられたら嫌だろう？」

「お客さン、密入国でもしたんかネ」

「そんなことするか、ちゃんと手続きしたわい」

「じゃア、あたいにはどうしようもないヨ。〈蒼橋〉には連邦宇宙軍士官が旅行に来るのを止める法律はないからネ」

「そ、そうか。じゃあ行ってもいいのか？」

「ン？　別に止めてないヨ」

「そ、そうか。そうだよな。じゃ、お茶ありがとう。これで失礼させてもらうぜ」

と、すたっと片手を上げて格好良く去ろうとした男に、女の子が声をかけた。

「お客さン、これから先予定はあるン？」

「予定？　別にないが」

「当てずっぽうで歩きまわっても情報は集まらないヨ。時間があるなら〝葡萄山《ぶどうやま》〟の和尚さんのところに行くといいかも知れないネ」

「葡萄山《ぶどうやま》？　どこだそれは？」

「それくらいは自分で調べなヨ」

「違いねぇ」

一本取られた男——いや、ロケ松《ロケット》こと連邦宇宙軍機関大尉・熊倉松五郎《くまくらまつごろう》は思わず頭をかいた。

6 搦《から》手《めて》

ロケ松がジャンク屋を訪れてから二日後。スト開始から三週間が過ぎた〈蒼橋《あおのはし》〉、特に〝簪山《かんざしやま》〟は徐々に騒然としつつあった。

〈蒼橋〉の人口の七割は軌道上で生活しているが、採鉱師《やまし》のように艇《フネ》を駆って仕事に出る人間ばかりではない。オフィスで事務を取る人間もいれば、各種の行政サービスに従事する人間もいるし、商業・娯楽等の都市には欠かせない第三次、第四次産業に携わる人間も多い。

彼らは特別な機会がなければ〝簪山《かんざしやま》〟から出ることはないし、全体が重力調節されていて、公園や各種公共施設も揃ったこの都市《まち》で暮らすのに何の不自由もない。

しかし、各種の組合とは切っても切れない関係にある工場衛星や〝蒼宙港《あおぞらこう》〟で働く人間とは違って、組合の活動とは少し縁遠い彼らも、紅天《こうてん》艦隊の来寇《らいこう》が確実になってようやく自分たちがおかれている状況に目を向け始めた。

そして人々の知りたいという欲求が高まれば、それに応《こた》えるのが仕事であるマスコミも動き出し、マスコミが動けば他星系《よそ》の人々も関心を持つ。

その結果、〝簪山《かんざしやま》〟には近隣のマスメディアが続々と集まって来ているのだ。

そんなマスコミの取材班が、〝簪山《かんざしやま》〟の行政関係の施設が並ぶ一角にある、蒼橋労組連合の事務局前に集まっているのを見て、播磨屋源治《はりまやげんじ》は渋い顔になった。〈蒼橋〉に好意的な報道陣ばかりとは限らないからだ。

今日はどこかのホロ通信の取材が入っているのか、事務所の中にも日頃見慣れない服装の男女が右往左往している。

それをかき分けるようにして播磨屋源治が受付に近付くと、電話をかけようとしていた事務員の女の子が、あっという顔になって、「こっちです」と奥の一室へ誘った。

「早かったな」と迎えたのは組合幹部の一人、アントン・シュナイダー情宣部長だ。

初代は採鉱師組合が出来た時に参加したという古参自営業者で、本人はすでに現役は退いているが、まだ葡萄山《ぶどうやま》に引っ込む歳《とし》でもない。いつもどおりの着古したツナギ姿だが、何日も家に帰っていないだろうに、うらびれた雰囲気はまるでないのが貫禄というやつだろう。

通称、食えない親爺《おやじ》。今回の騒動の立役者の一人だ。

「早かった？　どういうこってす？」

首を傾げる源治に、部長は顔をしかめた。

「なんだ、呼ばれて来たんじゃないのか。まぁいい。ことのついでだ。そっちの話を先にしよう。なんだ？」

なんだか良く分からねぇが、広報宣伝担当の情宣部長ならうってつけだ。源治は事務所のざわついた雰囲気を扉越しに感じながら、妙な男が来たことを話し出した。

と、部長の表情が変わった。

「おまえのところにも来たか」

「え？　ほかにもいるんですかい？」

「ああ。あちこちに来てるらしい。ただ名乗った名前も所属も全部嘘だった」

源治は眉をひそめた。「妙な話でやすね。そいつらはみんな例のツナギを？」

「皆つるぴかの青ツナギだ。でなきゃ会った人間はわざわざ報告なんかしなかったろうな」

それは分かる、昇介がそれに気付かなかったら、源治もここへは来ていないだろう。

「どこの連中だと見ます？」

「〈紅天〉だな」

一言で言い切られて源治は一瞬唖然としたが、気を取り直して問い返した。

「そんな簡単に――連邦宇宙軍あたりって目はねぇんですかい？」

「いや、連邦はこんな姑息《こそく》な真似はしない」

再度言い切られて源治は鼻白《はなじら》んだ。

「何か根拠があるんですかぃ？」

「まぁな」と鷹揚《おうよう》に返す情宣部長に説明する気はないらしい。こういう時の親爺には何を言っても無駄だ。源治は矛先を変えた。

「まぁほかには考えられねぇか——何か探ってたんでやすかい？」

親爺は手を振った。

「それならまだ分かる。言うにこと欠いて景気はどうですか？　と聞いたやつがいた」

「景気？　ストの真っ最中だってえのに？」

「ああ、天気のほうはどうですか？　と聞いたやつもいたぞ」

源治は妙な顔をした。どういう顔をすべきか迷っているのかも知れない。

親爺は、「ふん」と鼻を鳴らすと、逆に訊《き》き返した。

「何が目的だと見る？」

源治は考え込んだ。

「話自体が目的じゃねぇんですね——ってことは会うこと自体が目的ってえことですか？」

「ああ、それ以外にない。面通しだな」

「わざわざ顔を確認に？　そりゃまた何故？」

「おまえたちのことは知っている——と、揺さぶりをかけてるんだろうな。その証拠に何人かに会った後は一向に姿を見せん」

「そいつらの正体は分からないんですかい？」

「緑服《けいさつ》が探ってくれたが、探れないところへ消えやがった」

「探れないところ？」と、源治は鸚鵡《おうむ》返《がえ》ししたが、意味は分かっている。警察軍は〈蒼橋〉全体を管轄するが、紅蒼地位協定で定められている紅天管理区域には関与できない。

「なるほどね」と得心する源治を眺めていた親爺は少し考え、手元の書類ケースから一枚取り出すと源治に手渡した。

「これが連中が会った組合員のリストだ」

一目見て源治は眉をひそめた。「手書き？」——データ化していない——いや、するなということか。

だが、リストを読み進むうちに、源治の表情が徐々に強張《こわば》って来た。

「これは——」上げた顔が真っ青だ。

「ああ、そこにあるのは今〝簪山《かんざしやま》〟にいる連中だけだが、間違いない」

「……漏れてやがる」

「見事にな」

親爺の口調は妙に軽いが、それに気付かない源治は考え込んだ。

妙な連中が会った組合員のリスト。職種も年齢もバラバラだが、見る人が見ればそこには明確な基準があった。

紅天艦隊の来襲時に召集される蒼橋義勇軍。その部隊指揮官の名前なのだ。

八二年前に結成された採鉱師組合と軌を一にして準備が始まったその実態を知る者は、組合の幹部と政府関係者、そして警察軍の中枢のみ。

――それなのに、ベールを脱ぐその寸前になって、現場指揮官の名前が外に漏れたのだ。由々しい事態と言うしかないだろう。

呆然とする源治をしばらく眺めた後、親爺はぽんと手を叩いた。

はっと顔を上げた源治に、皮肉げに笑いかける。

「なんだその顔は。播磨屋一家の名が泣くぞ」

「し、しかしこりゃあ……」

親爺は軽く手を振った。

「おい、まさか義勇軍は完璧な秘密だとでも思ってたんじゃないだろうな？」

「え？」意外なことをさらりと言われて、源治はあっけに取られた。

「おまえさんは知っている。播磨屋一家の連中も知っている。おめぇのかみさんも知っているな？」

「かみさん？　おれぁまだ独り者ですぜ？」

「何だ、まだ小雪とくっついてなかったのかよ、この甲斐性なしめが」

「ぶ、部長、いきなり何を……」

「いいから聞け。そしていずれおまえさんたちの子供も——いいから黙って聞け——知ることになるだろう。

いいか？　八二年だぞ、八二年。その間に関係者の誰一人秘密を漏らさなかったとでも思ってるのか？」

指摘された源治は憮然《ぶぜん》として答えた。「それは……ねぇですね」

「あるはずがないさ。秘密なんてものは秘密にした瞬間に漏れ始めるものだ。〈紅天〉だって連邦だって、蒼橋義勇軍が準備されていることくらいとっくに知ってる」

「そう——なんですか？」

自信なげに訊《たず》ねる源治を親爺は軽く睨《にら》んだ。

「おれを何だと思ってる？　情宣部長ってのはな、何かを知らせるのが仕事じゃないんだ。誰が何を知っているかを見越して、何を知らせないで済ませるかを決めるのが仕事なんだ。でなけりゃこんなストなんて起こさせやしない。身体を張ってでも止めてるよ」

やっと頭がめぐり始めた源治が、改めて訊ねる。

「つまり——このリストが漏れても致命傷じゃねぇと言うんですかい？」

親爺はニヤリとした。

「ああ、そのリストに載ってるのは下っ端だけだ。せいぜいかすり傷ってところだな」

「下っ端？」源治が眉を上げる。リストに追加されるはずの一人としては穏やかでない。

「よく見ろ。おれは載っているか？」

源治が改めてリストを見直すが、たしかにシュナイダー情宣部長の名前は見当たらない。

「載ってねぇですね」

「おれが知っているほかの幹部連中も載ってない。ほかの部門も載っていない。載っているのは一部の現場指揮官だけだ」

「しかし、まずいんじゃねぇですかい？　こっちの動きが筒抜けだ」

そう口にしたとたん、源治は自分の迂闊《うかつ》さに気が付いた。思わず顔色が変わる。

「どうした？」

「だったらおれがここに来たのはまずいんじゃねぇですかい？　連中がこっちの動きを見張っていたら……」

「だからそれがどうしたって言うんだ？」

親爺部長は涼しい顔だ。

「いいか、会ってまずいようなら、おれがおまえを呼び出したりするか？」

「へ？……あ、そうか。おれは部長に呼ばれてたんだ」

源治はやっとそこに思い至り、頭をかいた。

「おれとおまえが親しいことはわざわざ調べなくたってみんな知ってる。甲斐性なしが宴会部長のエロ親爺に会いに来たって誰も驚いたりしないさ」

「そ、その甲斐性なしってのはやめてくれませんかね。おれは別に小雪とは……」

そう言って口ごもる源治に、親爺部長は追い討ちをかける。

「おい、そういうことを言うから甲斐性なしって言われるんだ。分かってるのか？」

「……そりゃあおれだって――じゃねぇ。何の話をしてるんですかい」

「おお、済まん済まん」と、まるで気にしていない風で、親爺部長は話を戻す。「いいか、連中が探っているのはそんな誰でも知ってる話じゃない。義勇軍の黒幕の正体なんだ」

「黒幕？　そりゃあ、いったいなんの話です？」

いきなり妙なことを言われて源治は首をひねる。黒幕というなら目の前の親爺ほど相応《ふさわ》しい人間はいないはずだ。

その親爺はニヤリと笑った。

「蒼橋義勇軍を作り、営々と準備を重ねて来たやつらさ。そいつらがおれやおまえを陰から操っている」

「ええっ！」と声を上げた源治に構わず、親爺部長は言葉を継いだ。

「――と、〈紅天〉の連中は考えてるってことだ」

源治はぽかんとした。必死で部長の話を反芻《はんすう》する。

「――つまり、連中はいもしない黒幕とやらを探すのに躍起だ、ということですかい？」

親爺部長の表情は何かおもしろがっている感じだ。

「そのとおりだ。連中は蒼橋義勇軍が出来た本当の理由を知らないからな。〈紅天〉勢力を駆逐してその後釜に座ろうとしているやつらに、おれたちが使嗾《しそう》されてると考えてるのさ」

そう言われて源治は腕を組んだ。一つの例《たと》えが頭に浮かぶ。

「蟹は自分の甲羅に合わせて穴を掘る――ってやつですね？」

「そういうことだ。〈紅天〉らしいと言えばこれほど〈紅天〉らしい話もない。頭がそっちのほうにしか働かないんだな」

そう言われて、「なるほどねぇ」と、源治は組んだ腕を解いた。

これまで唯々《いい》諾々《だくだく》と〈紅天〉に従っていた〈蒼橋〉が、自分たちの意思だけで反旗を翻すはずがないと考えているのだ。見くびられたものだが、どうやら親爺部長はこれを一つのチャンスと見ているらしい。

源治はもう一押ししてみることにした。

「ですが、現場指揮官だけって言っても、リストが筒抜けなのは落ち着きませんぜ」

「いや、筒抜けなのは向こうの動きさ」

そう返す親爺は自信たっぷりだ。

「どういうこってす？」

「やつらがまだ何も知らないことが丸分かりってことさ。こちらの全容を完全に摑《つか》んでいるなら、たかが現場指揮官の顔を目立つ格好で見に来たりはしない。その前に連中が黒幕だと考えたやつをさっさと始末してるよ」

「始末！」

啞然とした源治に、親爺はさらに皮肉な笑みを浮かべた。

「おい。おれたちはなんの準備をしてると思ってるんだ？　戦争だぞ。手向かうことが分かっている人間を何人か始末するだけでそれが回避できるなら、やってみようと考えても不思議じゃない」

「しかし――暗殺ってえのはいくら何でも……」

「事故という手もあるな。蒼橋製不良部品による連続事故あたりが狙い目か。戦争は防げる。蒼橋製部品の評判も落とせる。一石二鳥だ」

「部長！」

だが、親爺が気にする様子はない。

「ほかにもいろいろ手はあるだろうが――心配するな。連中は手を出したりはしない。ま、だな」

「どういうこってす？」

「言ってみれば連中は城攻めで言う搦手《からめて》だ。搦手攻めだけで落ちる城はないから、単独で攻めては来ないという意味さ」

「なるほど、王手《正面》あっての搦手ってことですかい？」

「そういうことだ。艦隊が来た時に動けるよう、必死で情報を集めてるんだな」

「だから揺さぶり——か。こっちが尻尾を出すのを待ってやがるんですね」

「ああ、だから後はこっちに任せろ。餅は餅屋だ」

そこまで言われれば源治に異論はない。

と、親爺が話題を変えた。

「よし、そっちの話はこれで終わりだな。次はこっちの用件だ。おまえのところに星湖《ほしのうみ》の記者が出入りしているな？」

源治が、え？　という顔で答える。

「記者——ロイスですかい？」

「そう、それだ。この記事を書いたのは、そいつだな？」

親爺が差し出した一束のプリントアウトをぱらぱらとめくった源治は、記事の末尾に蒼橋特派員ロイス・クレインとあるのを確かめて頷いた。

「ええ。こいつぁ確かにロイスが送った記事です。ボツを食らわなかったのは初めてだと散々自慢してやがったから、良く覚えてますぜ。これがどうかしやしたか？」

御隠居《ごいんきょ》に改めて聞き直した蒼橋昔語《あおのはしむかしがたり》をまとめて読み物にした記事だ。評判が良かったらしく、星湖トリビューン以外にも転載されたと聞いている。

「その記者、義勇軍のことはどこまで知ってる？」

「義勇軍？　そいつはまだ知らねぇだろうなぁ。おれたちは話してねぇし、本人の口から聞いたこともねぇ」

「知らない？　特派員のくせにか？」

源治は吹き出した。

「あいつをその辺の記者と一緒にしちゃいけねぇ。御隠居に聞いてないんですかい？」

「いや、話は聞いたが――そんなに天然か？」

「極上の天然。それも一品物だね。あれで良く記者が務まるとみんな感心してまさぁ」

「なるほど。記者と名乗っても記者と思わせない記者――か。最強だな」

何やら逆に感心されて、源治は少しあせった。

「そんな大層《たいそう》なもんじゃやねぇ。ただの馬鹿正直な小娘ってだけですぜ」

それを聞いて、親爺は含み笑いを漏らした。

「いくら女好きだからって、あの御隠居がただの小娘相手に同じ話を二度もすると思うか？」

「う、そう言われりゃあ、そうですがね——部長。何かたくらんでやすね？」

「まぁな」と、親爺は閉まったドアの向こうに向けて顎をしゃくった。

録画しているらしいレポーターの声が漏れてくる。

「——わたくしは今、無法なストを継続し、〈紅天〉のみならず多くの星系の経済を混乱させている蒼橋労組連合の……」

周辺星系のマスコミの多くは〈紅天〉資本が牛耳《ぎゅうじ》っている。この程度の印象操作は日常茶飯事だ。

耳を澄ませていた源治はゆっくりと親爺に向き直った。

「——なるほど。ただ、あいつは意外と芯が太ぇし、やり手の部長が後ろに付いてやがる。提灯記事《ヨイショ》を書かせるのはやめておいたほうがいいと思いやすぜ」

「そんなことは分かってる。提灯記事《ヨイショ》でいいなら鼻薬の効く連中はいくらでもいるさ。おれは損得抜きで〈蒼橋《ウチ》〉のことを書いてくれる記者が欲しいんだ」

「その記事が〈蒼橋《ウチ》〉に不利でも——ですかい？」

親爺は頷いた。

「ああ。きちんと書いてさえもらえれば、〈蒼橋《ウチ》〉と〈紅天〉のどちらに非があるかはおのずと明らかになる。今はそれだけで充分だ」

そこまで言われて源治は納得した。

「わかりやした。で具体的にゃあ何を？」

食えない親爺、シュナイダー情宣部長はあっさり言った。

「〝L〟に案内してやれ」


――というような話があった後の〝蒼宙港《あおぞらこう》〟係船エリアの一角。

《播磨屋壱號》のコクピットの後ろにある船室《キャビン》に、播磨屋一家が集合している。八畳間はどもある広さだが、一家五人にロイスが加わると少し窮屈だ。

全員が揃うのは久しぶりということもあり、四方山話《よもやまばなし》をしているうちに、蒼橋《しきょう》地表《ちひょう》で撮影したばかりという音羽屋の娘のホロムービーがまわり始めた。

幼児用のツナギを来た小さな女の子が、公園らしい場所で飛んだり跳ねたりしている。

「わ、可愛い。名前はなんですか？」

興味津々という顔で覗き込んだロイス・クレインが訊ねる。

「美鈴です」と音羽屋忠信《おとわやただのぶ》が頬をほころばせて答える。「三歳になったばかりで、やっと泣かなくなりました」

「え？」という顔をしたロイスに耳を寄せて滝乃屋昇介《たきのやしょうすけ》が囁《ささや》く。

「あのね、音羽屋の小父《おじ》さんは、美鈴ちゃんに会いに蒼橋《した》に行くたびに大泣きされてたんだよ。やっと慣れて笑うようになった頃休暇が終わるって、いつも嘆いてたんだ」

「へぇ、良かったじゃないですか」

「ええ。ありがとうございます。一緒に住めればいいんですが、こればっかりは……」

と肩を落とす音羽屋を、ロイスが慰める。

「仕方ないですよ。〝ブリッジ〟に子供は入れないんでしょう？」

「はい、一三歳までだめです。危険ですからね」

「そうかぁ、大変ですね。あ、終わった。ちょっと貸してね」

と、ロイスがホロムービーに手を伸ばした時、少し離れていた播磨屋源治の隣に、つっと寄って来た成田屋甚平《なりたやじんぺい》が声をひそめて訊ねた。

「なんであいつがいるんです？」

忌々《いまいま》しげに背後を差した親指の先には、ツナギ姿のロイスが天井の隅っこのフックに足を掛け、体育座りをしてホロムービーをいじっている。

係船エリアはゼロG環境だから天井も床もないが、傍らの大和屋小雪《やまとやこゆき》と何やら楽しげに話している姿が妙に気に障る様子だ。

源治はちらりと二人を見上げると、こともなげに告げた。

「連絡した時に昇介と一緒にいたから、来てもらったんだ。見てのとおり、ゼロGには慣れたみてぇだから、気にしなくてもいいぜ」

「そうじゃなくて――妙な連中が動いてるってぇのに、あの女にこれ以上深入りさせていいんですかい？」

「なんだ？　心配ぇか？」

図星を指されて、甚平は憮然《ぶぜん》とした。

「そりゃあ心配でさぁ。おれたちはまぁ、この騒動の当事者だ。いまさら抜けるわけにはいかねぇ。でも、あいつは違うでしょうよ」

「ああ、違う。あいつは記者だからな」

そういうこと言ってるんじゃねぇんだが——と言いたげな甚平を横において、源治は口を開いた。

「一同謹聴」

全員の注目が集まるのを待って、源治が続ける。

「昇介が会ったデュラ何とかのツナギを着たやつは〈紅天〉関係者らしい」

「デュラブルザイロンだよ」

と、昇介が口を挟むが、源治はそれにかまわず話を進めた。

「親爺の話では、目立つ格好で現われたのは、おれたちを揺さぶるためらしい。これからの対応は組合がするから、似たようなことがあったらすぐに事務局に連絡してくれ」

と、そこで源治は言葉を切り、天井にいるロイスを手招きした。

ロイスの顔がぱっと輝き、「あ、はい」と勢い込んで頷いたそのとたん、彼女は反動で前につんのめった。

でんぐり返ししながら源治のほうに流れて来る。足を絡めていたベルトが外れたらしい。

「何？　どうしたの、これ？　何？」

パニックを起こしかけたロイスの尻が迫る。

それを片手で軽く押さえ、もう片方の手でくるくるまわっていたホロムービーを捕まえた源治はそれを音羽屋のほうにトスし、空いている壁に向かってロイスの尻をぽんと叩いた。

ロイスはそのままぺったりと張り付く。

源治がぽつんと言った。

「……まだ早いかも知れねぇな」

黙って見ていた小雪と昇介がぷっと吹き出した。

真っ赤になったロイスは急いで足をベルトで確保してわたわたと手を振り、

「ち、違います。これは違うんです。慌てて、そう慌てただけなんです。わたしは大丈夫です。もうバッチリです」

と、必死に言いつのる。

背後から、「何がバッチリだよ」という呟《つぶや》きが聞こえたような気がしたが、源治はそれに構わず、ロイスの顔を正面から見た。

「ロイスさん、一週間ぐらい時間を取れるかね？」

「あ、はい。はい、大丈夫です。一週間でも一〇日でも。時間はいくらでもあります、はい」

「記者がいくらでも時間があるようじゃまずいと思うが――まぁいい。ホテルに戻って身のまわりのものを持って来な。あの白いスーツを忘れるなよ」

「え？　スーツ？」

ロイスはぽかんとしている。

「ああ。用があるのは今じゃねぇし、ここでもねぇ。少し遠いところだ。必要なもんは小雪に聞け。頼んだぞ」

最後の一言は傍らの小雪への指示だ。

「音羽屋と昇介はいつでも出られるよう待機していてくれ。甚平、おまえは作業艇がねぇから、昇介と一緒だ」

7　ルーシー

——というような経緯があって〝蒼宙港《あおぞらこう》〟の係船エリアから出発してから二日後。ロイスを便乗させた《播磨屋壱號》は、L区からH区へ向かう傾斜軌道の中間位置に来ていた。

と、突然、前方のモニタに細い光の帯が現われた。

作業艇が惑星・蒼橋《あおのはし》の影から外れたために、〝ブリッジ〟が蒼橋主星（太陽）の光を受け始めたのだ。

光の帯は瞬く間に広くなり、〝ブリッジ〟でも一番濃密なM区が、その壮大な姿を見せ始める。

気が付けば年季の入った採鉱艇は、輝く大河のような煌《きらめ》きの帯の上を、音もなく滑っていた。

「綺麗……」

源治と小雪が並んだ操縦席の後ろにある便乗席から、乗り出すようにしてモニタを見つめていたロイスの口から呟《つぶや》きが漏れる。

ヘルメットは外してシート脇の専用ポケットに収めているが、スーツはしっかり着込んでいる。もちろん、個別調整済みだ。

「直《じか》に見るかね？」

源治はそう言うと、コンソールを操作した。天井のほうから何かが動く音が聞こえる。

「この窓はめったに開けねぇんだが、今日は特別だ。好きなだけ楽しんでくれ」

天井部分の装甲鈑二枚は観音開きになっていて、防眩加工した高耐久有機プレートの窓越しに直接外を眺めることが出来るのだ。

わぁ、っという表情で見上げるロイスのシートをリクライニングさせると、装甲鈑が開き切るのを待って源治はそれまで流れていたBGMを古典曲に切り替えた。

あらかじめ打ち合わせてあったのだろう。ナビゲーターであると同時にコパイロットでもある小雪が、左右のバーニアに角度を付けてたがいに反対方向に向け、わずかに吹かす。

《播磨屋壱號》は『美しき青きドナウ』の旋律に乗ってゆっくりと回転を始めた。

大河のような煌きが頭上の窓に滑り込んで来る。

頃合を見て小雪がバーニアを反対に向けて吹かせば回転はぴたりと止まり、窓の向こうは煌きで満ちた。

「凄《すご》い……こんなに近かったんですか……」

ロイスが驚くのも無理はない。モニタの画像は航法支援のために複数のカメラやセンサーから得たデータを再構成したものだから、映像というよりは模式図に近いのだ。源治がBGMの音量を落とし、自分のシートも倒すと隣の小雪もそれに倣《なら》う。しばらくはやることもない。

スーツ姿の三人が見上げる窓の向こうで、輝くブリッジが尽きることなく流れていく。

一方その頃、ロケ松は〝ブリッジ〟のL区にある葡萄山細石寺で——湯につかっていた。

初めてここを訪ねた時、住職は驚きもせず彼を庵に招き入れ、茶を点《た》てた。最初は警戒していたロケ松だったが、しんと静まった雰囲気がなんとも心地良く、問わず語りにあれこれ話すうちに、気が付けば身分も目的も話してしまっていた。

本来なら失敗に青くなるところだが、住職は何も聞かなかったような様子で、またおいでなさいと彼を送り出し、自分でもなんの不思議もなくまた来ようと思ってしまったのは、はて、どういうからくりによるものか。

何日か後に気が付けば、ロケ松は住職や御隠居《ごいんきょ》と呼ばれる老人と一緒に、寺に設えられた湯殿で湯につかる仲になっている。

「いい加減ですなぁ——こういうのはなんです？　上がった後に、結構なお風呂で、とでも言わねぇといけないんですかね？」

手拭《てぬぐい》を頭に載せたロケ松が訊《たず》ねると、湯気の向こうで住職が笑いを含んで答える。

「茶道には風呂を供する作法もあるようですが、拙僧は良く知りませんでな。いい湯なら良いと、そうでなければそうでないと、素直に言えばいいのではありませんかな」

「と、おっしゃられても、良くないと素直に言ってしまえば角が立つってもんでしょう。そう簡単に素直にゃあなれませんや」

「それも道理。その見極めが塩梅《あんばい》というものでしょうな」

「塩梅ねぇ……」と口ヶ松は湯の中で腕を組む。

無論、彼とてこんなところで禅問答じみた話をしている場合ではないことは承知している。


しかし、この寺——いや、住職は妙なのだ。

〝ブリッジ〟の住人に一目置かれている——というのはともかく、人脈が異常に広い。政府の役人でも組合の幹部でも、住職に聞いて来たと言えばなんの疑いもなく招き入れ、あれこれと話してくれるのがまず妙だ。

それでいて、住職の素性や意図については誰もが口を閉ざすのがさらに妙。

そしてこの数日でいっぱしの〈蒼橋〉通になったのは、すべて住職の掌《てのひら》の上で転がされたからだと知りながら、まったく嫌な気分にならないのが、とどめの妙だった。

——この話だって、何か意味がある——いや、違うな。意味があるとかないとかそんなことじゃねぇんだ。そうじゃなくて……。

と、隣から声がかかった。

「また何か考えてなさるね？」

同じように手拭を頭においた、御隠居こと滝乃屋仁左衛門《たきのやにざえもん》だ。

「この寺に来るとみんなそうなりやがる。何かがあるようでねぇ和尚の言葉を、ああでもねぇこうでもねぇと考えているうちに、いつの間にか誑《たぶら》かされてるって寸法さね」

「誑かすとは人聞きの悪い。拙僧はただ思ったことを口にしているだけですぞ」

住職がいかにも心外だという様子で湯煙の向こうから口を挟むが、御隠居はそれを軽くいなした。

「それそれ、その思ったことってぇのが曲者だ。大尉さんも気を付けなよ」

「へいへい」と頭をかいたロケ松が、大尉と呼ばれて驚かないのも道理。最初に住職に紹介されたのがこの御隠居だった。今では所属から過去の悪行まで知られている。

とはいうものの、ロケ松もこの老人についてはかなり知っている。この御隠居。今は労組連合の顧問だが、もとは今ストをやっている運輸労組の委員長、その前は採鉱師組合の幹部だった人物なのだ。

高い技能を要求される採鉱師組合の組合員には、毎年厳重な技能検査が義務付けられていて、それに合格しないと作業艇には乗れなくなる。多くは試験に落ちる前に自分から身を引き、多くは蒼橋星間運輸公社の輸送船パイロットに再就職する――つまり御隠居は現役の採鉱師《やまし》とそのOBの双方に顔が効くわけだ。

最初に蒼橋昔語《あおのはしむかしがたり》を聞かされたのはお約束として、〈蒼橋〉の組合の状況、ストに至った経緯等々、かなり踏み込んで聞いている。

そのあれやこれやを思い返すうちに、ロケ松はふと前々から気になっていたことを思い出した。

――そうだ、そろそろ訊《き》いてもいい頃合かも知れねぇ。

ロケ松は湯船の中で仁左衛門に向き直った。

「御隠居。一つ教えてもらってもいいですかい？」

「おや、今日はなんでぇ？　ほかならぬ大尉さんの頼みなら遠慮はいらねぇよ」

「かたじけねぇ。じゃあお言葉に甘えます。このストなんですが……」

「ほいほい」

「なんで今なんです？」

「む？」

普段は温厚な御隠居の顔がいつになく強張《こわば》る。それを見て取ったロケ松は、ここぞとばかりに言葉を継ぐ。

「〈紅天《こうてん》〉のやり口に我慢できねぇってのは分かりますぜ。これだけあの手この手で締め上げられちゃあ怒るのも道理だ。でもそりゃあ今に始まったことじゃねぇでしょう？　もう何十年も続いてることだ」

御隠居は住職をちらりと見たが、老僧はいつの間にか瞑目《めいもく》している。

御隠居は軽く頷いた。

「確かに〈蒼橋《ここ》〉の開発が始まった時から続いてらぁな」

「でしょう？　それでも〈蒼橋《ここ》〉の人間は頑張って、採鉱を続け、資金を集めて自前の精錬衛星や冶金工場まで作って来たわけだ。今じゃあかなり高精度の合金加工までやってのけてると聞きやした。核融合炉まで作ってるそうじゃねぇですかい」

「ああ、〝踏鞴山《たたらやま》〟だな。知ってるのか？」

「本当だったんですかい？……いや、そうじゃねぇ。それだけの技術力や資金力があるならこれから先、それを発展させていきゃあいいでしょう。そりゃあ〈紅天〉は邪魔でも、命まで取ろうっていうわけじゃねぇんだし……」

そこでいったん言葉を切って様子を窺うと、御隠居はひどく難しい顔になっていた。

よし、もう一押し——ロケ松は言葉を継いだ。

「今やるなら、一〇年前にやってても不思議はねぇ。一〇年後ならもっと力が付いてる。なぜ今なんです？」

と、湯気の向こうで住職がかすかに頷いたように見えた。

何故かほっとしたような様子で御隠居が口を開く。

「どうやら、黙《だんま》りを決め込むわけにゃあいかねぇようだな。ここだけの話――と言いたいところだが、大尉さんの立場じゃぁそうもいくめぇ。ムック何とかいう、あんたの大将ぐらいでやめておいてくれるとありがてぇんだが、どうだね？」

「いや、大将じゃなくて准将だが――ま、それは置いといて、大丈夫、あの人は口は堅ぇ。おれが保証しますぜ」

「大尉さんの保証か」と――笑いを含んで考えるふりをした御隠居は、わざとらしく湯船から上がり、夢翌檜《ユメアスナロ》の浴槽の縁《ふち》に腰を下ろした。

豆絞りの手拭を臍の下に広げ、太股をぽんと叩く。

「話すとしよう。今、ことを起こした理由は三つある。一つは八二年前に、もう一つは一二年前に、そして最後が半年前だ」

最初の数字がロケ松の記憶に引っ掛かった。

「八二年前？　ひょっとして蒼橋義勇軍ですかい？」

御隠居はやはり、という感じで嘆息した。

「――親爺《おやじ》の言うとおりか……」

「親爺？　誰です？」

「いや、こっちの話だ。そのうち嫌でも顔を合わせることになるから、今は気にしなくてもいいぜ。で、蒼橋義勇軍についてはおまえさん、何を知ってる」

訊《き》き返されてロケ松は苦笑した。

「なんかおれのほうが尋問されてるみてぇですね。いや、詳しいことは何も。情報部なら何か摑んでるんでしょうが、おれあたりが知ってるのは、〈蒼橋〉には有事に自営採鉱業者を主体にした義勇軍を動員する計画があるらしい――ってことだけですね。誰がリーダーなのかなんてことは欠片《カケラ》も知りませんや」

そう誘い水を向けるが、御隠居は軽くいなした。

「それはまだ話すわけにゃあいかねぇな。

ま、とにかく第一の理由は〈蒼橋〉が八二年前から義勇軍を準備してたってことだ。

で、第二の理由は一二年前に〝L〟が見つかっちまったってぇことだ」

「〝L〟？」初めて聞く言葉だ。

ぽかんとするロケ松を見て、御隠居は含み笑いを漏らした。

「さすがの大尉さんもまだ〝L〟のことは摑んでなかったみてぇだな。ここからが肝心《かんじん》の話だ、良く聞きな。〝L〟ってのは……」

話を聞くうちに、ロケ松のこめかみに汗が浮かび始めた。


――その頃。〝ブリッジ〟を眺めながら昼食を終えた《播磨屋壱號》のコクピットで、源治はおもむろに装甲鈑を閉じると、ロイスに告げた。

「さて、これからはちょっとばかし荒っぽい操船をしなきゃならねぇ。ヘルメットをかぶって、ハーネスをしっかり締めときな」

「え？」とロイスが驚いたのも無理はない。

源治をして極上の天然一品物と言わしめたロイスだが、決して理解力に欠けているわけではない。昇介にイカリングで説明された後、源治や小雪にもいろいろ訊ねたから、L区からH区への軌道遷移《せんい》についてはいちおう理解している。

まずL区で斜め方向に加速してM区の上を越える楕円軌道に乗り——これが今の状態——H区まで届いたところでさらに少し加速して、軌道を円に戻しながらH区の軌道と同期する——という手順だったはずなのだ。

「どういうことでしょう？」と小首を傾げるロイスに、源治は短く告げた。

「M区に入る」

言われてロイスの表情が変わる。

「えええっ！　M区って……たしか危険だから立ち入り禁止じゃなかったんですか？」

ところが源治は涼しい顔だ。

「なに。例外のない規則はねぇ、ってやつだ」

「そんな無茶な」

「これからもっと無茶になるからちょっと黙っていてくれや、舌を噛むぜ」

そう言うと、源治はすでに手早くヘルメットをかぶり終えている小雪に向き直った。

「コースは出てるな？」

「はい。目標軌道まで一時間三二分です」口の動きでそれを読み取った源治はちらりと便乗席を振り返ってロイスの対Gスーツの準備が出来たことを確認し、自らもヘルメットをかぶると短く告げた。

「よっしゃ。行くぜ」

源治の掛け声と共に《播磨屋壱號》は一八〇度回頭に入り、低軌道へ遷移すべく艦首を進行方向の逆に向けた。

艦尾の主エンジンがわずかに噴射され、古参採鉱艇は〝ブリッジ〟内で最高の密度を持つM区の中心部に接近し始めた。

正面のモニタに光の帯が徐々に迫り、しだいにザラついて来る。密集していた岩塊が一つ一つ判別できるようになり、やがてそのごつごつした姿がはっきりと見え始めた頃、ロイスが息を呑《の》んだ。

「本当に全部岩塊だったんですね」

「なんだと思ってたんだね？」

源治は苦笑した。

「いえ、その。〝ブリッジ〟っていうから、何かひとかたまりの物のような気がしていたんですけど……そうかぁ。やっぱり岩塊の集まりなんだ」

何やらしきりにうんうんと頷いているロイスはおいておいて、源治は改めて操縦桿を握り直した。これからが正念場だ。

大きな岩塊は速度を合わせて慎重に避けるが、小さな岩片まではかわし切れない。艇《フネ》の先端部分を覆っているセラミック複合装甲鈑がそれを弾く音、と振動がコクピットに満ちる。

最初は打撃音が響くたびに、「ひっ」とか、「危ない」と口を押さえてびくびくしていたロイスだったが、一時間もそれが続けばさすがに慣れて来る。

モニタを見ながら、「次にぶつかるのはあれですね」などと言い出し始め、源治と小雪は顔を見合わせて苦笑した。

――そしてM区の奥深くに進み、重なり合った岩塊のために蒼橋主星（太陽）も届かなくなって、正面のモニタが真っ暗になりかけた頃、しきりにコンソールを操作していた小雪が便乗席のロイスに振り向いた。

「見つけたわ。いま出します」

モニタがレーダービジョンモードに切り替わる。周波数を微妙に変化させながらスキャンした岩塊の輪郭だけが緑の線画で表示され、位置関係が立体的に表示されていく。

ここに着くまでに記録して来た個々の岩塊の位置データを比較し、地形図を作製する時のステレオ写真のように位置関係を三次元で再構成しているのだ。

もちろんリアルタイムの表示ではないが、天体の運動は物理法則どおりなので、過去のデータから現在位置を予測するのは比較的たやすい。

線画の岩塊はモニタの奥に向かってどんどん重なりながら増えていき、画面全体が緑色に染まりかけた時、突然巨大な輪郭がモニタいっぱいに表示された。艇からの距離は八〇〇キロ程度。赤い破線で表示されたそれはほかの輪郭より飛びぬけて大きい。

ロイスが小首を傾げる。

「なんです、あれ？　ずいぶん大きいようですけど……」

源治は静かに告げた。

「あれがあんたの部長が言っていた〝L〟だ」

「え？」

ロイスは一瞬ぽかんとした。源治を見、モニタを見、小雪を見る。

小雪が小さく頷いた時、やっとロイスの脳に情報が届いた。

「え？　える？　あれが…エるなの？」

驚きのあまり妙な発音で〝L〟と繰り返すロイスに、源治がことさらに淡々とした説明を始めた。

「〝L〟は長径二〇〇キロ、短径一〇〇キロ程度。いびつな回転楕円形の岩塊《ヤマ》だ。

まぁ、あの大きさだと、岩塊《ヤマ》っていうより立派な天体だな。ただ、一二年前に遭難したパイロットが偶然発見してルーシーと名付けたんだが、天体登録はされてねぇ」

連邦政府が定めた〈星系間航行法〉によれば、航路の障害になったり、ある一定以上の大きさがある天体を発見した者は、連邦政府運輸省宇宙航路統制局に報告する義務がある。報告された天体には番号が付けられ、星図《スターチャート》に記載される仕来りだ。

ロイスもその程度のことは知っている。

「ルーシー……どこかで聞いたような……登録されなかったのは何故です?」

源治は少し苦笑いしながら続けた。

「あいつはM区の中でも一番岩石密度が高いあたりにあるからな。航路の邪魔にゃあ違いないが、そもそも邪魔になるほど近くにゃあ行けねぇのさ。番号をもらっても仕方ねぇ」

「そ、そうか、そうですよね」ロイスがしきりに頷く。

「――というのは表向きの言いわけだ。本当の理由はあいつの比重にある」

「比重?」と聞き返すロイス。源治はあっさり言った。

「〝L〟の比重は八以上ある。しかも石質だ」

「へぇ、そうなんですか」と返すロイスの返事は源治以上にあっさりしていた。

一瞬拍子抜けした源治だったが、そこに小雪が助け舟を出した。

「ロイスさん、葡萄山《ぶどうやま》の御隠居さんに話を聞いた時、岩塊《ヤマ》の比重のこと、教えてもらいませんでした？」

そう言われてロイスは思い出した。蒼橋昔語《あおのはしむかしがたり》を改めて聞いた時、追加でいろいろ話してもらったのだ。

スーツのポケットから大急ぎで携帯《かくし》ビューアー《ちょう》を引っ張り出す。

「比重、比重……あ、これだ。ええと、アルミの比重が二・七で、鉄の比重が七・九だから……そんなに重くないですね」

それを聞いて源治は苦笑した。

「おいおい、聞いてなかったのか、おれは石質って言ったんだぜ」

ロイスはぽかんとしている。何を言われているのか分からないのだろう。

次の助け舟を出したのも小雪だった。

「ロイスさん。石質ってのは、大部分が岩で出来てるってことなの。御隠居さんは岩の比重はいくつだって言ってました？」

「ええと……四前後です」ビューアーに目を落として自信なげに答えるロイスに、小雪は優しく説明する。

「〝L〟が芯まで鉄なら、比重が八でも不思議はないわ。でも岩なの。だったら比重は四前後でないとおかしいでしょう？」

一瞬ぽかんとしたロイスの顔が、次の瞬間輝く。

「あ！　鉱脈、鉱脈だ！　〝L〟には鉱脈があるんですね？」

播磨屋一家に出入りするようになって以来、岩塊《ヤマ》の比重が話題になることは多かったのに、今の今まですこんと抜けていたのだ。自分で自分が恥ずかしい——と本人は内心で赤面したつもりだったが、もちろん外面も真っ赤だ。

「ああ、〝L〟には相当高品位の鉱脈がある。それも重金属だ——まぁ、鉛ってぇ可能性もねぇわけじゃねぇがな」

「な、鉛って……それ酷《ひど》いです」

ロイスにもこのくらいのジョークは分かる。やっと赤味の引きかけた顔でころころ笑う。

「ま、何が埋まってるかは掘ってみなくちゃぁ分からねぇが、お宝の塊であることは間違いねぇ。だから一二年前にここに迷い込んだ作業艇が救出されて、〝L〟の存在が明らかになった時、組合はその情報を封印したんだ」

「どういうことです？」

「まず、場所が場所だ。進入禁止のM区のど真ん中だぜ。自慢じゃねぇが、おれでもここまで来るのが精一杯だ。

ところが採鉱師《やまし》連中にゃそんなことは関係ねぇ。公表すりゃあM区だろうがどこだろうが採鉱艇が殺到して、皆岩塊《ヤマ》の餌食になっちまう。〝L〟の周りの障害物が増えるだけさ」

「そんなに凄いんですか？」

「ああ、比重八と聞きゃあ、女房子供質においてでも飛んでくるやつはいっぱいいるぜ」

「あ、違う。違います。採鉱師《やまし》の皆さんのことじゃなくて、〝L〟の周りのことです。そんなに危険なんですか？」

源治は自分の勘違いに気付いて苦笑いした。

「そっちの話か。あそこは危険なんてもんじゃねぇよ。見な」

その声に合わせて小雪が操作したのだろう。レーダービジョンの緑の線画に重なって作業艇らしい黄色のシルエットが合成される。

「あれは同じスケールで比較したこの《播磨屋壱號》と、あのあたりの岩塊《ヤマ》だ」

黄色のシルエットが緑の線画と線画の間に載るが、その隙間はかろうじて《播磨屋壱號》が通り抜けられる程度だ。視点を変え、さらに奥に進むと隙間はしだいに狭くなり、《播磨屋壱號》の半分以下になる。それでもまだ奥があるのだ。

それをじっと見ていたロイスの顔がしだいに蒼白になる。

「も、もしあんなところに入ったらどうなるんです？」

源治は無言で手元にあった梅紫蘇《うめじそ》ドリンクのパックを持ち上げ、ぐっと握り締めた。

「間違いなくこうなるな。岩塊《ヤマ》ってのは一つ一つ独立した軌道上を動いてる。離心率なんかも微妙に違うから軌道も複雑に交差していて、あそこじゃあ岩塊《ヤマ》同士の衝突も珍しくねぇ。いくら腕が良くてもすり潰されるのがオチだ」

潰れたドリンクのパックから綺麗な赤紫色の粒がいくつか飛び出るのを見て、ロイスは絶句した。

「ここらあたりでも、常に先を読んで艇《フネ》を移動させていないとぶつかっちまうぐれぇだから、〝L〟に近付くにゃあ特別仕様の重装甲作業艇が一個艦隊くらい要《い》るぜ」

気が付けば、小雪が小刻みにバーニアのレバーを操っている。さっきから《播磨屋壱號》が微妙に揺れているのは、そのせいだろう。

「そんなに岩塊《ヤマ》同士が近いのに、どうしてたがいの引力で固まったりしないんですか？」

ようやく我に返ったロイスが、いかにも不思議だという口調で訊ねる。彼女にしてみればある意味当然の疑問だろう。

源治はやれやれという調子でそれに答える。

「あのな、引力ってのは本来、磁力なんかに比べると無茶苦茶弱ぇ力なんだ。惑星みたいにでっけえ物相手なら充分以上に効いて来るが、岩塊《ヤマ》同士の間で働く引力なんてのはわずかなもんだ。だから岩塊《ヤマ》が固まるなんてことはねぇよ。砂利を握って放り投げても空中で固まったりはしねぇだろう？」

「そういうもんなんですか？」

「そういうもんだ」

源治はそう言い切ると、話を戻した。

「――というわけで、組合は〝L〟を封印したわけだ。採鉱する岩塊《ヤマ》にゃあ不自由してねぇんだから、無理することもねぇってわけだな」

「なるほど……あれ？　あれの名前はルーシーですよね。播磨屋さんたちは何故〝L〟って呼ぶんです？」

ようやく頭が再起動したらしいロイスが訊ねる。

「その辺が拠《よんどころ》ねぇ経緯《いきさつ》ってやつだ」

源治はロイスと最初に会った時の言いまわしを使った。

「〝L〟を見つけた遭難パイロットはあいつに、生まれる予定だった自分の娘の名前を付けたんだ――たしか、ルーシー・カーマイケルだったかな。で、救出された時に無事生まれていた子供に迎えられて、嬉しさのあまり天体のこともちょろりと話しちまったわけだ」

と、突然ロイスが叫んだ。

「あ、それ見ました。奇跡の生還、ルーシーちゃんがお出迎え――そうです、あたし読みました」

源治が軽く頷く。

「まぁ、〈蒼橋《ここ》〉じゃあ有名な話だからな。ただ、遭難艇のデータを解析し終わって、その正体を知った組合の上のほうは悩んだわけだ。いくらいい話でも、騒動の種になるのは困るからな。

　そこでルーシーってのは、あくまでもその遭難者の娘の名前ってことで押し通すことにして、天体としてのルーシーは〝L〟とだけ呼ぶようにしたわけだ。頭文字だけならデータの検索はやりようがねぇからな。

　逆に言えば、あれを〝L〟と呼ぶのはその正体を知ってるやつってことになる……」

　それを聞いてロイスは愕然とした。

　──だからあの時、成田屋《じんぺい》さんは顔色を変えたんだ。他星系《よそ》の記者にいきなり〝L〟ってなんですか？　と訊《き》かれたら警戒して当然だ……。

「分かったかい？」

「はい。──埋めるってのは冗談じゃなかったんですね」

　それを聞いた源治は破顔した。

「覚えてたのか？　ま、ありゃあ冗談だ。ここじゃあそんな手間は掛けねぇよ。主噴射管《ノズル》に引っ掛けて軽く吹かしゃあチリも残らねぇ」

　ロイスが再び硬直する。と、モニタを注視したままの小雪がしょうがないな、という口調で口を挟んだ。

「艇長のいけないところはそういうところだって、わたし言いませんでしたっけ？」

「お、こりゃあいけねぇ」

前と同じように頭をかいた源治が、ロイスに改めて向き直る。

「と、ここまでは〈蒼橋〉の中だけの話だ。ところが半年前、〝L〟の話が〈紅天〉に漏れた」


「〈紅天〉にですかい?」

長風呂から上がってバスタオルを巻き、脱衣場に備え付けの瓶牛乳を飲み干したロケ松が頓狂な声を上げた。

御隠居が豆絞りの手拭で身体を拭きながら頷く。

住職はまだ湯殿の中だ。

「ああ、どこでどう漏れたかまでは分からねぇが、それだけならまぁ仕方ねぇな、で済むんだが、〈紅天〉で聞きつけた中に馬鹿がいた」

「馬鹿ですかい?」

「ああ、大馬鹿だ。考えるに事欠いて、〝L〟に手を付けようとしやがった」

聞いたロケ松は唖然とした。

「手を付けるって――〝L〟はM区のど真ん中にあるんでしょう? どうしようって言うんです?」

「近付けねぇなら砕けばいい」

「砕く？　二〇〇km×一〇〇kmの天体をですかい？」

「軍なら簡単だろう？」

「そりゃあまぁ、惑星破壊誘導弾なんてのも研究してますからね、やって出来ないこともないでしょうが――とんでもないことになりやすぜ」

「そのとおりさ。だがそいつは考えた。何もない宇宙空間なら砕いた破片はどこに飛んでいくか分からねぇが、〝L〟があるのはM区のど真ん中だ。砕いても破片は周りにうようよしている岩塊《ヤマ》に阻《はば》まれるから外に出て来ねぇ――とな」

「え？　出ないんですかい？」

素っ頓狂な声を上げたロケ松だったが、御隠居は言下に否定した。

「そんなわけがあるけぇ。砕いた破片が岩塊《ヤマ》にぶつかりゃあ、ビ《玉》リヤ《突》ード《き》と同じでそいつもほかの岩塊《ヤマ》にぶつかる。核分裂の連鎖反応と同じで止めようがねぇぜ」

ロケ松は広大なフロアにばら撒かれた無数のビ《玉》リヤ《突》ード《き》の玉を想像した。

――一番密度の濃いあたりでブレイクショットすれば、周囲の玉は波が広がるように動き出す。だが、ビ《玉》リヤ《突》ード《き》なら台との摩擦があるからいつかは止まるが、宇宙空間に摩擦はない。衝突で運動エネルギーが岩塊《ヤマ》内部の歪みとして吸収され終わるまでには長い長い時間がかかるだろう――たしかに連鎖反応だ。

「そんなことになったら軌道上の施設に被害が及ぶのは間違いねぇし、二〇〇年かけて蓄積してきた〝ブリッジ〟の軌道データも完全に御破算だ。少しぐれぇ重金属の鉱脈が手に入ったって割に合うわけがねぇ」

「〈蒼橋〉は黙ってたんですかい？」

「まさか。ちゃんと抗議してやめさせようとしたさ。ちょうど紅蒼通商協定の改定交渉が始まってたから、その裏で秘密会を開いた」

「〈紅天〉はなんと？」

「知らんそうだ」

「え？　〈蒼橋〉がどうなろうと知らねぇって言うんですかい？」

「いや、そんな計画はねぇ、言い掛りを付けるなと抜かしやがった」

ロケ松は素直に首を捻る。

「知らない？　〈紅天〉が知ってるのは間違いねぇんでしょう？」

「ああ。〈紅天〉政府内部の正規の立案書に載ってる話だ。なのに連中はそんな計画はない、の一点張りだ。

おかげでこっちも切れちまった。きちんと話してくれりゃあ相談にも乗れるが、話すことはねぇと言われりゃ頭にも来る。後は売り言葉に買い言葉だ」

ロケ松の頭の上に理解のランプがともる。

「――ってことは今回の騒動は……」

「ああ。〝L〟がきっかけだが、そのおかげで〈蒼橋〉に積もり積もっていた鬱憤《うっぷん》がいっきに噴き出しちまったわけだ。

昔はともかく、今なら〝団子山《みたらし》〟もあるし〝踏鞴山《たたらやま》〟もある。〈紅天〉と手を切っても充分やっていける。

いや、いま切らないでいつ切る？　八二年かかって準備した蒼橋義勇軍をいま使わないで、いつ使う？――ってえわけだ。後は一気呵成さ」

「なるほど。つまり――」と、ロケ松は指を折りながら、〈蒼橋〉の指導層の考えを代弁し始めた。

「――決めた。〈蒼橋〉は〈紅天〉と手を切るぜ。

――素直に切らしちゃくれねぇぜ。喧嘩するしかねぇぞ。

――蒼橋義勇軍に〈蒼橋〉の外に出る力はねぇから、〈紅天〉に手を出させよう。

――それなら今やってる紅蒼通商協定の交渉を決裂させるのが一番だ。

――それじゃ足りない。ここは組合にストを打ってもらうのはどうだ？

――それだ。資源が入らなくなれば絶対手を出してくる。

――待てよ、紅天艦隊が本当に来たら、義勇軍は勝てるのか？

――大丈夫、こういう時のために連邦には騎兵隊がいるんだ。

——騎兵隊？　平和維持軍か？

——正解。適当なところで割って入ってもらえばいい。

「ってことですかい？」

指を一〇本折り終えたロケ松が、飲み物の棚に手を伸ばした御隠居に確かめる。

「さすがは騎兵隊の大尉さんだ。良く分かってなさる」

「そんなに上手《うま》くいきますかい？」

ロケ松は首をひねった。

どう考えても、この展開は冷徹な計算による予測ではなく、希望的観測の羅列でしかない。〈紅天〉がどう出るか？　連邦が何を考えて介入するのか？　〈蒼橋〉には手の届かないレベルでの不確定要素が多すぎる。

しかも、〈紅天〉が何故〝L〟の件で沈黙しているのかまったく見えない今の段階では、落とし所は完全に藪の中だ。

腰に手を当ててフルーツ牛乳を飲み干した老人は、ぐいと口を拭った。

「いくわけねぇだろう。だからおれたちが苦労してるんじゃねぇか」

蒼橋義勇軍司令長官、滝乃屋仁左衛門《たきのやにざえもん》は、そう言って目を剝《む》いた。

8　最後通告

それからさらに一週間後。

蒼橋《あおのはし》星間運輸組合のスト開始から数えれば、ちょうど一月が過ぎたその日。

蒼橋星系の最外縁、第四惑星・蒼雪《あおのゆき》の軌道と、〝ブリッジ〟のある第三惑星・蒼橋《あおのはし》の軌道の中間あたり。

数光時以上離れた蒼橋主星と、ほかの星々の区別が付かないくらいの遠い空域で、空間が揺らいだ。

星々の光が歪み、その中に異質の煌《きらめ》きが増えていく。

揺らぎが収まった後に姿を現わしたのはスマートな軽巡航艦が六隻。

さらに支援艦らしいずんぐりとした艦型が十数隻。

「全艦異常なし、進路クリア。予定どおり減速に入ります。第一目標まで七一八時間」

紅天《こうてん》星系軍蒼橋派遣艦隊旗艦《テルファン》の艦橋にオペレータのアナウンスが流れる。

跳躍点から通常空間に降りた艦隊は、跳躍点に進入した時の速度を保持している。

二〇隻あまりの艦隊はいっせいに噴射を開始し、標準の一G減速で第三惑星・蒼橋に接近する遷移《せんい》軌道に乗った。

「蒼橋跳躍点（星系運輸局が管理する跳躍ステーション）が誰何《すいか》しています」

通信員の報告に、艦長席のベリーズ中佐が、背後の司令長官席に収まったアンゼルナイヒ中将を振り返った。

専用席に座った司令長官が軽く首を振った。艦長がインカムに指示する。

「無視しろ」

「了解、あ、緊急信号を発しています」

だが、司令長官の表情は変わらない。

二〇隻以上の艦隊が跳躍して来たのだ。いまさら隠して隠せるものではない。

「プローブ《無人探査体》出ます」

正面の大スクリーンに投影された艦隊の模式図の先頭から、十数本の輝線《きせん》が伸びていく。

艦隊の前方を固める偵察艦から放たれた無人探査体が、減速を続ける艦隊を置き去りにして広がっているのだ。

「簡易探査終了。当面の軌道に障害物はありません」

その報告を司令長官の脇に座っていた参謀長のフリードマン少将が聞きとがめた。

「障害物なし？　間違いないか？」

「はい。直接観測できる範囲はクリアです。航路衛星のデータによれば蒼橋の衛星軌道に向かう機体は六隻だけですべて輸送船です。すでに最終軌道に乗っています。こちらに向かう軌道は完全にクリアです」

もちろん待ち伏せ《アンブッシュ》しているなら航路衛星に登録しているはずもないが、直接観測でも発見できないのは妙だった。

「輸送船の出発地は？」

「二隻が跳躍点。四隻は蒼雪と登録されています」

法定跳躍点は基本的に一つの星系に一箇所しかなく、すべての星間交易はそこを通じて行なわれる。本来なら蒼橋までの軌道上には商船やクーリエ便などが列を成しているはずなのだ。

司令長官はこともなげに言った。

「橋を焼かれる前に自分で焼いたということだろうな」

その言葉に、参謀長の表情が苦くなる。

「確かに民間船にウロウロされて困るのは向こうですが、思い切りましたね」

「それだけ本気ということだろう。跳躍点を封鎖する手間が省けたな。連邦軍に動きはあるか？」

「参謀本部からの情報では、連邦安保委が召集されたものの、まだ具体的な決議は成されていないとのことです」

司令長官は頷くと通信長を呼んだ。

「通信、〈蒼橋〉の反応があったら知らせてくれ」

法定跳躍点から惑星・蒼橋までは電波でも二時間以上かかる。跳躍点の通報が蒼橋に届き、反応が返って来るには五時間程度かかるだろう。

高次空間通信《HDSN》なら即時通信可能だが、紅天星系軍は参謀本部としかリンクしていない。蒼橋評議会と直接通信するには、艦隊――紅天星系軍参謀本部――〈紅天〉政府――連邦星系間通信機構――蒼橋評議会という遠まわりが必要なのだ。

傍受は出来ないことになっているが、今の安保委召集のような一般的な情報ならともかく、恫喝《どうかつ》を含む微妙な交渉を第三者を経由して行なうわけにはいかない。

果たして五時間後、通信オペレータが報告を始めた。

「緊急ニュースでわれわれの転移を報じ始めました。政府や組合からの声明等はまだありません。公式発表を待つようにというアナウンスだけです。一般の通信はかなり混雑していますが、蒼橋公式周波数帯《オフィシャルバンド》は緊急ニュースと同時にクリアになりました」

「話をする用意はあるということか――よし、通信、以下の最後通告を蒼橋公式周波数帯で蒼橋に送信せよ――」

発：紅天星系軍蒼橋派遣艦隊司令長官アンゼルナイヒ中将
宛：蒼橋評議会
本文：紅天政府は以下のとおり通告する。
　この通告の回答期限までに蒼橋星間運輸公社に対する同盟罷業《ひぎょう》の停止と資源搬出の再開が行なわれない場合、紅天政府は今回の同盟罷業によって蒙《こうむ》った損害に対する補償として、衛星軌道上の〈蒼橋〉資産を接収する。
　なお、該当資産の職員が期限前に退去する場合はその安全を保証するが、期限後に残留する者があれば実力をもって排除することを前もって警告しておく。
　回答期限は二四時間後とする。以上。

五時間半後。蒼橋評議会は同じく蒼橋公式周波数帯で返答してきた。

発：蒼橋評議会
宛：紅天星系軍蒼橋派遣艦隊司令長官アンゼルナイヒ中将
本文：蒼橋評議会は貴下の通告に対し、以下のとおり回答する。
　NO。

〝蒼橋動乱〟はこの瞬間に始まった。


葡萄山細石寺の庵の中。床の間の掛け軸に女性アナウンサーが映っている。

普段は山水画なので気が付かなかったが、ホロビジョンだったらしい。

――さすがはこの住職の寺だ。何が仕込んであるか分からねぇな。

そんなことを考えながら住職と並んでそれを眺めていたロケ松は、スタジオから壮年の男性に代わった画面に見入った。

少し間があって、精悍な顔立ちの男性は静かに話し出した。

「蒼橋評議会主席、ムスタファ・カマルです。

今日は〈蒼橋〉の皆さんに悲しいお知らせをしなくてはなりません。

われわれ蒼橋評議会はこれまで長年にわたって〈紅天〉政府に対し、紅蒼通商協定の不平等条項を是正するよう交渉し続けて来ました。しかし〈紅天〉政府がそれを聞き入れず、交渉が決裂するに至った経緯は皆さんもご存知のとおりです。

〈紅天〉政府の態度はあまりに頑《かたく》なで、取り付く島がありません。現在も継続している蒼橋星間運輸組合のストライキはこのような状況下で惹起《じやつき》したものです。蒼橋評議会は乱を望むものではありませんが、その気持ちは充分に理解できます。

しかし、〈紅天〉政府はこのわれわれの正当な要求に対し、無法な軍事行動で応《こた》えたのです。

来寇《らいこう》した紅天艦隊はストライキの即時中止を要求。これを拒否した場合は賠償として〝ブリッジ〟内の〈蒼橋〉資産を接収する旨《むね》最後通牒を送って来ました。

もちろん蒼橋評議会はこれを即刻拒否しました。その結果〈蒼橋〉と〈紅天〉は現在、戦争状態にあります」

そこで主席はいったん言葉を切り、カメラを見つめた。視聴者に今の言葉の意味が伝わるまで待って、静かに続けた。

「蒼橋評議会は通告拒否と同時に、東銀河連邦安全保障委員会に提訴を行ないました。現在同委員会で連邦宇宙軍平和維持艦隊の派遣が検討されています。

しかし派遣決議が出、実際に平和維持艦隊が〈蒼橋〉に到着するまでにはかなりの時間を必要とします。

それまでの間は〈蒼橋〉独力で持ち堪えるしかありません。確かに〈紅天〉の軍事力は強大であり、われわれの警察軍は蟷螂《とうろう》の斧《おの》でしかないかも知れません。しかしこれは〈蒼橋〉が真に自立するための闘いであり、逃げることは出来ません。

アクエリアスを始めとする〝ブリッジ〟内のすべての資産は、われわれ〈蒼橋〉に生を受けたすべての人の力によって建造された、〈蒼橋〉の生命線です。〝ブリッジ〟なくして〈蒼橋〉の未来はありません。〈紅天〉に奪われるわけにはいかないのです。

幸いなことに、この危機に臨《のぞ》んで蒼橋労組連合より全面協力の申し出があり、蒼橋評議会は検討の結果これを受けることを決定致しました。

蒼橋労組連合の組合員及び所属する軌道作業艇は、すべて蒼橋義勇軍として組織され、抵抗の一翼を担います。彼らには蒼橋警察軍に順ずる公的権限が与えられ、皆さんの生命、財産、そして何より〈蒼橋〉市民としての誇りを守るために闘うことになります。

〈蒼橋〉の皆さん、闘いはすでに始まっています。皆さんの盾となって闘う蒼橋義勇軍に対し、全面的な協力をお願いします」

そこで画面はスタジオの女性アナウンサーに戻った。カメラが引かれると傍らにスタンバっていた解説者が画面に入る。

「今主席が言った蒼橋義勇軍というのは……」

と、解説者が話し始めた時、画面がふっと消えて、もとの枯淡な山水画に戻った。

「ここまでですかい？」

住職が笑いを含んで頷く。

「後は熊倉大尉さんならすでにご存知のことばかりですな。まぁ、いろいろ伏せてありますが」

ロケ松は口元を少しゆがめた。

「評議会と労組連合と義勇軍は別物じゃなくて、同じ物の看板を付け替えただけ――とかですかい？」

「まぁ、表向きというものがありますからな。その辺が塩梅《あんばい》というやつです」

「塩梅ねぇ……」とまた考えそうになって、ロケ松は慌てて頭の螺子《ねじ》を締め直した。そうそう住職の似非《えせ》禅問答に誑《たぶら》かされてばかりもいられない。

「――にしても、御隠居《ごいんきょ》はこれから大変ですな。あの顔で蒼橋義勇軍の司令長官とは思わなかったが、今頃はてんてこ舞いでしょうな」

仕方なく、そう取って付けたように言うと、住職がからからと笑った。

「何、あの御仁なら、今頃は昼寝でもしているでしょう」

「昼寝？」と眉を上げたロケ松に、住職は軽く頷いた。

「待つのが祭りと申しますな。祭りは始まるまでの手配り気配りが肝心《かんじん》で、始まってしまえば後は流れに乗るだけでしょう。大将は何かあるまで酒でも飲んでいればいい――いや、まさか本当に飲んではいないでしょうが」

「なるほど――いや、あの御隠居なら分からねぇですぜ」

と、ロケ松が軽口で返した頃――。

〝ブリッジ〟の某所でくしゅんと嚔《くしゃみ》の音がした。

鼻をすすりながら銀鼠《ぎんねず》色の盃をおいた御隠居こと、蒼橋義勇軍司令長官、滝乃屋仁左衛《たきのやにざえ》門《もん》は、開いたドアの音に気付いて顔を上げた。

「風邪ですか？」

と入って来たのはアントン・シュナイダー情宣部長——いや、今は蒼橋義勇軍参謀長と言うべきだろう。いつもどおりの着古したツナギ姿だが、肩と胸に真新しい徽章が付いている。濃紺の地に金の星三つは大佐だ。

「何、ちょっと前に長湯しちまってな。湯冷めしたらしくて寒気がなかなか抜けねぇのよ。ちょっとあったためてたところだ。おまえさんもやるかね？」

参謀長は苦笑した。

「こちらは青筋立てた連中《やつら》を黙らして、尻を叩いてる真っ最中です。酒なんて飲んでたら袋叩きですよ」

「大変みてぇだな。参謀長でなくって良かったぜ。で、何か用か？」

そう言われて参謀長は用件を思い出した。

「主席の声明が出たんで、義勇軍としても何か言っておかなきゃあ格好が付きません。何かいい言葉はありませんかね？」

「言葉？　何か威勢のいいやつを並べておきゃあいいんじゃねぇか？　粉骨砕身《ふんこつさいしん》とか全力を尽くすとか、いろいろあるだろうに」

「いえ、最初はそのつもりで見繕ってあったんですが、どうもしっくり来ない。〈蒼橋〉らしくないんですな。

そういう、通り一遍のスローガンを聞いたら連中《やつら》は言いますぜ、粉骨砕身したら力が入らない。全力を尽くしたら息も出来なくて死んじまうぜ——ってね」

そんな連中《やつら》の親玉は声を上げて笑った。

「違いねぇ。そのとおりだ。確かに〈蒼橋〉にそういうご大層《たいそう》な言葉は似合わねぇな。何がいいかな……」

と考え込んだ司令長官は、ふと何かに気が付いて手をぽんと叩いた。

「いいのがある。先々代の仁左衛門が言ってた言葉だ」

「先々代？」と首を捻った参謀長は、あっという顔になった。

「まさかあれですか？　仕事なんてのは——」と言い掛ける先を当代の仁左衛門が続ける。

「——適当にやっていい加減に仕上げるもんだ、さ」

臨時雇《パートタイマー》いの司令長官と参謀長は声を上げて笑った。


一方、蒼橋評議会の拒否通告を受けた紅天艦隊司令長官、アンゼルナイヒ中将は召集した参謀たちに以下のように告げていた。

「予想したとおり、通告は拒否され、蒼橋義勇軍が出て来た。従ってこちらの予定も変わらない。精錬衛星・アクエリアスを接収し、この紛争にケリを付ける。各自実行計画の最終チェックに入れ。

通信、ラミレス中佐を呼んでくれ」

少し間があって、オペレータが告げる。

「出ました」

スピーカーから張りのある声が流れる。

「ラミレス中佐です」

「アンゼルナイヒだ。予定どおり艦隊を分離する。頼んだぞ」

「了解しました。微力を尽くします」

通信が切れる。司令長官はさらに声を張った。

「よし、今のうちに乗員を休ませる。各艦に通達。シフトを通常に戻す。ただし、緊急覚醒対応剤の服用を忘れるな」

急いで休め――アンゼルナイヒ中将は軍隊の基本に忠実だった。

一方、通信が切れた軽巡航艦《テロキア》の艦橋で、艦長のラミレス中佐は一つ大きく息をつくと臍に力を入れた。

これから《テロキア》と《タンダム》の軽巡航艦二隻で先行し、〝ブリッジ〟の最外鉱区にある〈蒼橋〉最大の精錬衛星・アクエリアスを制圧するのだ。

開戦劈頭《へきとう》に〈蒼橋〉にとってもっとも重要な施設を奪取し、いっきに畳み掛ける。武道で言う先《せん》の先《せん》だ。

先手が受けられるのは承知の上。それを力ずくで撥ね除け踏み込むことで勝敗を決する。力で勝る方が短期間で勝負を付ける時の常套手だが、そう簡単にいかないことは中佐も承知している。

ラミレス中佐は改めて声を高めた。

「《タンダム》にリンク設定。予定どおり一七二時間で〝ブリッジ〟最外縁に接近する」

「ネゴ完了しました。データ同期完了」

オペレータの報告が飛び交い、二隻の軽巡航艦は完全に同期した。以後はラミレス中佐が二隻を同時にコントロールすることになる。

「減速中断。《タンダム》追尾します。リンク異常なし」

減速を継続し、待機軌道に遷移する艦隊から、二隻の軽巡航艦がスルスルと先行し、距離を開いていく。

「よし、これからが正念場だ。航法、目標《アクエリアス》への最終接近軌道が出せるまでどれくらいかかる？」

「蒼橋航路局のデータで良ければ、あと三〇分程度で出せますが？」

「敵が提供するデータをあてにするな」

航法支援用にH区とL区の各所に設置されている〝ブリッジ〟内専用三次元位相差レーダーのことだ。このレーダーが対応できないからM区は立ち入り禁止になっている。データは公開されているから紅天艦でも利用できるが、攻めていく相手に情報をもらうほどお人好しではない。

「分かりました。プロープの直接観測の結果が返って来るのは七八時間後です」

減速しないで蒼橋に向かっているプロープが、衛星軌道に接近して直接観測可能になるにはそのくらいかかる。

「よし、後は待つしかないな」

そう言うと中佐は艦内放送のカフを上げた。

「総員そのまま聞け。

これより蒼橋の衛星軌道に接近し、一七二時間後に軌道同期のための減速に入る。各班、通常シフトに戻れ」

カフを戻した中佐は副長に向き直って背筋を伸ばした。

「さて、後は待つだけだ。悪いが先に休ませてもらう。何かあったら……」

副長が微笑《ほほえ》んだ。

「もちろんです。どんなに熟睡してらしても叩き起こしますよ」

中佐は軽く笑って自室に戻り、深睡眠剤と緊急覚醒対応剤を口に放り込む。スーツのままベッドに倒れ込んだ時にはすでに意識は消えていた。

　その頃。葡萄山細石寺の庵の中。

「お入り」

　という住職の声に続いて、「持って来たヨ」と、襖《ふすま》を足でからりと開けて入って来たのは小柄な女の子だった。

　葡萄山《ぶどうやま》の庵で住職と向かい合っていたロケ松が目を丸くする。

「お。おまえは皿屋《ノズル》の……」

「あイ。お久しぶりだネ。元気してタ？」

　そう言いながら更紗屋《さらさや》の女の子は「どっこいしょ」と両手で抱えたものを畳に置いた。

「これ、お客様がいるのに足で襖を開けるとは何事だね」

　そう住職が叱るが、「だってそれ重いんだヨ」と女の子はへたり込んだ。

　見れば、見事な厚みを持った碁盤だ。

「ほう」と思わず声が出る。ロケ松の碁はヘボ碁と言うのもおこがましい腕だが、置かれた碁盤の見事さは分かる。

　良くこんな重いものを女の子が——と、一瞬考え、すぐにここが○・六Gに調整されていることを思い出したロケ松だったが、畳にぺったりと腰を落として少し荒い息をついている女の子にしてみれば楽々というわけにはいかなかったようだ。

「まぁまぁご住職。いくら〇・六Gでもこれを一人で持って来ただけでもたいしたもんだ。叱る前に褒《ほ》めるのが常道ってもんでしょうや」

そうロケ松に言われて、住職は少し口ごもった。

「む、たしかに。沙良《さら》、重いものを運んでもらってご苦労でした。ただ、襖を足で開けたのは良くない。お客様にきちんとお詫びしなさい」

そう諭《さと》されて女の子はちょろっと舌を出したものの、きちんと座り直して「ごめんなさい」と頭を下げた。

ロケ松は慌てた。

「そ、そんなつもりじゃなかったんだが——待てよ、おめぇの名前は沙良っていうのか？」

女の子はきょとんとした。

「そだヨ。更紗屋の沙良。言ってなかったっケ？」

「うんにゃ、聞いてねぇぞ。そんなベタな名前を聞いてたら忘れるわけがねぇ」

「ベタで悪かったネ。どうせ皿《さら》屋の更紗《さらさ》屋の沙良《さら》だヨ。〝春の小川〟だヨ」

沙良はご機嫌斜めだ。何やらトラウマがあるらしい。

「いや、馬鹿にしてるわけじゃねぇ。いい名前だ」

「ほんとニ？　ほんとにそう思ウ？」

「こんなところで嘘ついてもしょうがねぇだろう」

と、沙良はにっこり笑った。

「大尉さん、やっぱりいいヒトだネ」

「知ってるのか？」

「あイ。和尚さんに聞いてるヨ。あたいの目に狂いはなかったネ」

「ああ。沙良に見破ってもらったおかげでずいぶん助かった。礼を言うぜ」

「お礼なんてそんな。連邦宇宙軍の勲章でいいヨ」

「勲章？　そんなものおれだってもらったことねぇぞ。ずうずうしい娘だ」

などと話すうちに、住職が沙良を呼んだ。

「ところで沙良、〝簪《かんざし》山《やま》〟はどんな様子かな？」

ロケ松にちゃんと一礼して住職に向き直った沙良は、頬に指を当てて考えた。

「んー、ざわざわしてるヨ。前々から義勇軍のことを知ってた人たちは落ち着いてるけド。そうでない人は相当不安みたいだネ。

御隠居さんが〝野郎ども、蒼橋一世一代の大仕事だ。いいか、仕事ってのは適当にやっていい加減に仕上げるもんだ、分かってるな〟なんて檄を飛ばしたもんだから余計だヨ」

住職はからからと笑った。

「さすがは仁左衛門さんだが、〈蒼橋〉の人間でないと分からぬやも知れんな」

それを聞いてロケ松は膝を乗り出した。

「それそれ、それはおれも聞いたがどうにも分からねぇ。ことは戦争《ドンパチ》ですぜ。仮にも総大将が〝適当にやっていい加減に仕上げろ〟なんて抜かして通るんですかい？　こりゃあ命のやり取りですぜ。甘すぎやしませんか？」

それを聞いて住職は相好を崩した。

「さすがの熊倉大尉さんでもそう思いますかな？」

「当たり前ですぜ。これでも職業軍人の端くれだ。口幅《くちはば》ってぇが言ってみりゃあ戦争《ドンパチ》の専門家だ。おれの部下がそんなことを口にしたら、熱交換器《リアクター》に叩っ込んで推進剤《アイス》の足しにしてやりますぜ」

「ふむ」と住職は楽しそうに顔を崩し、沙良に言った。

「ちょっと楽にして、この筋金入りの軍人さんに説明しておあげ」

「あいヨ」と沙良は膝を崩した。

「あのネ。適当ってどういう意味か分かㇽ？」

「適当は適当だろう」

「それじゃ答になってないヨ。あのネ、御隠居さんが言ってる〝適当〟ってのハ、試験で次の空欄に適当な答を入れろ、っていう適当だヨ。〝一番ぴったりしてて合うモノ〟って意味だネ。そして〝いい加減〟ってのハ、お風呂で言うようないい加減のことだヨ」

「何？」

「熱すぎもしないし、ぬるすぎもしない、いい加減ってことサ。だから御隠居は、一番適当にやって、一番いい加減になるよう仕上げるのが仕事ダ、って言ってるんだョ」

「む？」とロヶ松は詰まった。そんな風に一番を付けて説明されると、御隠居の檄の意味が全然違って聞こえる。しばらく考えていたが、ついに音を上げた。

「……分かるような分からないような——〈蒼橋〉の人間なら分かるんですかい？」

住職は微笑むとその問いには直接答えず、沙良に改めて訊《たず》ねた。

「ところで、警察軍の動きはどうだったね？」

「ぴりぴりしてるネ。〈蒼橋《ここ》〉の人間じゃないと分かるト、なかなかはなしてもらえないみたいだョ。大尉さんも気を付けたほうがいいネ」

そう言われて、考え込んでいたロヶ松は背筋が冷やりとした。住職に誘われてここに来ていなかったら、面倒なことになっていたかも知れねぇ。

「となればしばらくは動けませんな。熊倉大尉さん、一局いかがです？」

と、言われて脇を見れば、いつの間にか対局の用意が整っている。

当然ロヶ松は手を振った。

「おれの碁はヘボですぜ。暇つぶしにもなりゃしねぇ」

だが住職は笑って言った。

「碁盤に向かって石を打っていると、白黒のほかにいろいろ見えて参りますでな。大尉さんの探している物も見つかるかも知れませんよ」

そう言われてロケ松考えた。

――なるほど、これも例の似非禅問答の続きか。准将と会った時の話の種ぐらいにゃあなるだろうさ。

ロケ松は見事な木目の碁笥《ごけ》に手を伸ばした。

9　布　石

〝蒼宙港《あおぞらこう》〟の係船エリア、整備フロアの二三番ハンガーの中で一隻の採鉱艇が出発準備をしている。

不釣合いに巨大な推進剤《アイス》タンクを装備した〝車曳き〟タイプだ。素っ気ないゴシック体で〝越後屋鉱務店〟と書かれた船体に傷は少ない。進空してまだ三年というところだろう。

開いたエアロックの入り口の前で、二人の男が親しげに話している。

「ほう、少佐とはずいぶんな出世だな」

相手の男にそう言われて「やくたいもねぇ」と返したのは艇長の越後屋景清《えちごやかげきよ》だ。

精悍な顔立ちの四十男。玄人女に受けそうな雰囲気を漂わせている。

「こんなど素人軍隊の階級なんか、女の口説き文句にも使ぇねえよ。あの甲斐性なしでさえ中佐でございと抜かしやがる」

「ふむ。入り婿の癖にずいぶん強気だな」

「なに。越後屋はもうおれのもんだ。おれが何やろうと、誰にも文句は言わせねぇ」

「ほう。すっかり越後屋の四代目だな。〈蒼橋《あおのはし》〉に染まったか？」

「ここじゃあお上品な物言いは通用しないんでね。身過ぎ世過ぎってやつさ」

「いいことだ。わたしにはまだ馴染めない」

「苦労したさ。ま、おかげで今日があるんだがな」

そう景清に言われて、男は手首の時計に目を落とした。非磁性体素材《アンチマグネット》だけを使用した機械式だ。

「ああ。そろそろ時間だな。後は直に指示を受けてくれ。コードはこれだ」

小さなPACが素早く景清の手に渡る。

「なんだ？　超紐理論実践篇？　こいつはあんたの趣味か？」

「コードだけじゃあ容量が余るからな」

「まぁいい。おれの趣味じゃねぇが、眼晦《めくら》ましぐらいにゃあなるだろう。ありがとよ」

と、口調を〈蒼橋〉調に戻した景清が軽く手を振る。

今日は普通のツナギを着ている男がそれに応《こた》え、軽く外鈑を蹴って離れていく。

景清はそれを見送ると艇内に姿を消した。

オレンジ色のパトライトが点滅を始める。

葡萄山《ぶどうやま》の庵の中で、ぱちんと音を立てて碁石が置かれた。

ロケ松が、あちゃーという顔になった。

「もうそこに来ましたか。一手遅かったな」

などと口惜《くや》しそうに言っているが、実際には一手どころか三手も四手も遅かったりする。

最初は攻めていたつもりだったが、気が付けば後手にまわって自陣の穴塞《あなふさ》ぎが精一杯だ。

「いい加減にはいかないネ」と、碁盤の脇で沙良《さら》が笑う。

「うるせぇな。おい沙良、碁盤がなんでこんないい音するか知ってるか？」

とロケ松は石をパーンと響かせて盤に置く。

「知ってるヨ。碁盤の裏に掘り込みがあるんだヨ」

「そうだ。じゃ、その掘り込みのことを血溜りって言うのは知ってるか？」

「え？　血溜り？　何そレ？」

「大昔はな、碁の対局中に口を出すやつは首を刎《は》ねて、それを裏返した碁盤の上に載せて晒《さら》し物にしたんだ。その時に出た血を溜めておくから、血溜りって言うんだ」

「ふぇ」と妙な声を上げた沙良を見やって、ロケ松はニヤリと笑った。

「それくれぇ対局中に脇からあれこれいうのはご法度《はっと》なんだ。少しは黙ってろい」

「分かったヨ」とふくれた沙良だったが、口は閉じない。

「でモ、その手はだめだヨ、ほラ」

という間もなく、住職の手が伸び、ロケ松の置いた石の脇にいい音が響く。

「あっ」と思った時はもう遅い。ロケ松が必死で育ててきた自陣の大石は見事に殺されていた。

やられた――ただの一手でおれがこれまで打ってきた布石が全部無駄になっちまった。おれがもう少し――あ！

と、ロケ松は顔を上げた。――そうか。今の一手を打つのは前でも後でもなく今しかねぇ。置く目もほかのどこでもなくこの目しかねぇ――そういうことか。

ロケ松は指に挟んでいた石を碁笥《ごけ》に戻すと、碁盤の向こうにいる住職に頭を下げた。

「やっと分かりました。ご住職は適当にやって、いい加減に仕上げていたから、今の手が打てたんですね」

住職が微笑《ほほえ》む。

「そういうことでしょうな。その時しかない番手に、そこしかない目に石を置く。囲碁というのはそういうものです。だが、それが難しい」

「分かります。囲碁だけの話じゃねぇ。仕事も同じだ。一番適当な方法で、一番良《い》い加減に仕上げる――仕事の基本だが、それが完璧に出来るやつはめったにいねぇ。御隠居《ごいんきょ》は凄《すげ》ぇことをやるぞって言ったんですね」

住職が微笑みながら教えてくれる。

「仁左衛門さんのお祖父《じい》さんが残した言葉でしてな。〈蒼橋〉で仕事をする人間なら一度は聞いたことがあるようですな。沙良、そうだろう？」

「あイ。あたいだって知ってるからネ。だからホロビジョンで御隠居の檄が流れた時は凄《すご》かったヨ。

それまではみんな不安そうにガヤガヤしてたんだけド、御隠居がそう言ったとたん、全員あっけに取られた後、大爆笑サ。その後ハ、みんないい顔になっテ、笑いながら仕事始めたヨ」

「なるほど」とロケ松は素直に頷いた。

「〈蒼橋〉は職人の星系《ほし》ってぇことか――となれば戦争《ドンパチ》もそれでいくということですね」

「たぶんそうでしょうな。囲碁で言うなら、向こうが先手なのは決まったことだから、御隠居さんたちはたぶん、後《ご》の先《せん》でいくでしょうな」

「相手の初撃をいなして即反撃――ですか？　確かに深宇宙《そと》に出られねぇ義勇軍にはその手しかねぇでしょうが……。で、紅天《こうてん》艦隊はどこに来ると見ます？　やはりアクエリアスですかね？」

「さぁ、それは分かりませんが、自分が置いた石の上に相手の石は置けませんゆえ、置ける場所は限られますな。向こうが最初にどこに石を置くかは仁左衛門さんたちも読んでいるでしょう。その読みが当たれば、用意していた布石が効いて来ます」

ロケ松は宇宙空間《そと》に思いを馳《は》せた。

か。

――これから宇宙の碁盤《ブリッジ》の上で、紅天艦隊と蒼橋義勇軍の知恵比べが始まるということか。

「一番適当な方法で、一番いい加減の結果が出るように――ですか？　そんなに上手《うま》くいきますかね？」

「後は布石しだいです。一つ効けばそれを避けようとするたびに次の布石が効いて来る。布石を置く時間はたっぷりありましたからな――ただ……」

「ただ？」

「世の中にある碁盤の数は一つではありませんからな」

住職はそう言うと、わずかに眉を寄せた。

――一二八時間が過ぎる間にもう四回睡眠を取ったラミレス中佐が、艦橋に戻って当直仕官から操艦を引き継いで間もなく、前面のモニタに軌道帯の模式図が表示された。

最外縁部がズームされると目標《アクエリアス》の周囲に、濃淡のある薄青く表示された帯が広がっているのが分かる。

さらにズームすればそれが、相互に微妙に交差して走る岩塊の軌道であることが判明し、さらに拡大すれば無数の黒点が、内側が早く外側が遅い大きな渦巻きになって動いているのが見えて来る。

「あれが全部岩塊か？」

「はい。蒼橋航路局のレーダー情報とも合致しています」

「レーダーに細工はないか。そんな手間をかける意味はないと考えるのは当然だが――薄いのはどの辺だ」

――紅天艦隊が自前の索敵能力を持っている以上、普通はレーダー情報に細工しても意味はない。だが、そう考えたこちらを罠に嵌めようとする可能性もないとは言えない。石橋を叩く回数は多いほうがいいのだ。

「一番薄いのは内側ですが、その次は（惑星・蒼橋の）北極方向です」

中佐は迷わなかった。

「ということは内側から来ることは向こうも予測しているということだな。予定どおり北極方向から一気に進入する。出来るか？」

〝ブリッジ〟内の目標に接近するのは、混雑した道路の真ん中を走るバスに近付くようなものだ。道路の傍までは好きな速さで行けるが、道路に入るには走っている車の速度に合わせるよりない。

《テロキア》と《タンダム》の二隻はこれから減速して〝ブリッジ〟の軌道速度に同期させなくてはならない。だが、採鉱艇がやるように最初に同期して、その後でゆっくり〝ブリッジ〟の中に進入するような方法では時間がかかりすぎる。奇襲するなら時間は何よりも貴重なのだ。

中佐が選んだ方法は〝ブリッジ〟の北極方向から急減速しつつ無理矢理進入し、目標《アクエリアス》直前で同期させるという、強引極まりない方法だった。無論、なんの手立てもなしに突っ込めば、岩塊《ヤマ》に激突してお終いだ。

「計算中です――出ました。減速二Gで六時間、または三Gで四時間です」

民間船では考えられない贅沢な推進剤《アイス》の使い方だが、軍艦とはそういうものだ。

「三Gで四時間か――」

傍らの副長が小さく頷く。その程度なら乗員はぎりぎりだが耐えられるはずだ。

「よし、それでいく」

中佐は艦内放送のカフを上げた。

「総員そのまま聞け。四四時間後に四時間の三G減速に入る。艦内作業は減速開始三〇分以内に終了。以後は別命あるまでシートで待機」

三Gともなれば腕を上げることもできない。減速開始までに、すべきことは済ませねばならない。

一方、制圧部隊の進入軌道案を受け取った旗艦のCIC（Combat Information Center 戦闘指揮所）は慌《あわ》ただしく動き出した。

「かなりトリッキーな軌道ですね。これだと障害になる岩塊は一〇〇個を切りますが、かなり際どい操船になります」

航法参謀の意見を受けて、司令長官は決断した。

「ああ。だがラミレス中佐ならやるだろう。予定どおり援護射撃を行なう。砲術参謀」

「はい。必要数は一二〇発です。これ以上増やすと弾頭が相互干渉を起こします」

「分かった。全艦に通達。総員配置」

本隊の軽巡航艦四隻は補助艦部隊から離れ、発射される長射程ミサイルの軌道変更が最小になる位置に移動を開始した。

「本艦発射点まであと二分」

「照準修正必要なし」

「《クアトロ》、《ベルゲン》、発射しました」

「《ダムド》発射」

「本艦発射！　不発なし。目標到達まで三時間一二分」

「主機《メイン》全開。遷移《せんい》軌道に戻ります」

「集計完了。発射成功一一八発。失敗二発。《ベルゲン》一、《ダムド》一」

報告を受けた司令長官は薄く笑った。

「不発が二％を切ったか。さすがに優秀だな」

参謀長が確認する。

「《ベルゲン》と《ダムド》に何か言っておきますか？」

「いや、いい。《クアトロ》の艦長に感服したと伝えろ、それで分かる。

　制圧部隊の位置は？」

「予定軌道に接近中です」

「よし、後は中佐の出番だ」


――そして二三時間後。本隊から放たれた長射程ミサイルは、先行する制圧部隊を追い越し、相互に影響しないよう複雑繊細な軌道修正を行ないながら〝ブリッジ〟に殺到した。

「着弾します。爆発反応多数」

　制圧部隊が見守る中、北極方向からの進入を邪魔していた岩塊が次々に砕け散り、宇宙空間に飛び散っていく。

　モニタに映った目標周辺の岩塊のうち、かなりの数が姿を消しているが、その場所はばらばらだ。

　そして四時間後。三G減速に耐えた艦橋の面々は、モニタを見て改めて嘆息した。

　無事だった岩塊は軌道上を動き続けている。その結果、ばらばらだった爆砕地点が連続した空間になりつつあったのだ。

「これならいける」

ラミレス中佐は、にたりと笑い、命令を下した。

「座標変更。以後、高軌道方向を上と呼称する」

正面のモニタ画面が九〇度傾き、水平に見えていた〝ブリッジ〟が垂直に立った。

宇宙空間に上下はないが、衛星軌道では高軌道を上、低軌道を下としたほうが感覚的に座りがいい。軌道の周回方向に艦首を向けて速度を上げれば上昇し、落とせば降下することになるからだ。

今の状態を、後方右下にある低速な目標《アクエリアス》に接近するために、急速に速度を落としながら高度も下げていく――と考えたほうが感覚的にしっくり来るし、とっさの判断もしやすい（逆向きになって減速したほうが効率はいいが、緊急加速時にメインエンジンが使えなくなる）。

二隻の軽巡洋艦は制動バーニアを吹かしながら後ろ向きに降下――つまり低軌道に遷移《せんい》――し始めた。

だが、いくら援護射撃があったとは言え、障害となる岩塊がすべて排除されているはずもない。目標の軌道に近付く遥か前から、行く手を塞《ふさ》ぐ岩塊が現われる。

制圧艦隊の二隻は迫る岩塊に艦尾を向けたまま、アクロバットに近い操船を続けた。

そして――。

「右舷五〇、二秒」

「W《ワ》シントン、衝突コースから外れました」

「よし、戻せ。次はどいつだ？」

「一〇分後にキセノン《X》と進路が交差します」

「メイン一〇〇、一秒。上を越えたら即艦首五〇、一秒」

「キセノン、衝突コースから外れました。目標まで一〇〇〇km、軌道高度差＋四〇km。軌道速度同期しました。進路方向に障害物探知できません」

「よし、減速終了。結局Y、Zと二文字残したか。副長の勝ちだな」

ラミレス中佐に笑いかけられた副長が微笑む。

「まだ分かりません。たった二文字ですからね。一巡りしてAに戻る可能性は高いです」

「いや、ここは採鉱艇が速度を最終調整するための空間だ。この先に岩塊はない」

〈蒼橋〉の〝車曳き〟が〝団子山《みたらし》〟に岩塊《ヤマ》を送り込む時に使っていた待機軌道だ。当然ながらあたりに採鉱艇の姿はない。

「目標周辺の探査結果は出たか？」

「それが……半径二〇〇〇km内に目標以外の人工物は探知できません」

戸惑ったような索敵オペレータの返答に、「何もない？」と副長が眉をひそめる。

――われわれの目標がアクエリアスなのは〈蒼橋〉も予想していただろうが、どの軌道で接近するかは読めなかったはずだ。である以上、展開しての防御は放棄し、目標周辺で待機するのが当然だ。蒼橋警察軍には旧式とはいえ哨戒艦が六隻あるし、警備艇もある。

待ち伏せ用と考えれば充分な兵力だ。

「岩塊に隠れている？——いや、それはないな」

　中佐が自分に言い聞かせるように呟《つぶや》く。

　こちらの索敵レーダーを避けて常に岩塊に隠れるよう移動し続けていても、隠れるために噴射したバーニアの排気は容易に探知できる。この距離で探知できないなら、存在しないと考えるのが妥当だった。

「目標に動きは？」

「ありません。電波輻射及び熱反応共にゼロ。完全に操業を停止しています」

「見られているか？」

「航法支援レーダーの通常のスイープのみです。スポット探査はされていません。ただ、目標の周辺にわずかですがバーニア排気の残滓《ざんし》が見受けられます」

　——つい何週間か前までこの辺りは〈蒼橋〉の採鉱艇でいっぱいだったはずだから、排気の残滓が残っていても不思議はない。問題はこちらを見ているレーダーだ。あれは直径一〇m以上の物体を感知できる。やはり事前に妨害《ジャミング》を……。

　そこまで考えて中佐は頭を振った。

　民生用レーダーに下手に妨害《ジャミング》を掛ければ機能停止するだけでなく、装置自体が破壊される恐れがあるが、このレーダーが働かなくなれば採鉱の効率が激減することを思い出したのだ。

——自分たちの役目は金の卵を産む〈蒼橋〉を絞め殺すことではない、言うことを聞かせることだ。そう、無理矢理でも。

中佐は決断した。

「よし、減そ——」

次の瞬間、スピーカーが吼《ほ》えた。

「高軌道で爆発反応！　五、一〇、二〇、まだ増えます！」

「減速中止！　距離出せ！」

——やはり来たか。予想どおりの反応に中佐は舌なめずりした。さぁ、蒼橋義勇軍とやらのお手並みを見せてもらおうじゃないか……。

だが、報告を聞くうちに中佐の表情が強張《こわば》ってきた。

「二万五〇〇〇——一万二〇〇〇にも反応——あ、七〇〇〇にも反応！　数え切れません！　破砕された多量の岩石が低軌道に遷移して来ます」

「数は？」

声が上ずる。

「不明。計測不可能です。衝突まで一〇分ありません！」

メインモニタの表示を見た中佐が絶句する。

「なんだ、これは……」

　モニタの画面が真っ青だ。精錬衛星に艦尾から接近する二隻の巡航艦の艦首方向から、青い雲が覆いかぶさるように近付いて来る。

「――幅は二〇〇km以上、厚みも優に一〇〇kmはあります。三層になって拡散しつつ接近中――質量比で直径一〇m以上の岩石が五〇%以上。数は不明――」

　副長が冷静にモニタを解析する横で、中佐は呟いた。

「とても主砲じゃ追い付かん――断面図出るか？」

「出します」

　モニタの右下に目標《アクエリアス》。その左上に頭を左に向けた制圧部隊。そのさらに左上から垂れ下がるように岩石雲が迫りつつある。このまま行けば制圧部隊は雲に呑み込まれてしまうだろう。

「これは――加速して逃げるのは無理です。道がありません」

　制圧部隊の進入に合わせてこじ開けた空間はすでに塞がり始めている。かと言って制圧部隊が独力で進路を塞ぐ岩塊を回避しようとすれば採鉱艇並みの低加速しか出来ず、落下してくる岩石群から逃げ切れない。

　副長の指摘に、中佐は再度モニタと推進剤《アイス》の残量を確認した。

　強張った表情が徐々にゆるむ。

「どうやら岩石群は精錬衛星の直前で低軌道に落ち切るように調整されているな。数は多いがこちらに当てるにはタイミングが少し早い。さすがに飯の種は壊せないと見えるな。よし。減速して目標の背後に着ける」

五分後。制圧隊は目標《アクエリアス》の上を、距離を取ったまま後ろ向きに追い越し、その背後に着けた。

「岩石群、軌道前方を通過開始。距離三〇〇〇。全体が通り過ぎるまで約二〇分」

航法長の報告を受けて、中佐が愁眉を開いた。

「二〇分か、派手にやらかしたもんだな」

モニタを見る副長が呟く。

「岩を砕いて来るのは予想していましたが――あれだけ一度にやってくるとは思いませんでした。シミュレーションではせいぜい一〇〇個だったんですが……」

その時、モニタに新しい情報が表示された。

「解析の最終結果が出ました。爆発数は二〇〇〇を超えています――え？」

「二〇〇〇――だと？」

絶句した副長と顔を見合わせた中佐の脳内で、事前に受けたブリーフィング情報が駆けめぐる。

岩塊を爆破して強引な軌道で突入する敵艦隊の前に撒く――正規軍が宇宙機雷でやる戦

術をゲリラ的に真似た戦法だ。

宇宙機雷に比べて岩塊は安い——と言うか、労力と時間だけで用意できる——が、最低限の機動力すら持たないため、あらかじめ突入する敵艦隊と交差可能な軌道に置いておかねばならない。

そう繰り返す副長の指が動き、ディスプレイ上に無数の突入軌道が浮かぶ。そのいずれもが、目標《アクエリアス》に向かう制圧艦隊が取り得る可能性のある軌道だった。

「二〇〇〇——です」

中佐の頭がフル回転を始める。

——〈蒼橋〉の連中にしてみれば、このどれが本命かは分からなかったはずだ。おれでもどんな軌道になるか分からなかったんだからな。

しかも一〇〇個という予想と、二〇〇〇個という実数の差は、連中は岩塊の破壊が本職だとか、腕がいいとかのレベルですむ話じゃない。この無数の突入軌道のどれを選んだとしても、今と同じように一〇〇〇個単位の岩塊が降って来ると考えるよりない。

だが、軌道上の周回周期は低軌道だと短く、高軌道は長い。ある瞬間に最適な位置に岩塊を配置しても、時間が経てば位置がずれる。つまり——

「——軌道全周に岩塊が準備されているということだ。最低でもトータルで二万個、いや三万個の岩塊が用意されていた計算になる。ストが始まってからそれだけの数の岩塊を用意するのは物理的に不可能だ」

同じ結論に達していた副長が同意する、

「はい、そうなります。彼らはストが始まる前からこの日があるのを予想して……」

ぞわり、と、中佐と副長の背筋に冷たい汗が流れた。

二人とも職業軍人であるからには、徹底したリアリストである。「こうだったらうまくいく」「ああだったら勝てる」という願望と予測をごっちゃにすることが敗北への最短距離であることを骨身に染みて知っている。

しかし同時に職業軍人であるからには、義勇軍というパートタイムの軍人に対する優越感ともまた無縁ではない。〈蒼橋〉の採鉱艇乗りの腕がいかに良くても、本職があるからには、戦争にそこまで本気ではあるまい――そんな予断がなかったわけではない。

だが、違った。どこまでも〈蒼橋〉は本気だった。一つ一つもとの軌道から目的の軌道に移動させ、細心の注意を払って爆薬を仕掛け続けていたのだ――三万個の岩塊に。

どれだけの人数が、そしてどれだけの年月をかけたのか――彼らは本気で、自立のために時間と金と、そして労力を費やしていたのだ。

「彼らはこの準備に、何年かけたと思う」

中佐の問いに、しばらく計算をしてから副長が答えた。

「最低でも、五年」

「そうだろうな」

——最低でも、五年。

そして、五年前から具体的な戦争準備に入っていたということは、その倍以上前、いや八二年前に蒼橋義勇軍を作った時から、どうやれば自立できるか、どうやれば正規軍である紅天艦隊に勝てるかを本気で考え続けてきたということになる。

「それほどに——」

〈紅天〉の経済支配は疎《うと》まれていたのか、という言葉を中佐は呑み込んだ。職業軍人としてはあまりに政治的にすぎる発言であったし、それをいま口にしたところで始まらない。

ラミレス中佐は決然と顔を上げた。

「通信、高次空間通信《HDSN》で旗艦に送れ。

〝我、二〇〇〇個以上の岩塊爆破による攻撃を受くるも艦に損傷なし。されど、さらに爆破可能な二万個以上の岩塊が軌道全周に準備されていると推測す。敵は五年以上、繰り返す、五年以上前より今日あるを予想、準備していたものと認む。攻撃続行すべきか否か指示を乞う〟本文以上。過去一五分の索敵データを添付《てんぷ》しろ」

10　〈蒼橋《あおのはし》〉義勇軍

圧縮コード通信を受けた派遣艦隊旗艦《テルファン》のCICは騒然となった。

「五年――参謀長！」

司令長官の声に参謀長が慌てて基本データをチェックする。

「いま確認しています――はい、間違いありません。《テロキア》艦長の推測どおりです。〝ブリッジ〟で年間に破砕される岩塊は月平均で一〇〇〇個あまり。今回の二〇〇〇個に細工をするために全採鉱艇を動員しても二カ月はかかります。しかし、スト直前まで産出量に変化はありません」

アンゼルナイヒ司令長官は苦虫を嚙み潰したような顔で頷いた。

「そうだ、やつらは毎月の採掘量に影響がないくらい少しずつ、岩塊に細工し続けていたんだ。義勇軍の存在は摑んでいたのに、何故情報部はこれに気付かなかった……」

迷路に迷い込みかけた司令長官の思考を、参謀長の一言が救う。

「情報部を責めるのは後です。今はこれからどうするかの指示をお願いします」

無意識に贖罪の山羊《スケープゴート》を探し始めていた自分に気が付いて、司令長官ははっと我に返った。

「そうだ。そのとおりだ。

通信、制圧部隊を通常通信で呼び出せ」

〝ブリッジ〟にいる制圧部隊との間には二十数秒のタイムラグが生じるが、コード通信である高次空間通信《HDSN》は会話には向かない。

応答を待つ間に、司令長官の頭がフル回転する。

「ラミレス中佐です」

中佐の返答があったとたん、司令長官は矢継ぎ早に質問を重ねた。軍隊では一回ごとに応答を待つような悠長な真似は出来ない。

「岩石群は通過したか？　現在位置は？　離脱は可能か？　目標及び周辺に動きはあるか？　行けるか？――以上。送レ」

ほぼ一分後、落ち着いた応答が返って来る。

「通過まで後一二分です。目標と同軌道、後方一〇〇kmで速度同期中。可能ですが支援砲撃が必要です。周囲二〇〇〇km以内に反応はありません。行けます！――以上。送レ」

「分かった、そのまま待機。以上」

よし、こいつは大丈夫だ。中佐の口調からその精神状態を読み取った司令長官は、さらに考えをめぐらせた。

——制圧部隊は目標《アクエリアス》の至近距離に待機している。再度破砕攻撃をかければ目標《アクエリアス》も破壊される距離だし、周囲二〇〇〇㎞以内がクリアなら、軌道作業艇による不意打ちも不可能だが……。

「砲術参謀、〈蒼橋《あおのはし》〉が長射程兵器を持っていないのは間違いないな」

「はい、ビーム砲や軍用リニアガンの心臓部は〈蒼橋〉では製造出来ませんし、輸入も不可能です」

〈蒼橋〉に強要した紅蒼相互安全保障条約の成果だ。〈蒼橋〉が一定以上の威力を持つ兵器を開発・輸入するには〈紅天《こうてん》〉の承認が要るが、〈紅天〉がそれを許すはずがない。

「長射程ミサイルの残弾は？」

「一二〇発です。制圧部隊を脱出させるなら全弾が必要になります」

先まわりしてそう答える砲術参謀を一瞥《いちべつ》して、司令長官は思考を続ける。

——随伴補給艦から追加すれば再攻撃は可能だが、〈蒼橋〉は衛星軌道の全周に仕掛けを用意している。再攻撃しても同じ結果になるのは確実だ。

——目標を変更するか？　いや、そのためには制圧部隊を脱出させねばならず、時間を空費するのは同じだ。恐らくその前に連邦軍が到着する……。

——一方、二万個以上の岩塊にすべての希望を託し、営々と準備して来た〈蒼橋〉だが、制圧部隊を阻止できなかった時点でもはや打つ手はない。あれが軽巡航艦を撃沈できる武器を持たない〈蒼橋〉の、最初で最後の切り札だったはずだ。次の手はない……。

――よし！

心を決めた司令長官は顔を上げてカフを叩き、通信長を呼び出した。

「制圧部隊に二級軍用周波数で回線を開け」

「二級ですか？」通信長が驚いて訊《き》き返すが、司令長官は頓着しない。

「そうだ」

二級軍用周波数も通常の電波に変わりない。前回と同様に一分ほどしてラミレス中佐が応答する。

司令長官は一つ咳払いして話し始めた。

「中佐。予定どおり目標《アクエリアス》を接収せよ。抵抗はすべて排除。

紅天市民の安全確保は最優先とするが、人質に取られた場合はこのかぎりではない。以上、通信終了」

命令は即座に圧縮され、指向性電磁波の形で放射され、八〇〇万kmを二十数秒かけて移動した後、わずかに拡散しながら軽巡航艦《テロキア》の通信アンテナを叩いた。

復号化された司令長官の声を聞くラミレス中佐の瞳に、理解の色が浮かぶ。

「了解。通信終了」と応答した中佐は続いてカフを切り替える。

「海兵隊」

スピーカーから落ち着いた声が流れる。

「はい、ラルストン少佐です」

強行制圧用の機動スーツ部隊の隊長だ。

「少佐、司令長官から命令が来た。そちらに送る」

少し間があって、海兵隊少佐が答える。

「確認しました。準備は出来ています」

「その命令なんだが……」

「はい？」

「司令長官はそれを二級軍用周波数で送って来た」

「え、二級？」

二級軍用周波数は、帯域が指定されているだけで、一級のように複雑なスクランブルはかかっていない。

「そうだ。アクエリアスや蒼橋が傍受したのは間違いない」

一瞬沈黙があって、不審げな声が返る。

「ブラフですか？」

「ああ。ブラフと分かるブラフだ」

「というと？」

「あれは正式な命令だ。あれに従ってもおれも少佐も訴追はされない。何かあったら責任を取るのは司令長官だ」

しばしの沈黙の後、少佐は感心したように答えた。

「──なるほど、連中は考えますね。司令長官が尻《ケツ》持ちを請合ったなら、金ピカのモールを磨《みが》くのに忙しい艦長や、頭まで筋肉の海兵隊は民間人がいても遠慮なくやるかもしれない。いや、連中ならやりかねん、と」

中佐は苦笑した。

「まぁそうだ。そこで金モールから筋肉頭に依頼だ」

「依頼？　命令ではなく」

「ああ。司令長官の命令に反する命令は出せないからな」

「了解《アイ・サー》」

「もし敵が人質を取った場合、無視して欲しい」

「無視？」

「ああ、そこを封鎖なりなんなりして迂回し、最短距離で管制室を制圧して、接収完了を宣言してくれ」

「管制室を確保すればゴールですか？」

「ああ。山は天辺に旗を立てたやつのものだ。九合目より下に誰がいるかは関係ない。こういうものは先にでかい声で言った者の勝ちだ」

「分かりました。やってみます」

「頼む」

中佐は一つ頷き、顔を上げると命令を下した。

「これより目標《アクエリアス》に接舷、接収する。

通信、旗艦と高次空間通信《HDSN》でリンク。以後のデータをすべて送り続けろ。

総員加速に備え。メイン四〇、ダウンスラスタ一〇。発進」

アクエリアス制圧部隊は、最後の一〇〇㎞に踏み込んだ。

加速によって高軌道に上ろうとする艦体を上方への姿勢制御噴射《スラスタ》で押さえつけ、同軌道で距離を詰めるという、軍艦しかできない機動を続ける制圧艦隊の正面で、小さな光点が徐々に大きくなっていく。

「距離四〇(㎞)。目標《アクエリアス》に動きはありません」

オペレータが報告した瞬間、円盤状に見え始めていた精錬衛星の、中央シャフト付近に閃光が走った。

「爆発反応！　衛星の構造体が離脱しました！」

「何？」

モニタ内の衛星が花びらを開くように大きくなっていく。遠心分離ユニットを内蔵していた岩塊が細かく砕け散り、広がっていく。

さらにその岩片の奥に扇形をした金属の輝きが何重にも重なっている。円盤状の遠心分離ユニット自体も分解しているのだ。

中佐は思わず絶句した。

——そこまでやるか！　おまえたちは命の綱まで賭ける気か！

「軌道分析、急げ」

「構造体接近、あ、さらに分解します。接触まで三分！」

扇形が次々に綺麗に切り分けられ、速度を増して迫って来る。

さっきの岩塊と同じ手だが、宇宙空間での四〇㎞は至近距離と言っていい。

——くそっ、あれだけの岩塊が全部牽制だったか。二〇〇〇個の布石とはやってくれる。

唇を噛んだ中佐が命令を下す。

「主砲発射、破片を排除しろ」

「アントン《A》破壊、ベータ《B》破壊、チャールズ《C》——だめです、数が多すぎます」

高速度で回転する内部の遠心分離機構の破損に備えて、ユニットの外殻は非常に強固に作られている。軽巡航艦の主砲でも一撃では破壊できない。

それを見て取った中佐は、とっさに命令を変更した。

「砲撃中止！　ダウンスラスタ五〇、減速三〇。衛星の真後ろに着けろ！」

中佐の意図を察した副長が叫ぶ。

「艦長、これは罠です！」

「分かってる！　だが、逃げられない罠は踏み潰すしかない。後は神に祈れ。

主砲、中央シャフトに照準合わせしだい最大出力で発射。斉射二秒。限界まで連続発射！」

完全にシンクロした《テロキア》と《タンダム》の二隻は、最新鋭艦の名に恥じない動きで衝突軌道にあった岩片や構造体の破片をすべて回避。そのまま、精錬衛星の真後ろに着けた。

艦の軸線がぴたりと中央シャフトを指向し、主砲から発射された超高温のビームが、狙い違わず中央シャフトに吸い込まれていく。

その時、観測オペレータが叫んだ。

「爆発反応！」

そして――制圧艦隊からのすべての通信は完全にブラックアウトした。

次の瞬間、スピーカーが播磨屋源治《はりまやげんじ》の声で吼《ほ》えた。

「GANG HO！」

その叫びを聞いた瞬間、成田屋甚平《なりたやじんぺい》は声を合わせてリニアガンの引き金を引いていた。

《播磨屋弐號》の胴体中心線を貫く加速用のレールが奇妙な唸りを上げる。

それを身体で感じながら、甚平はスコープに目を凝らした。

小さな光がいくつか、目標の紅天軽巡航艦の縁《ふち》で煌《きらめ》く。

〝団子山《みたらし》〟の構造体の中に身を潜《ひそ》めて紅天艦隊の来襲を待つ時間は長かった。飛び散った破片に隠れてまんまと至近距離に接近出来た今、甚平を筆頭とする選りすぐりの〝露払い〟たちは、その長い待機期間の鬱憤《うつぷん》を晴らすように撃ちまくっている。

さらに同じサイドに光点が連続して光り、軽巡航艦の船体は流れに漂う丸太のようにゆっくり回転を始めた。

――よし、やった！　甚平は側方バーニアをちょんと吹かして即停止、同時に反対側のバーニアを一瞬吹かす。それだけでわずかに頭を振った《播磨屋弐號》はぴたりと静止し、艇体に固定されているリニアガンの照準線が艦の後端に合う。

待機中に艇《フネ》を引っ張り出し、仲間たちと一緒にやっていた訓練という名目の腕比べは無駄ではなかった。

発射、さらに発射。ほかの艇からも攻撃が集中し、紅天軽巡航艦の後端から突き出ていたメインノズルがぼろぼろになっていく。

――ＯＫ。次は回転につれて縁から飛び出して見えて来るバーニアノズルと、各種センサー類、そしてアンテナだ。

普段は一〇〇㎞単位で照準しているのだ、二㎞に満たないこの距離なら目をつぶってでも当てられる。

さすがに精鋭を集めただけあって、軽巡航艦の船体が五回転もしないうちに、播磨屋源治の声が響く。

「よっしゃ、次は穴塞ぎだ。弾体《タマ》交換しだい発射」

「合点承知！」

甚平はリニアガンの発射速度を半分以下に落とし、弾倉を切り替えた。

すでに赤黒い塊に覆われて機能停止している前半部は無視し、後部に照準を合わせる。

先ほどより低い唸りを残して発射された弾体は、プラズマ化する前に目標に到達し、虹色に輝く金属の滴となってはじけた。

優美なラインに包まれたレーザー砲塔群やミサイル等の発射口、エアロック、作業用ハッチなどが、次々に鈍く輝く金属のアメーバに覆われていく。

「その辺でいいぜ。独楽《こま》まわしもお終《しめ》ぇだ。甚公《じんこう》、生駒屋《いこまや》、GG《グリーン・グリーン》、任せた」

数分後、指名を受けた甚平たちが、先ほどとは反対の縁に照準を合わせ、弾速と弾倉を切り替える。

再び光点が煌き、軽巡航艦の回転速度が落ち始めた。

「それまで。あとは〝宇宙鳶《そらとび》〟の連中に任せるが、照準はそのままにしとけよ」

源治の声を聞いて甚平はほっと息をつき、額の汗を拭おうとしたが、閉めていたフェイスシールドに手をぶつけてしまい苦笑いした。

——気が付かなかったが、相当緊張してたみてぇだな。中の連中はどんな気分だろう？


軽巡航艦《テロキア》は混乱していた。

何かにぶつかったような衝撃があった瞬間、全電源が落ち、艦内は暗闇に閉ざされた。

ただちに非常回路が働き、照明は点灯したが、外部投影モニタの大部分が復旧しない。

「損害報告！」

「人員に異常なし」「主機関に異常なし」「艦内気密異常なし」「前半部外鈑温度急上昇」「前部主砲群動作不良」「前部のスラスタが反応しません」「艦体前半部のセンサーがすべて機能停止しています」「通信途絶。通常、高次空間通信《HDSN》共に送受信不能」

報告が錯綜する中、状況を読み取った副長が渋い表情で顔を上げた。

「艦の前半部に何かがぶつかり、センサーの大部分がやられました。通信用アンテナも機能停止していますが、艦内に目立った損害はありません」

かろうじて残った後部モニタに、遠ざかっていくアクエリアスの構造体の一部が映っているが、画面は霞《かすみ》がかかったようにぼやけている。

ラミレス中佐はそれを見ながら頭をフル回転させた。

――あれがぶつかった？　いや、それならこんなものでは済まないはずだ。前半部だけが機能停止するなどということが――いや、まず旗艦に連絡だ。

「通信、復旧は無理か？」

通信長が悲壮な声で答える。

「艦内の回路に異常はありません。外部アンテナが破損したと思われます」

「外に出ないと復旧できんか――よし、船外作業の準備を――何？」

突然、甲高い衝撃音が連続して艦内に響き、艦体がぐらりと揺れるとそのまま回転を始めた。

「回転止めろ」

「メインノズル一番破損、三番、四番も破損、あ、二番もやられました。全ノズル破損」

「後部左舷スラスタ三番破損、噴射出来ません」

噴射推進エンジンはノズルに異常があった場合、安全回路が働いて機能しなくなる。オペレータは必死で操作しようとしたが、メインノズルに続いてスラスタも次々に使用不能になる。気が付けば唯一生きていた後部モニタも真っ黒だ。

「主機関に異常はありませんが――これでは……」

遠心力に押されてコンソールに押し付けられながら副長が呟《つぶや》く。

と、艦体を打つ音が変わった。何やら湿ったものがぶつかるような鈍い音が続く。

「外鈑温度上昇」「三番射出口に警報《アラート》、開扉不能」「メインエアロックにも警報《アラート》が出ています」「後部主砲群作動不能。俯仰旋回共に反応なし」「カーゴエアロック開扉不能、何かが外から押さえています」

アンテナ修復のために外に出ようとしていた通信科員たちから悲鳴のような報告が届く。

と、再び連続した衝撃音が響き、回転にぐっとブレーキがかかった。

やがて衝撃音は間遠くなり、回転はごく緩やかになった。遠心力もほとんど感じない。

「何が起こっているんでしょう……」

混乱した副長がラミレス中佐をすがるように見た時――。

ハ、ハ、ハ、ハ、ハックの音がした。

その頃、紅天星系軍蒼橋派遣艦隊旗艦《テルファン》のCICは大混乱に陥っていた。

「制圧艦隊との全リンク、ブラックアウト。《テロキア》、《タンダム》共に応答ありません」

「何が起きた」

司令長官の叫びに、通信長がコンソールを操作する。

「ブラックアウト直前の映像、出ます、一〇倍スローです」

正面に見えている円盤が花びらを開くように膨らんでいく。

「何だ、あれは？」

「精錬衛星の遠心分離ブロックですね。三個、いや四個が中心シャフトから分離、分解しながら加速して来ます。工場の後方にいた制圧艦隊の二隻は……主砲で排除しようとして……あ、無理だ。破片の数が多すぎる。退避して……工場の真後ろに着けて、あっ！」

司令長官が鋭く命じる。

「リピート。最後の五秒、二〇倍だ」

画面が巻き戻される。

「中心シャフトの開口部に着弾してます。二発、三発……」

「何を撃っているんでしょう？」

参謀の一人が訝《いぶか》しげに訊《たず》ねる。

「制圧艦隊は衛星の真後ろに追い込まれた。そこを狙い撃ちする罠だと艦長は判断し、砲座があると思われる場所を撃っているんだ」

「とっさにそこまで考えたか……」

参謀長の推測に司令長官は軽く頭を振り、指示を出した。

「止めろ。少し戻して、もう一度、止めろ」

「妙だ。周辺への弾着は正常に効果を上げているのに、シャフト内部に当たった分はまったく反応していない」

砲術参謀が首をひねる。

「シャフト開口部の奥にはダスト排出用のカーゴベイがあるはずですが……確かに何もないかのようにビームが吸い込まれていきますね」

「そして突然ブラックアウト……待った。最後の一秒をコマ送りで。コマ間補正なし、生の記録画像を出してくれ。よし、止め」

「なんだ、これは？　真っ赤だ」

「真っ赤な何かがシャフトから飛び出して来たのか？」

「スペクトル分析！」

「温度三五〇〇ケルビン。これは……珪素酸化物です」

「酸化珪素？　三五〇〇度の石か？」

「はい。飛び出して来たのは溶岩です」

「溶岩？　なんでそんなものが……」

参謀の一人が苦い表情で顔を上げた。

「連中は鉱石を分離した後の砂粒を、中央シャフトに詰め込んで発射した模様です。散弾銃のように。しかし、《テロキア》と《タンダム》は、砂が発射される前にシャフト内部を主砲で撃ちました」

「では、あの溶岩は……」

「はい。砂が主砲のビームで溶解したものでしょう」

「わざわざ砂を溶岩に変えて食らったというわけか……」

参謀長がどう評していいか分からないという表情で呟く。

「被害はどの程度と予想する？」

司令長官の質問に、砲術参謀は慎重に言葉を選んだ。

「なにぶん前例がありませんので……ただ、軽巡航艦は自由落下で大気圏突入可能です。表面のセンサー類は破損するでしょうが、艦体自体に大きな損傷はないと考えます」

「センサーか……」

司令長官は不満そうに呟いた。

「制圧部隊の直接画像は撮れないか？」

通信参謀が答える。

「最至近のプローブからは岩石群が邪魔になって捉えられません。次のプローブが撮影可能範囲に入るのは三二分後です」

「分かった。待つしかないな」

《テルファン》のＣＩＣに沈黙が降りる。

11　投　了

外鈑を叩く音に意味があることに最初に気付いたのは、軽巡航艦《テロキア》の通信長だった。

「これは……モールス信号です」

外鈑を叩く音に単音と長音が混じっている。

「……ウ・シ・ュ・ウ・ハ・ス・ウ・ヲ・キ・ケ・コ・ウ・ヨ・ウ・シ……」

通信長の解読を聞くなり、艦長のラミレス中佐が命じる。

「公用周波数に合わせろ」

一瞬スピーカーからガーッという雑音が流れ、次の瞬間、意外にクリアな声が流れ出した。

「こちらは蒼橋《あおのはし》義勇軍のハイネマン中佐だ。これが聞こえたら、同じ周波数で応答せよ。こちらは……」

「これは……電波じゃありません。アンテナ線に直接音声電流を流してます」

通信長の指摘にラミレス中佐は頷き、大きく息をつくとカフを上げた。

「紅天《こうてん》星系軍蒼橋派遣艦隊《テロキア》艦長、ラミレス中佐だ。手荒い歓迎をありがとう」

「お、そう来るか。さすがは艦長さんだ。乗組員に怪我人はねぇかね？」

「ああ。全員異常はない。何か用か？」

「用ってほどのもんじゃねぇが、そっちの二隻はおれたちが確保した。すまねぇが捕虜になってもらうぜ」

「われわれは無傷だ。無抵抗で手を挙げるような真似はしない」

「そりゃまぁ、人間は無事だろうさ。ただ、艦は動かせねぇだろう？」

ラミレス中佐は一瞬考えた、紅天の軍法は捕虜を禁じていないが、無抵抗で艦を明け渡してもいいという項目もない。

「艦が動かなくても自爆は出来る」

「おお、おっかねぇ。これだから軍人さんは嫌だぜ」

「貴様も軍人だろうが」

「おっとそうだった。ついさっきなったばかりだから忘れてたぜ。てことは拒否ってことでいいかね？」

「そうだ。われわれは降伏はしない」

一瞬間があって、ハイネマン中佐と名乗る声はあきらめたような声で告げた。

「そう言うんじゃねぇかと思ってたんだ。じゃ、こっちはこっちで勝手にやるぜ。後で文句言うなよ」

「何をする気だ？」

「おいおい、おれたちはいま何をやってるんだ？　戦争してる相手に手の内をばらすやつがいるもんかね、楽しみに待ってな。

——そうだ、一つ忘れてたぜ。ハッチ類は全部塞《ふさ》いだから外には出られねぇぜ。こっちのリニアガンは民生用だからあんたの艦の外鈑を貫通は出来ねぇが、機動スーツぐらいなら簡単に蜂の巣に出来る。悪いことは言わねぇから、艦内でおとなしくしてな」

ぷつん、と声が切れる。

「リニアガン……」

呆然としている副長に構わず、ラミレス艦長はカフを切り替えた。

「ラルストン少佐です」

「今のを聞いたな？」

「ええ、言ってくれますね」

「独力で外に出られるか？」

機動スーツ用のハッチも開かないのは確認済みだ。

「可能です。外鈑を指向性爆薬で破壊すれば、ですが」

「ただ、出たとたんにやられるな」

「はい、われわれの機動スーツはリニアガンには耐えられません」

「民生用でもか？」

「無理です。耐えるには航宙艦並みの装甲が必要です」

それはスーツとは言わない。巨大ロボットだ。

「分かった。そのまま待機」

「了解しましたが、スーツ着用は三時間が限度です」

増幅した筋肉電流で動力をコントロールする機動スーツは着用者の思いどおりに動くが、着用するだけで大きな負担になる。熟練者でも三時間は限界だろう。

「分かっている。もう少し我慢してくれ」

カフを戻したラミレス中佐は、改めて臍に力を入れると、艦橋を眺め渡した。

オペレータたちが不安げに見上げる。

中佐は務めてさりげなく機関長を招いた。

「主機関《核融合炉》に異常はないな」

「はい。現在はアイドリング状態です。慣性航法機関、星間航法用消去機関《バニシグ・エンジン》にも異常はありません」

安全装置が働いて機能停止した噴射推進機関以外は無事だということだが、外が見えない状態では自分の位置すら分からない。ほかの機関が無事でもどうしようもないのだ。

ラミレス中佐が質問を続けようとした時、何かが外鈑にカンカンと当たる音が響いた。

不安げに顔を上げ、耳を澄ませていたオペレータたちだったが、突然轟いた警報音に飛び上がった。コンソールの表示が次々に〝NO　DATA〟に変わっていく。

「主噴射推進機関のセンサーが断線しました」

「姿勢制御用もデータありません」

ラミレス中佐たちが顔を見合わせた時、艦尾のほうから鈍い振動音が響いて来た。

通信を切った蒼橋義勇軍ハイネマン中佐、いや播磨屋源治《はりまやげんじ》は、取り付いていた軽巡航艦を一蹴りして離れた後、背中に背負ったバーニアを軽く吹かして宇宙空間に飛び出した。

派手な装いのスーツ集団が源治とすれ違い、次々に軽巡航艦に取り付いていく。

その中に鬱金《うこん》色に赤い二本線の入ったスーツを認めて、源治は軽く手を振った。手サインで「後は頼む」と告げると、大袈裟なOKサインが返って来る。

と、その時。すぐ近くを漂っていたもう一隻の軽巡航艦から、源治と同じ普通のスーツが一つ飛び出した。

――越後屋の野郎、何を愚図愚図してやがった、と舌打ちした時。源治は頭上に大きくなりつつある《播磨屋壱號》がゆっくり回転を始めたのに気が付いた。

艇に残った小雪が、昇って来る彼のタイミングに合わせてエアロックを向けているのだ。

ほころびかける頬を引き締めて、源治はバーニアのコントローラーを操作した。

ちょんと吹かして宙返りし、即回転を止めて背中のバーニアを足元方向になった《播磨屋壱號》に向ける。

エアロックはきっちり足の下で停止している。源治は今度は素直に微笑《ほほえ》むと、ゆっくり減速に入った。


ちょうどその頃。紅天艦隊旗艦《テルファン》のCIに、プロープから画像データが送信されて来た。

「入りました」

通信長の報告に、CICにいた全員の視線がメインモニタに集中する。

「小さいな。これ以上は無理か」

「補正をかけて拡大します」

「二隻見える。《テロキア》も《タンダム》も沈んではいないようだ」

「これが精錬衛星か。手元から食い始めた団子のようだな」

「遠心分離ブロックが一〇ユニット消えてますすね」

「一〇？　全体の三分の一だぞ。そんなに壊したのか？」

「ん？　いま何か動かなかったか？」

「確かに動いている。二隻の周囲に何かが多数、浮遊しているな」

「解析終了。制圧部隊周辺の物体は標準型採鉱艇。数は二〇〇隻以上」

「二〇〇だと？」

「どこに隠れていた？」

「おそらく——分離した精錬衛星の構造物の中です。たぶん、あのブロックは最初から空洞だったんです」

　参謀長は顔色を変えた。

「アクエリアスが操業を始めたのは四三年前だぞ……」

「しかし、そうとしか考えられません。二〇〇隻の作業艇を収容する必要があったから、あの衛星はブロックが何度も追加され、あれだけ長くなったんです」

　参謀長は資料で見たアクエリアスの画像を思い浮かべた。

　——四三年前にあれを造り始めた時から準備していたということか。いや、蒼橋義勇軍の発足は八二年前だ。そのくらいはかけても不思議はない……しかし、なんという執念だ。

　だが、参謀長の思考は新たな報告で破られた。

「報告。制圧部隊後方、低軌道に擾乱《じょうらん》物質多数。二隻を頂点とした円錐形に広がっています」

「擾乱物質？　成分は？」

「珪素酸化物です。大きさ一㎜以下……これは砂です」

「あいつ《アクエリアス》が打ち出した砂か……」

「映像の再解析完了。採鉱艇から多数の物体が二隻に接近。次々に接触しています。おそらく人間です」

「なんだと？」

「なんだ、何をしている？」

「通信傍受しました。一般周波数帯で会話しています」

「出せ」

次の瞬間、《テルファン》のＣＩＣは殺伐《さつばつ》とした会話で満ちた。

「……あせるんじゃねぇ。平太がそいつを殺すまで待て」「あ、すみません」「馬殺しの用意はいいか？」「ウス。いつでも行けます」「介錯ロープいいな？」「へい、確保してます」「よっしゃ。みんな離れろ。山八、遠慮なくやれ」「ウッス」「もう一丁！」……。

「なんだ、何をやっている」

「馬殺し？」

「まさか軽巡航艦の乗組員を……」

参謀たちが蒼白な顔を見合わせた時、一人の参謀が叫んだ。

「こいつら――〝宇宙鳶《そらとび》〟だ」

「え？」

「そらとび？」

「言ってる意味が分かるのか？」

工兵出身で常に肩身の狭い思いをしていたその参謀は、ここぞとばかりに説明する。

「宇宙空間での建設作業を専門とする技術者――いや、職人のことです。宇宙ではどんな職種でも鳶職《とびしょく》並みに身軽に動くことが要求されます。だから鉄筋工も配管工も全部ひっくるめて〝宇宙鳶《そらとび》〟と呼ぶんです。

〝殺す〟というのは、回路やパイプの機能を停止すること。〝馬殺し〟というのは大型のハンマーです。〝介錯ロープ〟は資材をロープで移動する時の確保ロープ――全部〝宇宙《そら》鳶《とび》〟の用語です」

「なるほど――しかし、建設作業員が集まって何をしてるんだ？」

工兵出身の参謀は何故か自慢げに言った。

「建設出来るなら、解体も出来るでしょう」

「解体？」

「はい、連中は艦体に取り付いて分解してるんです。手で」

「巡航艦を手で分解だと？」

その時、新たな報告が入った。

「《テロキア》から何かが分離します。あ、増えます。《タンダム》も分離しています」

「本当に分解してるのか……」

「最新鋭の軽巡航艦だぞ。それを砂と手で無力化だと？　そんな馬鹿なことが……」

ざわざわと参謀たちがざわめく中、砲術参謀がいきなり声を上げた。

「どうするんだ！」

「どうした、いきなり」

「あれは最新鋭の軽巡航艦だぞ、それをむざむざと〈蒼橋〉の連中に渡すのか？」

「しかし、ここからでは何も……」

「いや。長射程ミサイルはまだある」

「長射程……おい！　あの二隻の乗員はどうするんだ。あの様子じゃたぶん生きてるぞ」

「そんなことは分かっている……だが、このままじゃ〈紅天〉が〈蒼橋〉の素人連中に負けたことになる。〈紅天〉が負けるなんてそんな……そんなことがあってはならない！」

拳《こぶし》を握り締めて叫んだ参謀の蒼白な額で、青黒い血管がぴくぴくと脈打っている。

だが、一人が興奮して取り乱したおかげで、ほかの参謀たちは逆に冷静になったらしい。

「確かにまずい事態だが……」

「自沈したということにすれば……」

「いや、返ってまずい。戦闘で沈んだならともかく、鹵獲《ろかく》されて自沈では格好が付かない。相手は〈蒼橋〉だぞ」

「そうだ、〈蒼橋〉はどう出る？　これを公表するだろうか？」

「するに決まってる。向こうにしてみれば大戦果だ」

「まずい」

「やはりなかったことにするしか……」

報道されれば、緒戦敗北という事実はあっという間に周辺星系に広まるだろう。力を見せつけて〈紅天〉の影響力を維持するという根本戦略が、最初から躓《つまず》くことになる。

だが、一同が深刻な表情で額を付き合わせる中、それまで沈黙を守っていた司令長官が口を開いた。

「制圧部隊から連絡はないいな？」

「はい。通信は途絶しています」

アンゼルナイヒ中将はしばらく瞑目《めいもく》し、何か決心した様子で通信長を呼び出した。

「〈蒼橋〉政府に通信――」

発：紅天星系軍蒼橋派遣艦隊司令長官アンゼルナイヒ中将

宛：蒼橋政府及び蒼橋義勇軍司令部
本文：アクエリアス付近にて当方の軽巡航艦二隻が貴星系の攻撃を受け、遭難せり。当方より連絡の術《すべ》なし。願わくば二隻の艦長に降伏の許可を与える旨《むね》、連絡を乞う。以上。

「司令長官、それは……」

色をなす参謀たちを目で制して、司令長官は言葉を継いだ。

「司令長官の代わりはいくらでもいるが、ラミレス中佐ほど有能な艦長に代えはない。自沈させるわけにはいかんよ」

沈黙した参謀たちを見渡し、司令長官は何か吹っ切れた様子で命令を下した。

「蒼橋制圧作戦第一案は廃棄。第二案に移行する。全艦ただちに蒼雪《あおのゆき》に向かえ」

最初の作戦が失敗した時に備えて次の作戦を用意する――アンゼルナイヒ中将はやはり軍隊の基本に忠実な軍人だった。

――だが、参謀たちが緊張の面持ちで了解の声を返す陰で、先ほど取り乱した砲術参謀がニヤリと笑みを漏らしたことに、彼は気付いていなかった。

12 急 転

蒼橋《あおのはし》跳躍点で空間が揺らぎ、東銀河連邦宇宙軍蒼橋平和維持艦隊第五七任務部隊が姿を現わす。

重厚な重巡航艦が四隻、スマートな軽巡航艦が八隻、続いて支援艦が十数隻。

その後に、第一〇八任務部隊が続く。軽巡航艦二隻が率いるのは艦種も大きさも様々な支援艦の群れだ。その数およそ四〇隻。

連邦安保委の決定を受け、コストを度外視して〈星湖《ほしのうみ》〉からいっきに跳躍してきた艦隊は、ほぼ一週間ぶりに通常空間に接し、同時に情報の嵐に呑み込まれた。超空間航行中は高次空間通信《HDSN》でも通信出来ないからだ。

艦隊旗艦のアルケミスト級重巡航艦《サンジェルマン》の艦橋で報告が錯綜する。

「全艦異常なし《オールグリーン》」「進路クリア。蒼橋軌道まで標識衛星以外の通知ありません」「第一〇八任務部隊より連絡、全艦異常なし」「蒼橋跳躍点が誰何《すいか》しています」「紅天艦隊の来寇《らいこう》確認、八日前です」……。

旗艦だから報告は自艦のオペレータだけではなく、麾下《きか》の部隊からも集まってくるが、錯綜する情報に司令長官一人で対応するのは不可能だ。そこで間に入って情報を整理する参謀が必要になり、彼らが幕僚として所属する司令部が重要になる。

「蒼橋跳躍点に所属と目的を通告。蒼橋の連邦弁務官事務所に連絡。現状報告を依頼」

当面必要な命令だけを出し終えた平和維持艦隊司令長官キッチナー中将は、艦内奥に設置されている司令部用CICに麾下の幕僚を招集した。

コンソールに第一〇八任務部隊司令官のムックホッファ准将が表示されるのを待って、司令長官は話し出した。

「間もなく弁務官事務所から最新の情報が届く。各自検討の上、疑問点があればどんなことでも確認しておくように。ん？　来たか？」

コンソールの着信ランプが明滅し、圧縮コードが展開されていく。

しばらくして、参謀長の笹倉大佐が発言許可を得て話し始めた。最初に論点を整理し、検討の口火を切るのは参謀長の役目だ。

「紅天艦隊は一週間前に来寇。〈蒼橋〉側は蒼橋義勇軍を編成してこれに対抗。アクエリアス奪取を図る紅天の軽巡航艦二隻を拿捕《だほ》。これに対し、紅天艦隊本隊は第四惑星・蒼雪《あおのゆき》の第一衛星にある推進剤《アイス》製造施設を占領しました。双方に人的損害はありません。

〈蒼橋〉側は紅天艦隊に退去を要求中。紅天艦隊は今のところ無回答。緒戦は痛み分けというところです」

参謀長の概要説明を受けて、自由討議が始まる。

「〈紅天〉相手に痛み分けというのは見事だな」

「ああ。無傷で軽巡航艦二隻を拿捕というのは凄《すご》い。詳細は分かりませんか？」

「蒼橋義勇軍は戦闘の詳細を明らかにしてないな。今の戦果も弁務官事務所が調査して判明したものだ」

「戦闘に割って入るような危険な真似はしないですんだわけか。ありがたいな」

「このまま調停に入れるといいんですが」

「いや、そうはいかないだろう。〈紅天〉にしてみれば推進剤《アイス》基地程度では交渉の手駒が少なすぎる」

「しかし、推進剤《アイス》の基地を抑えれば〈蒼橋〉の補給線を断てます」

「いや、基地の作業員は退去していた。当然、推進剤《アイス》も備蓄済みだろう」

「星間交易も自分から停止しています。〈蒼橋〉もその辺は計算済みですね」

各参謀が自分の担当する部門の情報を整理しながら、ほかの幕僚の疑問に答えていく。

当たり前すぎる質問が出るのはたがいの確認のためであり、誰がどう認識していたかを記録しておく意味もある。責任の所在が明確でないと、事後の検討で問題点の洗い出しが出来ないからだ。

　補給担当参謀の指摘に司令長官も頷く。

「うむ。蒼橋義勇軍が設立されたのは八二年前。準備する時間としては充分すぎる」

「その蒼橋義勇軍ですが、兵力はどの程度です？」

「採鉱師組合の軌道作業艇、二〇〇〇隻余りが主体ですね。蒼橋労組連合の組合員二〇万人がそのまま兵員として登録されているようです」

「連中は採鉱の専門家だ。爆薬は使い慣れているだろうし、リニアガンも使うらしい」

「進入阻止に使えますか？」

「速度が壊滅的に遅いから、待ち伏せ専用だろうな」

「巡航艦のセンサー能力と主砲の射程では不意打ちは不可能ですよ」

「だろうな。それが出来るなら高い金を使って巡航艦を造る意味がない」

「しかし、二〇〇〇隻という数は大きいぞ」

　当人たちは気付いていないが、この論理展開は侵攻前の紅天艦隊と同じだった。自分たちが持っている優れた装備と能力が前提になっているので、採鉱艇を宇宙戦闘で直接攻撃に使うにはどうすればいいか、という地点で思考がループしてしまうのだ。

　それを打ち破る鍵は、司令長官の言った八二年という年月にあるのだが、彼らはまだ、その意味を理解していない。

「〈蒼橋〉の警察軍は表に出てきていませんね」

「あの兵力で紅天艦隊の矢面には立てません。蒼橋義勇軍の支援に徹するという姿勢だと思われます」

そう戦術担当の参謀が指摘した時、それまで無言でいた准将が発言を求めた。

「〈紅天〉政府に動きはありませんか？」

司令長官は少し虚を突かれた気分で、資料を繰った。

「推進剤基地《アイス》の占領だけを報じているな。アクエリアスの件は無視だ。追加派兵の動きもまだないようだ」

「――ということは、〈紅天〉は現有兵力だけで事態を打開するつもりですね」

「しかし、どうやって？」

「向こうにあるのは軽巡航艦四隻だけだぞ？」

「どこかに伏兵がいるというのかね？」

参謀たちがいっせいに口を開く。

ムックホッファ准将は静かに告げた。

「〈紅天〉の兵力は艦隊だけではありません。〈蒼橋〉には一〇万を超える紅天市民がいます」

「市民？　彼らが破壊工作でもすると言うのかね？」

司令長官の問いに答える准将の口調は苦味を帯びている。

「具体的な予測はまだ出来ません。ただ、当面巡航艦の出番はないと考えます」

「そうか」

キッチナー司令長官は少し考え、決断した。

「よし。予定どおり、〈蒼橋〉と紅天艦隊に戦闘停止の勧告を行なった後、個別に交渉する。交渉が進展したところで三者会談を提案し、本格交渉で妥結を図る。かなり困難な状況だが、これが出来ないなら平和維持艦隊の意味はない。

われわれはこのまま蒼雪と蒼橋の中間軌道に乗り、紅天艦隊を牽制しつつ交渉を行なう。准将は蒼橋に向かい、〈蒼橋〉政府と接触せよ」

「本音を探れということですか？」

「公式見解ならわざわざ聞くまでもない。連中がどこを落とし所と考えているかを読めということだ。そのあたりは准将の得意技だろう？」

ムックホッファ准将は苦笑した。

「了解です。補助艦を何隻か残しますか？」

「いや、全部連れていけ。戦力が必要なのは准将のほうだ」

「感謝します」

「よし、解散。任務に戻れ」

本隊旗艦との回線を切ったムックホッファ准将は一つ伸びをすると、麾下の艦隊に蒼橋に向かうよう命令を下した後、会議中に受信していた報告書に目を通し始めた。

蒼橋はまだ遠く、ロケ松からの連絡は届いていなかった。


一方その頃。〝ブリッジ〟内某所で居眠りしていた蒼橋義勇軍司令長官、滝乃屋仁左衛門《たきのやにざえもん》は、いきなり叩き起こされた。

「なんでぇ」

と、顔を上げれば、シュナイダー参謀長が睨《にら》みつけている。

「寝てる場合じゃありません。来ました」

「ん？　連邦の連中が着いたのか？　意外と早かったな」

「連邦も来ましたが、それどころじゃありません。〝天邪鬼《アマンジャク》〟です」

仁左衛門は目を剝《む》いた。

「何ぃ？　やっぱり化けたか！」

「心配してたとおりになりました。今、作業艇に総動員をかけたところです。指示を願います」

「分かった」

と立ち上がる仁左衛門の顔は真っ赤だ。

「〈紅天〉の阿呆どもめ。これだから軍隊ってやつは……」


同時刻。〝ブリッジ〟内H鉱区。

泥まみれのアスパラガスが二本、ゆっくりと軌道を遷移《せんい》していく。

それを見下ろす位置を追尾する《播磨屋四號》の便乗席で、ロイス・クレインが唖然としていた。

「あれ、本当に軍艦なんですか？」

「うん。紅天の軽巡航艦だよ。名前は……なんって言ったかな？」

滝乃屋昇介《たきのやしょうすけ》の答に、ロイスが慌てて手元の携帯《て》ビューアー《ちょう》を繰る。

「ええと、《テロキア》と《タンダム》――らしいですね。最新鋭の軽巡航艦って資料にありますけど……」

「うん。去年出来たばかりらしいけど、ちょっともったいないね」

「あれを播磨屋さんが捕まえたんですよね」

「んー、大将一人でやったわけじゃないけどね」

「それは分かってますけれど――播磨屋さんは、いま中佐なんですよね？」

「そだよ。音羽屋の小父《おじ》さんは少佐、小雪姉ちゃんと甚平兄ちゃんは大尉。ぼくだけ中尉だけどね」

少し不満そうに答える昇介のスーツには、空色に銀の星が二つ入った徽章が付けられている。蒼橋義勇軍中尉の徽章だ。

この歳《とし》で中尉というのは通常の軍隊では考えられないが、パイロットは士官が務めるという慣例から、蒼橋義勇軍のパイロットは全員士官ということになっている。

対するロイスの白いスーツの袖には、蛍光グリーンに白く〝PRESS〟と抜かれた腕章が巻かれている。こちらはシュナイダー参謀長の計らいで許可された従軍記者の印だ。

一部の禁止区域以外なら自由に入ってもいいというお墨付きでもあるので、当面適当な任務がない昇介が専属の案内役兼護衛になっている。

「中佐って、どのくらい偉いんでしょう？」

「んー、良く分からないけどさ。あの軽巡航艦の艦長がたしか中佐だったはずだよ。交渉する時に低い階級だとなめられるから、同じ階級にしたって言ってた」

「え？　階級って、そんな風に決まるものなんですか？」

「本当は違うんだろうけどね。いいんじゃない？　給料もらってるわけじゃないし、戦争終わったら意味ないし」

職業軍人が聞いたら目を剝きそうなことをさらりと言った昇介に、ロイスは苦笑する。

万事がこの調子だった。紅天艦隊の来襲と蒼橋義勇軍の召集という急展開の中で、右往左往しながらも自分を失わないでいられたのは、この昇介のおかげだと言っていい。彼にかかると、この世に深刻な問題などないように思えて来る。

「あ、甚平兄ちゃんがいる」

昇介が、空間の一角をズームする。建設組合はほとんど引き上げたので、周辺に遊弋《ゆうよく》している作業艇の数はあまり多くない。

《播磨屋弐號》と大書された舷に青地に白く〝BB〟《Blue Bridge》と描かれた大型ステッカーが貼られた軌道作業艇が、艦首を低軌道の汚れたアスパラガスに向けている。

「やっぱりあのステッカーは、いまひとつだなぁ。作業艇には似合わないよ」

「何してるんでしょう?」

ロイスが眉をひそめる。

「中の人が出て来ないように見張ってるんだよ」

「中の人？　こんなところで出て来てどうするの？」

「どうしようもないけどね。捕まってるほうとしては、そう簡単にあきらめ切れないだろうから、念のため」

と、その時。コクピットの緊急回線のランプが点滅を始めた。低い警報音が響く。

コンソールの受信ランプが明滅するのに気付いたラミレス中佐が応答カフを上げる。

かつては軽巡航艦だった残骸の中に聞き慣れた声が響く。

「そろそろ時間だ。考え直す気はねぇかね？」

艦長のラミレス中佐は憮然《ぶぜん》として応じた。

「休戦は受け入れる。降伏はしない」

「せっかくあんたの大将が降伏しろって言ってくれてるのに、意地張るのも大概《てえげえ》にして欲しいもんだぜ」

「司令長官が言ったのは、降伏してもいい、だ。降伏しろ、ではない」

「分かった分かった。そうなるとおれたちはあんたらを全滅させるか、このまま監視し続けるしかねぇが、そりゃあ面倒だ――というわけで、放っておくことにした」

「何？」

「空気、水、食料はあるんだろう？　休戦は受け入れるから、好きにしてくれや」

「どういう意味だ？」

「新しいお客さんが来た」

「なんだと！」

「半分はあんたらの責任だが、それを責めても仕方ねぇ。そっちのもてなしもあるから、遊んでる暇はねぇんだ。悪いな」

と、いったん切れた声が、慌てたように続く。

「忘れてたぜ。休戦ラインはあんたらの艦の外鈑だ。やりたくはねぇが、そこから出たらリニアガンで撃ち抜く。期限は二四時間だ。この戦闘《ドンパチ》じゃあ、まだ死人は出てねぇんだから、最初の一人にならないように気を付けな。降伏はいつでも受け付けてるぜ。じゃ、達者でな」

ぷつんと通信が切れる。

と、艦長が不敵に微笑《ほほえ》んだ。

「いいことを教えてもらったな」

「え？」と顔を向ける副長に艦長は告げた。

「まず、《テルファン》の乗組員も全員無事だということ。次に、蒼橋義勇軍は人が殺せない甘ちゃんだということ。そしてわれわれの監視に人手をさけないくらい兵力がギリギリだということ。最後に連邦軍が来た以上、司令長官が第二案を開始するのは間違いないということだ――つまり、まだおれたちの出番はある」

副長はゆっくり頷いた。

一方、緊急通信を受けた《播磨屋四號》の便乗席ではロイスが混乱していた。

「何？　何かあったの？」

だが、真剣な表情でモニタに向かう昇介は低い声で叱責した。

「ちょっと黙ってて」

これまでにないきつい口調で言われて、ロイスはびくっと身を縮めた。

気配でそれに気付いた昇介が慌てて口調を変えたが、視線はモニタから離れない。

「ごめん。今ちょっと大変なんだ。携帯《て》ビ《ち》ュ《ょ》ーア《う》ーしまって、ハーネス締めて」

「ハーネス？」と聞き返しながらごそごそするロイスの身動きが終わるのを待って、昇介は硬い口調で告げた。

「総動員がかかったんだ。〝天邪鬼《アマンジャク》〟が出たらしい」

「あまんじゃく？」初めて聞く言葉にぽかんとしているロイスにかまわず、軌道計算を終えた昇介は、操船レバーをしっかり握って言った。

「後で説明する。舌を噛むから口を閉じてて」

言うなり、主推進機関《メインエンジン》のボタンを押し込む。一拍おいてロイスの身体はこれまでにない力でシートに押し付けられた。

正面モニタに映っていた二本の泥アスパラガスがぐん、と遠ざかっていき、周囲を遊弋していた作業艇も次々に噴射推進中を示す表示に変わっていく。この空域にいた作業艇が一斉に移動を始めたのだ。

――そして二四時間後。

時計を見て副長と顔を見合わせたラミレス艦長は、一つ頷くと通信長を呼び出した。

「アンテナ復旧の準備は出来ているか？」

「はい。一番近い後部二番カーゴベイに予備部品一式を用意してあります」

「よし、必要最低限の要員に準備させろ。わたしも出る」

副長が顔色を変えた。

「艦長が？　危険です。ここはわたしが」

損害の復旧指揮は副長の役目だ。だが艦長は首を振った。

「こうなればどこにいても同じだ。それに──」

そこで彼は言葉を切った。

「外がどうなっているか知りたい。分かるだろう？」

副長はやれやれという顔になった。

「先を越されましたか。お気をつけて」

「うむ」と頷いた艦長は艦内放送のカフを上げた。

「これより外鈑を破壊してアンテナを修理する。総員スーツ着用。急減圧に注意」

ところがそう言いおいて艦の後部に向かった艦長の前に、ごついシルエットが現われた。機動スーツを身に着けた海兵隊のラルストン少佐だ。

「お供します」

「いや」と手を振りかけた艦長に、少佐は訊《たず》ねた。

「指向性爆薬の使い方をご存知ですか？」

「ちゃんと士官学校で習った」

「何年前の話です？　ここは専門家に任せてください」

「だったら少佐でなくても……」

「なんのためにわたしが少佐になったと思ってるんです？　部下にいい場面を奪われないためですよ」

艦長は苦笑すると、ついて来いと腕を振った。

——三〇分後。カーゴベイの艦内側に応急エアロックを仮設して空気を抜き、搭載されている艦載艇《カッター》の陰に退避した艦長たちが注視する中、ベイのドアに貼り付けられた指向性爆薬の起爆装置の表示がゼロに近づいていく。

「対閃光防御」少佐の指示に従ってバイザーの透明度を下げ、目をつぶった艦長たちの目の奥で何かがぼやっと光り、床についたスーツの膝が振動した。

「爆破成功、そのまま待機」バイザーの透明度を上げた艦長の目に、いびつな三日月形の光が映る。

「完全には開きませんでしたが、これなら出られます」

ドアの真ん中あたりの外鈑が外に向かって丸く浮いているが、三分の一ほどはドアと繋がったままだ。検分していた少佐が改めて指示する。

「そのまま動かないでください。蹴破ります」

そう言うと少佐はドアに右半身を向けて腰を落とし、左足の固定錐《ピトン》を床に打ち込むと右足を上げた。

鈍い振動音が二度、三度と見守る艦長の膝に伝わって来る。

と、視界が光で満ちた。

ぽっかり空いた丸い穴から光が差し込んでいる。

外から何かが撃ち込まれる気配はない。

「見てきます」

そう言うと少佐は、出っ張りの多い機動スーツを器用にねじって穴の中に潜《もぐ》り込んだ。

少佐のスーツの靴の裏が見えなくなって数秒後、少佐の声がヘルメットに響いた。

「周囲に敵はいません。出ても大丈夫です。ただ、酷《ひど》いです。覚悟してください」

――分かっているさ、と自嘲気味に心の中で返して外に出た艦長は、頭を出したとたん絶句した。

頭上に輝く〝ブリッジ〟に照らされた艦の後半部が、後部主砲塔群と一緒に消えている。

「エンジンは全部取っ払った――か」続く作業員に場所を譲りながら呟《つぶや》く艦長に、少佐が同意する。

「見事なものです。オーバーホールの途中で造船所から出てきたとしか思えません」

外鈑にロープを固定して切断面を見にいっていた少佐のヘルメットが縁《ふち》から覗いている。

「外鈑やフレームは本来の継ぎ目で綺麗に外されています。配管類もきちんと継ぎ手を残している。新しい機関部を継ぎ足せばそのまま飛べるかも知れません——まぁ、前があれでは無理ですが」

そう言われて振り向けば、前半部は無茶苦茶だった。

鈍い虹色に輝く金属のアメーバが穴だらけの外鈑を覆い、精悍で優美だった軽巡航艦の面影はまるでない。さらにその先の艦首方向には溶岩のようなものがべったりと貼り付いていて、四基あったはずの前部主砲塔は小高い瘤《こぶ》になっている。

「いったい何が起こったんでしょう？」

少佐にそう問われて、無言で自艦の惨状を眺めていた艦長は首を振った。

「分からん。ただ《テロキア》がもう飛べないことは確かだな」

——新造艦の艦長に就任した時のこと、蒼橋派遣艦隊に配属され、制圧部隊の指揮官に抜擢《ばってき》された時のこと、そして僚艦の《タンダム》と共に〝ブリッジ〟に突入した時のこと——今では全部夢のように思える……。

「ここは……どのあたりでしょう？」

艦長の思いは少佐の言葉に引き戻された。改めて周囲を見渡せば、頭上に輝く光の帯とは別に、足元の艦の向こうにも一つ帯があり、その先に赤黒い惑星が見えている。蒼橋だ。

「H区とM区の間の空隙だな」

「あ、やはり。では自分は今、頭をH区に向けて立っているということになりますね」

ラミレス中佐は頭上で大きな弧を描くH区を見上げながら答えた。

「そうなるな。アクエリアスはH区の内側に近いあたりにあったから、そこから少し減速してこの位置まで落ちて来たわけだ」

——確か、事前のシミュレーションではこちらの側から進入したところに防衛線があるという想定だったな——そこに罠があるだろうとは予想したが、一つではないとは思わなかった——傲慢だったな……。

「やはりリニアガンですね」

中佐は少佐の声に我に返った。

機動スーツ姿で無理矢理身体をかがめた少佐が外鈑を検分している。

「高速の弾体を多数撃ち込んで艦を強制的に回転させ、突起物を狙いやすくして破壊したんです。その後で溶解した金属弾体でハッチ類を溶接した——いい腕です」

確かに、弾痕とおぼしき傷跡はすべて外鈑をかするように付いているし、金属アメーバはハッチ類の周辺に集中している。見たかぎり外れ弾は一発だけだ。

——そうか、あれが偶然爆破口の縁に当たっていたから外鈑が全部抜けなかったんだ。いくら少佐が機動スーツの達人でも、軍艦の外鈑を蹴破れるはずがないな……。

　そんなことを考えていた中佐だったが、ふと違和感を覚えた。

　——待てよ。外れ弾が一発だけ？　壊した後がそのまま継ぎ足せるくらい綺麗？——違う。普通の軍隊ならこんな真似は絶対しない。最短時間で目的を達するために全力を傾注するのが軍隊だ。丁寧《ていねい》に狙う前にいい加減でも十発撃つ。ましてや無力化するだけでいいのに、解体した後の仕上げなど考えるはずがない……。

「連中はあくまでも職人で、軍人ではないということか……」

「え？」

　と、聞き返す少佐に、「何でもない」と返して、艦長は通信長を呼んだ。

「修理にどのくらいかかる？」

「もうすぐ終わります」

「何？」

「アンテナは完全に消えていますが、断線していたコードに端子付きの新品のコードが接続されています。応急アンテナと接続するだけで——なんだ？　いま艦長と……あ、あれは……あれは……《タンダム》だ。右舷後方。《タンダム》が見えます」

　通信長の叫びに振り仰いだ艦長と少佐の目に、白々と輝く〝ブリッジ〟の端に食い込んでいく黒い棒状の物体が映った。

「意外と近いですね。一〇いや七㎞程度です」

冷静に観察する少佐に、艦長は少し考えたあと訊ねた。

「スーツで行けるか？」

「行くだけなら」

少佐が簡潔に答える。機動スーツのバーニアを吹かせば到達は可能だが、戻って来る前にスーツの着用限界が来るということだ。

「分かった。カーゴベイの艦載艇《カッター》を使う。少佐はドア全部を破壊する準備を頼む。副長！」

いつもの癖で共有周波数で呼んでしまったが、副長はちゃんと応答した。

「はい、副長です。アンテナの修理が出来たようですね」

「うむ。ハイネマン中佐に感謝しなくてはな」

「え？」と聞き返す副長に構わず、艦長は告げた。

「《タンダム》が近くにいる。艦載艇《カッター》で行ける距離だ。仮設したエアロックの強化と移乗要員の選抜を頼む」

「了解《アイ・アイ・サー》！」

副長の声が弾んでいる。

彼らはまだ、自分たちが何故監視されなくなったかを知らない。

13　天邪鬼《アマンジャク》

加速を続けていた《播磨屋四號》の中で、ふっと身体の重みが消えた。見れば滝乃屋昇《たきのやしょう》介《すけ》が笑い掛けている。

「軌道に乗ったから後は放っておいても大丈夫。ごめん、驚かせたね」

二Gを超える加速にぐったりしていたロイス・クレインは、ほっとして声を掛けた。

「いえ、でも……何があったんです？」

「さっきも言ったけど〝天邪鬼《アマンジャク》〟が出たんだ。軌道の鬼子だよ」

「鬼子？」そう言われても分からない。

「〝ブリッジ〟内で、ほかの物体と違う方向に動いてるやつを〝天邪鬼《アマンジャク》〟って言うんだ」

「ええと？」と頭を捻るがやはり分からない。

昇介はやっぱりね、という顔で説明を始めた。

「祖父《じい》ちゃんの蒼橋昔語《あおのはしむかしがたり》を聞いたでしょ？」

「え、ええ。あの方がまさか義勇軍の司令長官だとは思いませんでした」

「ただのスケベ爺《じじ》いだと思ってた？」

「いえ、そんなことは……」と返すロイスの頬が少し赤い。昇介は笑った。

「少しは思ったってことか。ま、そんなことは今はいいや。あの話の中で、〝ブリッジ〟がどうやって出来たか聞いたでしょ？」

「ええ、今は蒼雲《あおのくも》になってる矮《わい》惑星がぶつかったんですよね？」

「そう。だから〝ブリッジ〟を形成してる岩塊《ヤマ》は、弾き飛ばされた方向のまま衛星軌道に乗ったわけ。みんな同じ方向に動いてるんだよ」

「ええと」と、ロイスは想像してみた。砂山を蹴っ飛ばせば、砂は蹴った方向に飛ぶ――そういうことらしい。

「なんとなく分かります」というロイスの返事を聞いて昇介は頷いた。

「〝ブリッジ〟の軌道速度は低いところでも秒速十数キロはあるんだ。慣性運動だから動いていても感じないけどね。だから違う方向に動いてる物体とぶつかったら大変なんだ。高速道路を逆走して来る車と衝突するようなもんだね」

ロイスはちょっと想像してみて身震いした。そんな目に遭うのは御免蒙《ごめんこうむ》る。

「でも、そんな物がどこから来るんです？」

「大部分は蒼雲の名残りだよ。砕けて飛び散った時に、何かの弾みで逆方向に行っちゃったやつがあるんだ」

「なるほど。じゃあそれが現われたんですね」と納得したロイスだったが、「ううん」と答える昇介の表情は硬い。

「そいつらは二〇〇年かけて軌道データを蓄積してるから、来る時期は予想出来るんだ。でも、今回は原因が〈紅天《こうてん》〉だからね」

「え？　〈紅天〉？」――なんでここで〈紅天〉の名前が？　とロイスは首を捻る。

それに構わず昇介は核心に触れた。

「さっき見た〈紅天〉の軽巡航艦は、〝ブリッジ〟に進入するために、ミサイルで邪魔な岩塊《ヤマ》をぶっ壊したんだ」

「え？」ロイスの反応は鈍い。

――それは、戦争なんだからそれくらいするだろう、と思っているような顔だ。

そんなロイスを見て、昇介は少し考え、コンソールを操作した。

「これを見て」便乗席のモニタに、緊急通信とタイトルされた文書が表示されていく。

「何？」口の中で声を出しながら文書を追うロイスの表情が、少しずつ強張《こわば》っていく。


……紅天艦隊は軌道進入の障害になる八七個の岩塊を破砕した。それによって生成された岩片は、最大で直径二〇～三〇ｍ程度。数は一㎝程度の物まで含めれば一〇万個以上と推測される。

岩片の大部分は〝ブリッジ〟の南極方向に向けて飛散し、惑星・蒼橋《あおのはし》を巡る帯状の傾斜軌道に乗った。

爆砕時に〝ブリッジ〟全体の運動方向と逆方向に力が加わったため速度が落ち、急速に低軌道に遷移《せんい》している。このまま遷移しつつ周回を続け、一週間程度でM区の軌道と交差し、そこの岩塊と衝突して吸収されると考えられていた。

しかし、岩片帯の一部の軌道が〝踏鞴山《たたらやま》〟と交差する可能性が出てきた。蒼橋義勇軍はこの岩片群を〝天邪鬼《アマンジヤク》〟と認定する。

この通信の時点をもって、過去に出されていた指示命令はいっさい凍結される。蒼橋義勇軍全軍は〝天邪鬼《アマンジヤク》〟迎撃体制に入れ。尚《なお》、交差予想時間は六三時間後。……

ロイスは蒼白な顔で昇介に向きなおった。

「たしか――〝踏鞴山《たたらやま》〟には三〇〇個以上の衛星があって、二〇万人以上が住んでいるんですよね？」

昇介が軽く頷く。

「そう。あそこに〝天邪鬼《アマンジヤク》〟が突っ込んだら大変なことになるんだ」

ロイスはようやく合点した。

「だから総動員……」

「ああ、本番さ。やっと仕事だよ」

「え？　〈紅天〉との戦争は？」驚いたロイスがぽかんとする。

「あれは余技《オマケ》」

そう言い切って、蒼橋義勇軍中尉、滝乃屋昇介は正面に向き直った。

「なんでぼくたちが八二年間も蒼橋義勇軍を維持し続けて来たと思う？」

突然何を？　と思ったものの、ロイスはそのただならぬ様子に口籠《くちごも》った。

「それは〈紅天〉と……」

昇介が背中で微笑《ほほえ》む。

「それはそう。でも、〈紅天〉憎しだけでそんなに長い間続くと思う？　ぼくの祖父《じい》ちゃんが生まれる前からだよ」

「え？」そう言われてロイスは悩んだ。確かに〈蒼橋〉はいわゆる圧制や弾圧を受けているわけではない。その中で抵抗組織を維持するのは大変だろう。

「一七〇年前、〝天邪鬼《アマンジャク》〟――まだこの名前は付いてなかったけど――が原因で大事故が起きたんだ」

振り向いた昇介がこれまでにない静かな口調で話し始める。

「衛星が一つ全壊して、二五〇人いた職員の中で三人だけが生き残ったんだ。この時の生存者の中の一人が、再発を防ぐために賛同者を募って〝ブリッジ〟の岩塊《ヤマ》の軌道データを集め始めたんだ。

当時はみんな〈紅天〉系の企業に雇われた技術者だったから、企業の枠を越えたデータの共有が実現するまではいろいろ大変だったみたいだけど、ちょうど蒼雲驟雨《シャワー》も近付いていたんでデータはなんとか集まった」

「蒼雲驟雨《シャワー》？　どこかで聞いたような……」頬に指を当てるロイスを見て、昇介は少しあきれた様子で微笑んだ。

「祖父《じい》ちゃんの蒼橋昔語《あおのはしむかしがたり》を記事にしたんでしょ？」

「――え？　あ？　あっ、そうです。覚えてます。二番惑星群・蒼雲《あおのくも》の影響で、岩塊《ヤマ》が落下するって現象ですね」

昇介はにっこり笑った。

「そうそう。でも落っこって来るのはランダムじゃなくて、ちゃんと物理法則に従ってるから、ちゃんと計算すれば、どれがどこに落ちるかは分かるんだ」

「なるほど。そのためにデータを？」

「うん。集めたデータのおかげで、その時の蒼雲驟雨《シャワー》の被害は少なくてすんだ。そうやって何回かやり過ごしたんだけれど、その内、警報を出して避難させるだけじゃなくて、もっと積極的に迎撃できないか？　って声が出てきた。

低軌道から落下する岩塊《ヤマ》を上手《うま》く砕けば、蒼橋の大気圏内で燃え尽きさせられるからね。

でもこれは上手くいかなかった。当時の採鉱艇は全部〈紅天〉が持ってたから、〈蒼橋〉の自由にはならなかったんだ」

何故昇介が今になってこんな話を始めたかは分からないが、声の調子からするとかなり大事なことらしい。ロイスは少し身構えて話を合わせた。

「〈紅天〉にとっても有益でしょうに、何故協力しなかったんでしょう？」

昇介の口調はどこか苦い。

「なにしろ、三二年と八ヵ月に一度だからね。〈紅天〉から来る偉いさんで、任期の最中に蒼雲驟雨《シャワー》に遭うのは何人かに一人だし、その一人だってわざわざ自分の任期を使って対策なんてやらないよ。儲けにならないし、対策の恩恵を受けるのは自分じゃなくて、何代か後の担当者なんだからね」

「そうか……でも何かことなかれ主義で情けないですね」

「それが〈紅天〉が嫌われる一番の理由なんだけど、それは今はおいといて」

と、昇介は目の前の何かをどかす仕草をして話を続けた。

「でも、〈蒼橋〉の人間にすればそうはいかない」

「奥さんと子供ですね」ロイスが即答する。微笑んでいるのは音羽屋の娘、美鈴のホロムービーを思い出しているのかも知れない。

昇介も微笑んだ。

「旦那《だんな》さんと子供の場合もあるけどね。その頃から〈蒼橋〉の人口はぐんぐん増え始めていて、地表《した》に住む人も増えてたんだ。だから蒼雲驟雨《シャワー》だけでなく、どこから来るか分からない〝天邪鬼《アマンジャク》〟にも備えたいところだけど、〈紅天〉は自分の利益にならないことには凄《すご》く腰が重いからね。

岩塊《ヤマ》の軌道データをパイロットが共有するのさえいい顔をしなかったくらいだから、やっぱり自分たちで自由に使える艇《フネ》が必要だ、ということになって、紆余曲折の結果、自営採鉱師組合が出来たんだ。それまでに軌道データが揃っていて、H区での採鉱の目処がついていたから踏み切れたんだよ。」

ロイスは記憶を探った。

「それが八二年前ですね？」そこまで言って、ロイスは「あ」と声を上げた。

「じゃ、じゃあ蒼橋義勇軍は蒼雲驟雨《シャワー》や〝天邪鬼《アマンジャク》〟に対抗するために出来たんですか？」

「そういうこと。初めから自営採鉱者組合は、〈蒼橋〉を襲う脅威が現われたら蒼橋義勇軍になるという前提で始まったんだ」

ロイスは昇介の言葉を改めて噛み締めた。

「組合と義勇軍は同じ物なんですね……。あ、そうすると〈紅天〉はなんなの？」

「さっきも言ったけど余技《オマケ》さ」

と、昇介はあっさり告げた。

「五〇年ぐらい前から〈紅天〉が〝天邪鬼《アマンジャク》〟や蒼雲驟雨《シャワー》以上の脅威になって来たから、対〈紅天〉戦の準備もしてたってだけ。脅威から〈蒼橋〉を守るのが蒼橋義勇軍だからね」

そう言って昇介がモニターに視線を戻した頃――。


蒼橋の衛星軌道に遷移中だった、第一〇八任務部隊旗艦・ユリシーズ級軽巡航艦《プロテウス》も蒼橋義勇軍の発した総動員令を受信していた。

全周波数帯のモニタは遠征時の基本だが、混信防止用の最低限のスクランブルしか掛っていなかったそれはただちに解読され、一読したムックホッファ准将は「予想が外れたな」と小さく呟《つぶや》いて、幕僚を司令部用CICに召集した。

情報を整理している幕僚たちを見ながら、〈蒼橋〉で起きている事態を脳裏に描いた。

――〝天邪鬼《アマンジャク》〟か。紅天艦隊も罪なことをする。

と、参謀長のアフメド中佐が発言を求めた。情報をまとめ終わったらしい。准将の許可を得て話し出す。

「蒼橋義勇軍が総動員令を出し、〈紅天〉との戦闘を一方的に停止して、IO《Irregular Object》――〈蒼橋〉では〝天邪鬼《アマンジャク》〟と呼ぶらしい――の迎撃体制に入った。蒼橋評議会は非常事態宣言を出したが、紅天艦隊はまだ反応していない――む、これは？　航法担当、報告を頼む」

「はい」と航法と索敵を担当する参謀が最新の情報をリアルタイムで読み取り、要約する。

「〝ブリッジ〟の各所から採鉱艇らしき機体が傾斜軌道に乗っていきます。数は現時点で五〇〇以上、増加中です」

「五〇〇？」

「多いな。四分の一か」

「いや、まだ増えてる。どこに向かってるんだ？」

「まだ分からんな。もう少し観測しないと……」

なし崩しに自由討議に入りかけたが、准将が軽く頷くのを確認して参謀長は手早く話をまとめた。

「なお、IO《Irregular Object》の原因が紅天艦隊の長射程ミサイルであることはほぼ間違いない。以上です」

准将が口を開く。

「蒼橋の衛星軌道に同期するまで最大戦速でどのぐらいかかる？」

航法担当の参謀が打てば響くように応《こた》える。

「軽巡航艦二隻だけなら七〇時間です。艦隊全艦だと一〇〇時間以上必要です」

艦隊の速度は一番遅い艦の速度と同じだから、これは仕方ない。

「分かった、《プロテウス》と《テーレマコス》の二隻で先行する。

それ以外の艦艇は各自の最大戦速で〝ブリッジ〟最外縁軌道に向かえ。最初に到着した艦を標定艦として集合。指揮は標定担当艦の艦長が代行せよ」

参謀長が、驚いて聞き返す。

「艦隊を解体するんですか？」

「艦列を組んでいては時期を逸する。次、通信――」

発：東銀河連邦宇宙軍蒼橋平和維持艦隊第一〇八任務部隊司令官ムックホッファ准将
宛：蒼橋評議会及び蒼橋義勇軍司令部
本文：貴星系の状況把握。救援及び支援のため、これより衛星軌道に接近する。必要な物資等あれば連絡を乞う。尚《なお》、必要ない場合はその旨《むね》明言されたし。本文終了。現在位置と予定している軌道要素を添付。

「――以上を高次空間通信《HDSN》で蒼橋に送れ。CC《カーボンコピー》は、《サンジェルマン》と連邦宇宙軍本部だ」

と、そこまで矢継ぎ早に命令を下した准将は、ふっと表情を緩め、柔らかな声で訊《たず》ねた。

「非常事態宣言の内容は？」

自由討議の開始だ。

「警察軍及び義勇軍所属以外の船舶の航行禁止、一般帯域の使用自粛が主です。蒼橋地表では禁足令が出て出入り口が封鎖されました」

「非常事態宣言？　まだ出ていなかったのか？」

「戦争してたんだろう？」

「〈蒼橋〉は何を考えているんだ？」

「紅天艦隊より〝天邪鬼《アマンジャク》〟が重大ということか？」

話し合う内に、ことの重大さが徐々に認識されて来る。

「総動員令から、作業艇の移動が確認されるまでどのぐらいだった？」

「最短で七分ですね。最初の一〇分以内に三〇〇隻以上が確認されています」

「一〇分で三〇〇隻？　それは凄《すご》い」

「岩片群が発生した時から追跡してたんだな。で、衝突が確実になった時点で〝天邪鬼《アマンジャク》〟認定して総動員令を出した」

「あらかじめ軌道が分かっていれば、作業艇の方の計算も早くすむ」

「しかし素早い。地方の星系軍顔負けだ」

「ずいぶん手慣れているが、過去に迎撃の例はあるのか？」

「えーと――一七〇年前に大被害が出てますね。衛星一基が全壊。死者二四七名、負傷者三名です」連邦航路局の事故記録を検索したらしい参謀が答える。

「以来、〈蒼橋〉は警戒態勢を強化した模様です。以後七回の襲来がありましたが、大きな被害は出ていません。一番最近は二三年前です」

「二、三〇年に一度ということか。慣れているのも当然だな」

「しかし、今度は数が多い。防ぎきれるか？」

「分からん。われわれなら主砲で迎撃できるが、〈蒼橋〉に長射程兵器はない」

「紅蒼相互安全保障条約か。〈紅天〉は本当に碌《ろく》なことをしないな」

「そうだ、紅天艦隊はどうしてる？」

「落ち着け。連中は蒼雪《あおのゆき》の衛星軌道上だ。まだ義勇軍の総動員令は届いていない」

蒼橋跳躍点のさらに外側にある蒼雪と蒼橋の間は現在、電波でも三時間以上必要な距離にある。あと半年すればたがいの公転周期の違いからこの距離は三分の二に縮まるが、今は一番遠い時から距離が縮まり始めたところだ。

「そうか、そうだったな」と、その参謀が頭をかいた頃――。


紅天艦隊司令長官アンゼルナイヒ中将は憮然《ぶぜん》としていた。

蒼雪の衛星軌道上の旗艦《テルファン》の艦橋に第一衛星からの報告が入ったところだ。

「設備の検査終了しました。異常はありません。補給開始まで四時間の予定です」

声に疲労の色が濃い。

「分かった。ご苦労だった」

そうねぎらった後、カフを切って小さく舌打ちする。

第四惑星・蒼雪《あおのゆき》はガス惑星であり、地表面は存在しないが、六個ある衛星の第一衛星に推進剤《アイス》製造施設がある。〝ブリッジ〟にとって必要不可欠な推進剤《アイス》の一手製造元であり、正式名称を〝蒼雪推進剤製造所〟という。

だが、そんな堅苦しい名前より、周囲を氷と雪が混じった平原に囲まれた様子そのままの〝霙山《みぞれやま》〟のほうが通りがいいのが〈蒼橋〉という星系《ほし》だった。

その〝霙山《みぞれやま》〟は現在、紅天艦隊の占領下にある。

占領自体は簡単に終わった。要員が全員退去していたからだが、問題は施設の制御システムが初期化されていたことにある。

ただ〈蒼橋〉も鬼ではなかった。システムを収めたPACはなかったが、システムの内容をプ、リ、ン、ト、ア、ウ、ト、し、た、文書が山積みになっていたのだ。これを入力すればシステムは再起動する。

話を聞いた艦隊のシステム担当者は絶句し、〈蒼橋〉を呪った。〈蒼橋〉の連中は確かに鬼ではない。悪魔、それも大悪魔だ。

小さな教室一つ分もある部屋に詰め込まれた文書を整理し、片端からAI《人工知能》支援のOCR《光学読取装置》で読み込み、入力する——すべての作業が終わり、今やっとシステムが起動したところなのだ。

「後一日は動けないな」そう司令長官が独りごちた時、〈紅天〉の参謀本部から高次空間《HDS》通信《N》が入った。

読み進むうちに、司令長官の表情が複雑に歪む。

――あれがこんなIO《Irregular Object》になったか。砲術参謀の話を聞いた時は眉唾だと思ったが、やってみるものだな……。

だが、まさに奇貨居《きかお》くべしというやつだ。これでもう、連邦との儀礼的な非難のやり取りは終わりだ。

司令長官は凄絶な笑みを浮かべると、従兵が運んできたパック入り飲料に口を付けた。〈豊葦原《とよあしはら》〉原産のコーヒーは苦みはきついが酸味が薄く後口が良い。

――〈豊葦原〉も〈蒼橋〉も、〈紅天〉と共にあることで栄えてきた。それは彼らも承知していたはずだ。それなのに今の状況になった裏には必ず何かがある。今後の禍根を断つためにも、慎重に動かねばなるまい……。

その一方で、ロケ松は走っていた。

「いってえその〝天邪鬼《アマンジャク》〟ってのは、なんなんだよ？」

「いいからラ、こっチこっチ」

そう手招きする沙良《さら》に導かれて、ロケ松は〇・六Gに調整された〝葡萄山《ぶどうやま》〟の通路を跳ねるように進む。

見れば通路に並んでいるメンテナンス用ハッチの一つに潜《もぐ》り込んだ沙良が顔を出している。

「ちょっと狭いからラ、気を付けなヨ」

と言われた時にはすでに、眼から火が出ていた。

ハッチの入り口にパイプが突き出ていたのだ。頭をぶつけて涙目になるロケ松を無視して、沙良は奥に進む。なにやらごそごそしていたと見るうちに、突き当たりがぽっかり開いた。

突然大勢の人間が会話するざわめきが耳を打つ。

「ここだヨ」と沙良に招かれて顔を出したロケ松の目がまん丸になった。

「お、おい、こりゃあ……」

目の前に小さな体育館ほどの四角い空間が広がっている。床はメッシュ状になっていて、下にも部屋があるらしい。

所狭しと置かれたコンソールには大勢のツナギ姿の男女が付き、ヘッドセットでやりとりしているざわめきが部屋全体に充満している。

と、中央の一段高い一角で人垣に囲まれていた一人が顔を上げた。

「よぅ、来たな」

蒼橋義勇軍司令長官、滝乃屋仁左衛門《たきのやにざえもん》だ。

手招きに従って傍に寄ったロケ松を、仁左衛門が周囲の人間に紹介する。

「こいつがいま話した連邦宇宙軍の素人間諜《しろうとかんちょう》、熊倉大尉だ。おれの客分てぇことにするから失礼のねぇようにな。おっと、こっちの面子の紹介はあとだ。大尉さんはここに来な」

と、いっせいに開きかけた周囲の人間の口を無理矢理塞《ふさ》いで、仁左衛門は奥にあったコンソールの一つにロケ松を導いた。

仁左衛門が「悪ぃ、ちょっと空けてくれや」と、そこに座っていた女の子の尻をぽんと叩く。女の子は軽く睨《にら》んだが、素直に席を空けた。いつものことらしい。

「おい、親爺《おやじ》、説明頼むわ」

周囲の好奇の目にさらされて落ち着かない気分のロケ松の肩がぽんと叩かれ、確かに親爺としか言いようのない男が彼をコンソールに誘った。

「蒼橋義勇軍参謀長のシュナイダーです。階級はいちおう大佐ということでよろしく」

胸と肩に濃紺の地に金の星が三つ入った徽章を付けている。

そう言われて慌てて敬礼しかけたロケ松を、シュナイダー参謀長が笑いを含んで止めた。

「義勇軍では敬礼はなしです。階級も飾りみたいなもんですからお構いなく。で、〝天邪鬼《アマンジヤク》〟についてはどこまでご存知です？」

そう言われてロケ松は憮然《ぶぜん》とした。

「どこまでも何も、飛び込んできたそこの小娘に、大変だョ〝天邪鬼《アマンジャク》〟が出た、って言われて、引っ張って来られただけで何が何やら……」

そう言われた沙良はロケ松を睨んでイーッとしている。小娘と言われたのがお気に召さないらしい。

「それは災難でしたね、〝天邪鬼《アマンジャク》〟というのは……」

と、空いたコンソールに付いた参謀長が、データを表示しながら話し出す。

簡潔にして要領を得たその説明を受けて、ロケ松はようやく納得した。

「〈紅天〉のやつはとんでもねぇことをやりやがったんですね。こいつはえらいことだ。

じゃあここの皆さんはその……」

「ええ、〝天邪鬼《アマンジャク》〟迎撃の準備をしてるところです」

「それはいいが……」とロケ松は室内を見渡した。

「ここは何です。なんで保養センターの中にこんな設備が……」

と、沙良が口を挟んだ。

「ここハ、蒼橋義勇軍の戦闘指揮所だョ。シーアイシーって言うんだョ」

「いや、CICくらいは知ってるが……そんなものがなんでここにあるんだ？」

と参謀長が沙良の頭を掌《てのひら》で押さえた。

「こら、ちょっと黙ってなさい。おまえが出ると話がややこしくなる」

くるりと後ろを向かされて「分かったヨ」とふくれた沙良をおいておいて、親爺参謀長が説明する。

「〈蒼橋〉には四〇年ほど前に衛星の建設ラッシュがありましてね。そのどさくさに紛れて、〈紅天〉が気づきかけてたこいつを、元の軌道から引っ張って来たんです。〝葡萄《ぶどう》山《やま》〟で住人が勝手にブロックを増設してたのに紛れたんですが、ここが選ばれたのにはもう一つ理由があります。気が付きませんか？」

と参謀長が室内を指した。ロケ松が「はて？」と見渡せば、コンソールに付いているオペレータの中にかなりの比率で老人が混じっている。若い連中もどこかで見た顔だ。

「もしかして……」

「ええ。ここにいるのはみんな、保養センターの住人と職員です。組合のOBはそのまま義勇軍のOBですからね。作業艇《ふね》に乗れなくなったベテランの、もう一つの人生というわけです」

すまして言う参謀長の言葉に、ロケ松は心の中で頭を抱えた。

――とんでもねぇことを考えやがる。爺《じい》さん婆《ばあ》さんたちと看護スタッフがCIC要員かよ。

感心すべきか馬鹿にすべきか悩んでいるロケ松の様子をおもしろそうに見て、参謀長は言葉を継いだ。

「で、実は彼らをCIC要員にしたのにはもう一つ切実な理由があるんです」

「切実な理由？」

「さっきも言ったように、蒼橋義勇軍の階級は飾りみたいなもんです。ご存知のとおり、交戦法規に則った正規の義勇軍には明確な指揮命令系統が必要です。だから一応付けたんですが、実際には物の役には立たない。職業軍人みたいな訓練を受けてませんし、受けさせている時間もない」

　これは職業軍人であるロケ松には良く分かる話だ。

　素人を軍人に仕立て上げる時に一番大変なのは、軍隊の階級差は人格の差でも能力の差でもなく、命令を効率的に実行するために存在する――という基本的な認識を叩き込むことだ。人を集めて階級を割り振っただけでは軍隊にならないのは当然だった。

「ですから、単純な階級より有効な方法を採用したわけです。星の数より飯の数（軍隊では階級を示す星の数より、飯を食った数〔経験〕が物を言うという例え）――ってやつです」

「なんですって？」訊き返すロケ松に、親爺《おやじ》参謀長が近くのコンソールを示す。

　何かトラブルがあったのだろう。爺《じい》さんオペレータが怒鳴っている。

「うるせえ、ナマ抜かすんじゃねぇ。口動かす前に手ぇ動かせ、この顎《あご》職人が」

　ロケ松は首を捻った。「顎職人って何です？」

親爺参謀長が苦笑する。

「手よりも口が達者な頭でっかちの職人のことです。わたしも昔は散々言われました」

ロケ松はぽかんとした。

「――つまり、生意気な若いもんに言うことを聞かせるには、年寄りが雷を落とすよりねぇってことですか？」

「そうです。今のところ上手くいってます」

「なるほどねぇ」と腕を組んだロケ松は、〈蒼橋〉に来たばかりの時に整備ハンガーで見た物を思い出した。

――そうか、あの新品のアンテナは、ここと通信するための物だったんだな……。にしてもさすがに准将の読みは深ぇや。こんなところ《ぶどうやま》にＣＩＣがあるなんて、まともな方法で探ってたら絶対分からねぇ……あれ？

そこまで考えて、ロケ松は肝心《かんじん》なことを思い出した。

「それはいいが、ここは義勇軍の中枢でしょう？　おれみたいな部外者《よそもの》に見せていいんですかい？」

「そのことよ」と仁左衛門が割って入る。

「いくら連邦宇宙軍が騎兵隊でも、ここまで見せるつもりはなかったんだが、事情が事情だ。見な」

仁左衛門がコンソールを素早く操作すると、〝天邪鬼《アマンジャク》〟迎撃のシミュレーションが表示された。

惑星・蒼橋の北極方向から飛来した紅天艦隊の長射程ミサイルが、〝ブリッジ〟のH区で炸裂する。砕かれた岩片は、それまでの軌道運動のベクトルと、炸裂によって付加されたベクトルが合算された方向と速度で飛び散るが、衛星軌道を脱出するほどの速度はないので、惑星・蒼橋を南極方向からひとまわりして北極方向からH区を襲う。

長い紡錘状の集団になった赤い光点群がいくつも、H区の斜め上から降って来る。大部分は〝踏鞴山《たたらやま》〟と表示された青い光点群とは離れた場所でH区を通過するが、一本の長紡錘形がH区を通過し続けるうちに、軌道上を動き続けていた青い光点群と交差した。

そこで表示を止めた仁左衛門が解説を入れる。

「今のが迎撃しなかった時のコースだ。六二時間後に〝踏鞴山《たたらやま》〟にかなりの岩塊がぶつかって、あそこの衛星の半分以上がやられる。で、こっちが今考ぇてる迎撃が成功した時の状況よ」

コンソールに同じ状況が再現されるが、接近する赤い光点の長紡錘形に、ブリッジから伸び上がった無数の黄色い輝線《きせん》がまとわりついていき、長紡錘形の後ろ半分が徐々にほどけ出す。その部分が青い光点群に接近する頃にはかなりまばらになっていて、青い光点群の間をすり抜けていく。

「見たとおり、大物は避けられそうだから、なんとかなるだろう。H区の軌道データが台なしになるのと、衛星が穴だらけになるのは覚悟するよりねぇがな」

ロケ松は顎を撫《な》でた。

「まぁ、准将の艦隊ならそのくらいは主砲で蹴散らせるでしょうが……」

と、仁左衛門はあっさり首を振った。

「いや、そういうことじゃねぇんだ。さっき評議会に連邦の艦隊《きへいたい》から連絡が入ったが、あの位置じゃ最初の衝突には間に合わねぇ」

仁左衛門の言葉がロケ松の耳に引っ掛かった。

「最初？」——まさか……。

「ああ。最初の集団が通り過ぎた後、小さな塊がいくつも続いてやがる。いま解析中だが相当バラけてるからほかの衛星も危ねぇ。それに〝踏鞴山《たたらやま》〟は外れても〝ブリッジ〟内の岩塊《ヤマ》にぶつかる〝天邪鬼《アマンジャク》〟がかなりあるから、新しい〝天邪鬼《アマンジャク》〟も相当湧《わ》くだろう。こいつらをなんとかして欲しいのよ。こちとらは第一陣の相手で手一杯だからな」

モニタにレンジを広げてタイムスケールを加速したシミュレーションが映る。

最初の〝天邪鬼《アマンジャク》〟群が通り過ぎた後、小さな集団がH区を襷がけに横切るように通り過ぎていく。青い光点で示された〝団子山《みたらし》〟や航路局のレーダーサイト等の重要施設の至近を通る物もいくつかあるようだ。

「なるほど」と、ロケ松はタイムスケールを確認して合点した。

「このくらいあとなら准将の艦隊も充分間に合う。でも、〝踏鞴山《たたらやま》〟は本当に大丈夫なんですかい？」

親爺参謀長が補足する。

「建設連合の連中が気張ってくれているおかげで、居住区の強化はなんとか間に合いそうだ。連中の腕は確かだから信用していい」

ロケ松は安心して胸を叩いた。

「ようがす。そういうことなら力になりましょう。データをもらえますか？」

「もちろんだ。このコンソールに細けぇことは全部へえってる。全部預けるからあんたの大将に頼んでくれ」

では、と、そのシートに付いたところに、「はいヨ」と香茶のパックが現われた。

見れば頭の上のお盆にパックを山積みにした沙良が笑っている。

「お。ありがてぇ」とお礼を言う間もなく、沙良はお盆を頭の上に載せたまま、コンソールの間を器用に縫ってオペレータたちにパックを配り始めた。

――〈蒼橋《ICC》〉に来ていろいろなものを見たが、考えてみれば一番の謎はあいつだな。何であんな小娘がこんなところに出入りしてるんだ？

そんなことを考えながらパックを開けたロケ松の口中に、鮮やかな香茶の香りが広がった。

連邦宇宙軍平和維持艦隊旗艦《サンジェルマン》の艦橋に馥郁《ふくいく》たる香りが流れる。

司令長官、キッチナー中将が艦橋の自席で午後の茶を楽しんでいるのだ。

オペレータたちも自席で楽しんでいるのだろう。香りは艦橋に溢れている
「いい香りだ」

そんなどこか弛緩した空気の中で、参謀長がぽつんと訊ねた。

「〈蒼橋〉が大変な時に、こんなことをしていていいんでしょうか？」

司令長官は薄く微笑んだ。

「われわれが動かないから紅天艦隊も動けない。ここで待つのがわれわれの仕事だよ」

14　本番

「どうやら一番乗りみたいだよ」

傾斜軌道の頂点より手前で回頭し、飛来する〝天邪鬼《アマンジャク》〟が進む方向へ加速を始めた《播磨屋四號》のコクピットで、滝乃屋昇介《たきのやしょうすけ》がモニタを確認してほっとしたように告げた。

「ええと……」と、便乗席のロイス・クレインがこめかみに指を当てた。

「これから後から追い付いてくる〝天邪鬼《アマンジャク》〟に抜かれないように加速して、速度を合わせる——理屈は分かるんですが、何か面倒ですね」

「軍艦みたいに機動性が高ければ、〝天邪鬼《アマンジャク》〟のところまでバーッと飛んでいって、グッと減速して向きを変えて、ダーッと速度を合わせて接近できるけど、軌道作業艇でそれをやるのは無理なんだ。エンジンの力も足りないし、推進剤《アイス》も足りない。ぼくらには最初にダッシュして傾斜軌道に乗った後、〝天邪鬼《アマンジャク》〟に一番近いところでUターンするこの方法しかないんだよ」

身振り手振りで二つの航法の違いを説明する昇介は少し悔しそうだ。

「でも、ロイス姉ちゃんは作業艇に乗ってて正解だと思うよ。軍艦だと三Gとか四Gの加速を平気でかけるからね」

「それ、聞いたことありますけど、ホントの話なんですか？」

「ホントにホントだよ。〝団子山《みたらし》〟を取りに来てやられた例の軽巡航艦なんて、三G加速を四時間続けたらしいよ——まぁ、その甲斐はなかったんだけどね」

「何か可哀相」そうぽつんと漏らしたロイスに、昇介は笑いかけた。

「ロイス姉ちゃんは優しいなぁ。でも一歩間違えてたら可哀相なのはこっちだったんだから、気にすることはないよ。誰も死ななかったんだし」

「そう——そうですよね」と、微笑《ほほえ》んだロイスに、昇介が正面のモニタを指した。

　コクピットの全周を覆うモニタがいくつかに分割表示されていて、その一番大きい面に無数の輝線《きせん》が表示され始めている。

《播磨屋四號》を示す逆J字形の輝線の下に、同じような逆J字型がどんどん増えていき、昇介がスケールを変更すると、そのさらに下で無数の輝線が伸び上がって来るのが分かる。

「凄《すご》い……あれ全部作業艇なんですか？」

「うん、一番上にいるのがぼくと同じ〝旗士〟だね。その後少し遅れているのが〝発破屋〟の連中」

「音羽屋さんたちですね」

「そうだよ。爆薬をいっぱい積んでるからどうしても遅いんだ。で、その後に〝車曳き〟と〝露払い〟が来る。ここから〝踏鞴山《たたらやま》〟までの間に何段にもなって待ち受けて、交代しながら迎撃するんだ」

「なるほど。でも、どれから始めるとかは誰が決めるんです？」

ロイスの疑問に、昇介が短く答えた。

「ぼくだよ」

あっさり言われてロイスはぽかんとした。

「え？　中尉って、そんなに偉いんですか？」そう訊《き》かれて昇介は苦笑した。

「ぼくみたいな〝旗士〟はこういう時、管制役になるんだよ。積んでるレーダーやセンサーのレンジがほかの艇《フネ》より格段に広いからね」

「でも、それを見て、少佐の音羽屋さんや中佐の播磨屋さんに指図するんでしょう？」

「もちろん、それが管制役の仕事だからね」

「階級の下の人が、上の人に命令していいんですか？」

昇介は少し困った。階級と役割は別なのだが、ロイスには良く分からないらしい。

「なんと言えばいいのかな――そだ。ロイス姉ちゃん。駐車場知ってる？」

「駐車場？　知ってますけど？」なんの話だろう？

「連邦宇宙軍の駐車場に、司令長官専用車が入って来て、二等兵の警備員が駐車区画を指示した――これって、上官に命令したことになると思う？」

「ええと……」とロイスは首を捻った。

「ならないんだよ。二等兵は車を案内しろって命令を受けてて、専用車の運転手は指示に従えって命令を受けてるから、それを実行しただけなんだ」

「なるほど。分かったような分からないような……」ロイスはまだ首を捻っている。

「階級と役割は別なんだよ。ぼくたち〝旗士〟は管制しろって命令を受けてて、播磨屋の大将たちは管制に従えって命令を受けてるだけさ。ぼくが勝手にやってるわけじゃないんだよ」

「命令？　そんなのいつ受けたんです？」

「総動員令さ。蒼橋《あおのはし》義勇軍にはいろいろな動員パターンがあって、〝天邪鬼《アマンジャク》〟迎撃は一番大規模なんだけど、そのパターンごとに出る命令は事前に決まってる。それに従ってるんだよ」

「はぁー」とロイスは息を吐いた。そんな準備があったのか。手際がいいはずね。

「あ、班分けが決まったみたいだ。ぼくは……A班か。ええと全部で一二班――あれ？」

〝葡萄山《ぶどうやま》〟のCICから送られて来た指示をチェックしていた昇介が何かに引っ掛かったらしい。

「どうしたの？」

「四班少ないんだ。全部で一六作るはずなのに。ちょっと訊《き》いてみる」

と、昇介はＣＩＣ直通回線を開いた。回線を開くと同時に《播磨屋四號》のＩＤが送信されるから前置きは必要ない。

「どうしたんだい？」応答したのはすこししゃがれたお婆《ばあ》さんの声だった。

「あの、全部で一六班じゃなかったの？」

「ああ、急だったから遅れてる艇《フネ》が大分あるんだよ。そっちの近くに着いたら新しい班を組むよ」

「うん、分かった。お婆《ばあ》さんのお名前はなんていうの？」

「あらいけない。言ってなかったね。あたしゃ等々力《とどろき》梅《うめ》っていうんだ。梅でいいよ。Ａ班の担当さ。これからそっちの管制区域を指定するからよろしく頼むよ」

迎撃は作業空域を立方晶形に八分割して班に割り振り、その一つをさらに細かな立方晶形に区切った一つごとに〝旗士〟を一隻配置する形で管制される。

〝旗士〟は担当する空域から動かないが、ほかの艇《フネ》は作業状況に応じて移動し、移動した先の〝旗士〟の管制を受ける仕組みだ。最初の八分割に割り振られなかった班は、交代要員として待機する
「分かった。梅さんだね。こっちこそよろしく。で、始まるまでどのぐらい？」

「御隠居《ごいんきょ》の様子じゃそろそろだね。あんたたちが先陣だ。気張りなよ」

「うん、頑張る」

　と、回線を切る昇介を見て、ロイスがぽかんとしている。

「今の……お婆《ばあ》さんじゃありませんでした？」

「うん。乾葡萄《ほしぶどう》の梅さんだよ」

「ほしぶどう？」

「〝葡萄山《ぶどうやま》〟のオペレータは年寄りばっかだから、みんなそう呼ぶんだ。でも、当人の前で言っちゃだめだよ」

「は、はい。言いませんけど……〝葡萄山《ぶどうやま》〟って保養センターですよね？　なんでそんなところから指示が来るんです？」

　昇介は、あ、という顔になった。

「そか、まだ言ってなかったね。〝葡萄山《ぶどうやま》〟には義勇軍のＣＩＣがあるんだ」

「ＣＩＣ？　それ何？」

「後で説明するよ。ええとほかの皆は——音羽屋の小父《おじ》さんがＤ班で、大将は……」

　皆出発場所と速度がバラバラだから、一家ごとに集合するには時間がかかる。最初は近い艇《フネ》同士で組んで、交代する時に本来のグループが同じ班になるようＣＩＣが調節するのだ。

　と、ロイスがおずおずと訊《たず》ねた。

「成田屋《じんぺい》さんはどの辺にいるんでしょう？」

それを聞いた昇介がニヤリと笑う。

「気になる？」

ロイスはいきなり真っ赤になった。わたわたと手を振りながら何やらわめき出す。

「な、何の話です？　わ、わたしはそんな、そんなことはカケラも思ってません。ただ心配……、そう、遅れてるって言うからちょっと心配になっただけなんです。そ、そんなことより〝天邪鬼《アマンジャク》〟ですっ！　〝天邪鬼《アマンジャク》〟の話をしてくださいっ」

昇介はニヤニヤしながらコンソールを操作した。

「〝車曳き〟は推進剤《アイス》のタンクが大きくて重いから一番後になるけど、〝露払い〟も近くにいないといけないから……あれ？」

「どうしたの？」赤い頬を両手で押さえていたロイスが、不思議そうに小首を傾げる。

モニタを播磨屋一家の位置表示だけに切り替えた昇介は、ぽかんとした顔で振り向いた。

「甚平兄ちゃん、〝踏鞴山《たたらやま》〟にいる」

「え？」

成田屋甚平《なりたやじんぺい》がいる〝踏鞴山《たたらやま》〟は大小の工業衛星の集まりだ。

少し高軌道にある〝団子山《みたらし》〟で精錬した金属塊《インゴット》に様々な加工を施す施設であり、冶金、成型、加工等の様々な機能を分担する衛星を順に通過するうちに、単なる金属塊《インゴット》は元の何十倍、いや何百倍もの価値を持つ高価な製品に変貌する。

　扱うのが重量物なので、順に〝落とせる〟ように衛星を階段状に配置したいところだが、そうすると低軌道の衛星のほうが軌道周回周期が短いために、すぐに階段が崩れてしまう。仕方ないので、三〇〇を超える大小の衛星は同じ軌道上に格子状に配置されている。

　だから高軌道から見ると踏鞴の形に見える――というわけではない。〝踏鞴山《たたらやま》〟の名前は単に、金属精錬と冶金のイメージから自然発生した呼び名だ。

　とはいえ、〝高軌道鉱区工業衛星コロニー〟などという正式名称で呼ぶ人間がいないのはほかの〝山〟と同じなのは言うまでもない。

　その一角にある推進剤《アイス》ステーションで、甚平は途方に暮れていた。

「ここにもねぇってどういうことだよ！」

「だから、避難船に全部入れちまったんだよ。タンクはすっからかんだ」

　インカム越しの会話では埒《らち》が明かないと、直に乗り込んで来た甚平に詰め寄られて、推《ア》進剤《イス》ステーションの親爺《おやじ》が壁を指差す。

　管理室の壁面にゼロが並んでいる。全部タンクの容量メーターだ。

「タンクの隅に少しぐらい残ってるってことはねぇのかよ」

　親爺は憮然《ぶぜん》として答える。

がない。

「ないよ。艀《はしけ》用のガスや液体燃料《リキッド》ならあるがね」

衛星周辺を移動するだけの艀の燃料が、軌道作業艇の核融合噴射推進機関で使えるはず

「ああっもう、使えねぇステーションだな」

いきなり親爺の口調が変わった。

「何ぃ。結構なことを抜かすじゃねぇか。それなら今頃、こんなところでウロウロしてやがる手前ぇは何様だ？　義勇軍だかなんだか知らねぇが、やることがあるんじゃねぇのかよ！」

「だから推進剤《アイス》がなきゃあ、やることがやれねぇんだよ！」

「だから推進剤《アイス》はねぇって言ってるんだよ！」

二人は顔を真っ赤にして睨《にら》み合っていたが、そのうちないもので争っても仕方ないと気付いたのだろう。どちらからともなく目を逸らしてもごもごと言い始めた。

「……ん、まぁ、ねぇならしょうがねぇな」

「……ああ、おれもちょっと言いすぎた。すまねぇ」

「追加はいつ来るんだ？」

甚平が改めて訊ねる。親爺は口を曲げて答えた。

「それが、〝白熊山〟にゃ氷山が出来るくらいあるんだが、この〝天邪鬼《アマンジャク》〟騒ぎで足止め

さ。通り過ぎるまで動けねぇんだ」

〝白熊山〟の名で呼ばれる推進剤《アイス》センターはL区の〝簪山《かんざしやま》〟近くにある。もし高軌道にあったら、低軌道で推進剤《アイス》が切れた時身動きが取れなくなるからだが、高軌道にもこのステーションのように小規模な供給所はあり、定期的にタンカーで推進剤《アイス》が運ばれて来る。

ところが、非常事態宣言でそのタンカーが足止めされているのだ。甚平は改めて臍《ほぞ》を噛んだ。

「そうか。でも水はあるんだろ？　どっかで造れねぇのか？」

「馬鹿言うな。推進剤《アイス》ってのはナノメートル単位の氷の微細結晶だ。〈蒼橋《あおのはし》〉で造れるのは〝霙山《みぞれやま》〟だけだぜ」

「悪ぃ、言ってみただけだ」

甚平とて、〈蒼橋〉の住人である以上、そのくらいのことは知っている。

「艇《フネ》にはどのぐらい残ってるんだ？　そっちもすっからかんか？」

「まぁそうだ。あれで〝白熊山〟まで行こうと思ったら半年かかる」

そう聞いた親爺は、ちらりと気密窓の向こうに見える《播磨屋弐號》に目をやった。

「ならタンクの残りは一〇トンくらいか――」と、なにやら目をつむって考え、おもむろに答を出した。

「――確かにそれっぽっちじゃ、回頭して速度を合わせた頃には〝踏鞴山《たたらやま》〟の目の前だ。

〝天邪鬼《アマンジャク》〟を落としてる暇はねぇな」

「分かるのかい？」

「おれが何年この仕事やってると思う？　艇《フネ》を見れば、必要な推進剤《アイス》の量くらい分かる」

「そうか――しかし参ったなぁ。どうすりゃいいんだ……」

「なんでこんな羽目になったんだ？　メーター見てなかったのか？」

「そんな素人みたいな真似するかよ。動員がかかった時は例の紅天《こうてん》の軽巡航艦を監視してたんだが、じかに〝天邪鬼《アマンジャク》〟に向かうには残量が心許なかったんで、ここで補給しようと思ったんだ。それが裏目に出るとはな」

と、いかにも不本意そうに語る甚平だったが、実は原因は甚平自身だった。

〝団子山《みたらし》〟でやった腕比べで張り切りすぎ、推進剤《アイス》をかなり使ってしまったのだ。

だが、そんなことはおくびにも出さず、甚平は殊勝《しゅしょう》に訊ねた。

「こうなりゃ近くで迎え撃つしかねぇが、それまでただ待ってるってのも芸のない話だ。何か手伝えることはねぇか？」

そう聞いて、ステーションの親爺は手を打った。

「だったら、建設組合の連中が人手を欲しがってたぜ。このステーションを出て、航路《みち》を左に行った三つ目の衛星の角を左に曲がった二つ目だ。丸に鳶《とび》のでっかいサインが出てるからすぐ分かるぜ」

格子状に配置された衛星コロニーならではの道案内だ。

「分かった、行ってみるぜ。でけぇ声出して悪かったな。じゃ」

と、甚平がステーションの床を蹴ってエアロックに向かった頃――。


蒼橋義勇軍の戦いは始まっていた。

最終的に〝踏鞴山《たたらやま》〟の軌道と交差すると予想された〝天邪鬼《アマンジャク》〟の数は三五〇〇あまり。それに対抗する軌道作業艇の数は一五〇〇隻弱――ほかの五〇〇隻あまりは資材や人員輸送用で〝天邪鬼《アマンジャク》〟の相手は出来ない――なので、四隻一グループで当たれば一グループあたりの受け持ちは一〇個を超える。

もちろん、作業自体は普段の仕事と変わらない。

〝発破屋〟が動かすには大きすぎる岩塊《ヤマ》に取り付き破砕する。〝車曳き〟が岩塊《ヤマ》を動かし、〝露払い〟が障害物を排除する。それを管制するのが〝旗士〟だ。

とはいえ、これだけ多数の作業艇と同じ空域で作業した経験は誰にもない。隣のエリアで発破がかかれば岩片から退避しなければならないし、岩塊《ヤマ》を押した〝車曳き〟が通過すれば避けねばならない。

空域には怒号《どごう》と悲鳴が飛び交い、ＣＩＣの乾葡萄《オペレータ》たちがそれを懸命に宥《なだ》め、すかしつつ尻を叩く。それでも大事に至らなかったのは、彼らの心の中に〝これだけは外せない〟という採鉱師《やまし》の常識があったからだ。そして何度かの交代を済ませ、元のグループが同じ班に配属されるようになると混乱は徐々に収まり、効率が上がってきた。

――はずなのだが、その中で播磨屋一家は苦戦していた。

それまで一緒にやっていた〝露払い〟が、本来のグループがいる班に移るために抜けたところで、痛いミスが出た。《播磨屋壱號》が取り付き、逆噴射で軌道を逸らせていた岩塊《ヤマ》に、ひとまわり小さな岩塊《ヤマ》が追突したのだ。

「源さん、軌道がずれたよ」

《播磨屋壱號》の家内無線《ないせん》スピーカーで《四號》ランプが光る。

主噴射管の角度を変えながら播磨屋源治《はりまやげんじ》が吼《ほ》えた。

「分かってる。甚平がいねぇから小せぇのがぶつかったんだ。いま戻してる」

「交代はあと一五分で来るよ。どのくらいかかりそう？」

源治がちらりと傍らの大和屋小雪《やまとやこゆき》を見る。

「一三分で元の軌道と平行します。離脱まで三七分」

少し間があって昇介が心配そうに応答する。

「五分遅れるね。次のに取り付くのにぎりぎりだよ。尻持《ケツ》ち頼む？」

衝突のせいで軌道修正に時間を取られるから、このままでは次の岩塊《ヤマ》に移る時間が不足する。管制役をしている昇介は、次の岩塊《ヤマ》をあきらめて、別の管制区域のチームに任せるかどうかを訊《き》いているのだ。

源治が「いや」と口を開きかけた時、小雪の手がそっと源治の腕を押さえた。

「え？」と顔を向けると、モニタに目を向けたままの小雪が小さくかぶりを振る。

一瞬固まった源治だったが、そこはプロだ、自分でも無理なのは分かっている。

だが、「頼む」と昇介に告げた口調は苦い。

昇介の「了解」という声を聞いて、すっと手を放した小雪が、モニタを見たまま「すみません」と小さく告げる。

だが源治はそれに答えず、同じように前を見ながら訊ねた。

「何故おれが断ると思った？」

小雪の答えは小さかった。「下にいるのが越後屋さんですから」

図星を指されて一瞬唇を嚙んだ源治だったが、それでも前を見たまま静かに言った。

「謝るな。ナビがパイロットに助言するのは当たり前だ」

《播磨屋四號》の中で、昇介とロイスが「うわぁ」という顔を見合わせている。

顔を寄せたロイスがひそひそ声で昇介に訊ねる。

「播磨屋さん、家内無線《ないせん》が生きてるの忘れてるんですか？」

「みたいだね。小雪姉ちゃんやるなぁ」

「お似合いですよね」

「似合いすぎ。大将はきっと小雪姉ちゃんの尻に敷かれるよ」

「そうでしょうか？」

「ああいうタイプは旦那《だんな》さんをしっかり立てるけど、手綱《たづな》は放さないんだ」

「あれ、詳しいのね？　何か体験があるの？」

「……そ、そんなことないよ。死んだ祖母《ばあ》ちゃんがそうだったし、音羽屋さんの奥さんもあんな感じだし……」と、何故か少し赤くなった昇介を見て、ロイスがさっきの敵討ちと意気込んだ時、家内無線《ないせん》のスピーカーの《参号》ランプが光った。

「お二人さん、茜《あかね》のことは放っておいてください。そこに惚《ほ》れて一緒になったんですから」

いけない！　と口を押さえた二人の上で《壱號》ランプが光る。

「おいおい、何の話だ？」

「いえ、こちらの話ですからお気になさらないように」と、音羽屋は軽くいなすと、肝心《かんじん》の用件を告げた。

「発破の用意が出来ました。通知をお願いします」

「了解」と返した昇介は、その手でA班用一斉同報の回線をONにする。

「A一一三で破砕あり。一一四、一一五は注意」

岩片が通過する可能性のある空域に警報を出した昇介が「通知完了」と告げると同時に、「行きます」と一声あって、モニタに見事な枝垂れ柳が広がった。

〝天邪鬼《アマンジャク》〟の一つが、さーっという音がするような動きで開いていく。「綺麗……」とロイスが漏らす間もなく、その軌道を読み取った昇介がうなった。

「凄い、全部低軌道に遷移《せんい》していくよ。これなら大丈夫だ」

「それは結構ですが——やはり変ですね」

「ん？　何がだ？」

と、聞きとがめた源治に、音羽屋が言葉を継ぐ。

「この〝天邪鬼《アマンジャク》〟です。今のはやっつけですが、それなりに手間をかけたんで軌道が揃ってます。でも、こいつらはミサイルで破砕されたんですよ。もっとバラけててもいいはずです」

「ちょっと待ってて」そう割り込んだ昇介は、モニタのレンジを最大にして探知可能な範囲にある〝天邪鬼《アマンジャク》〟全体に再度高速スキャンをかけた。採鉱の時《しごと》に最初にやる手順で、重さと軌道要素だけが抽出される。

昇介はしばらく作業していたが、突然はっと顔を上げた。

「この〝天邪鬼《アマンジャク》〟の重量比は、もとの岩塊《ヤマ》全部を合わせた分の一〇％近いよ。変だよ、これ」

「やはり。破砕されたのが一個なら、ない話じゃありませんが、八七個ですからね」

音羽屋の言うとおり、ミサイルに直撃された岩塊《ヤマ》はミサイルの進行方向に破片を飛ばす。離れた位置で破砕された複数の岩塊《ヤマ》の破片が、一〇％弱とはいえグループ化するほど類似の軌道に乗るのは稀有《けう》なことだろう。

考え込んでしまった二人の上で《壱號》ランプが光る。

「分かった。確かに妙だ。ひょっとしたら〈紅天〉の連中はここまで読んでいたのかも知れねぇ――よし、上に伝えて……あっ！」

「どうしました？」

〈紅天〉と言われて、大事《でえじ》なことを思い出した。こいつも言っておかなくちゃだ」

「なんです？」

「いや、それこそこっちの話だ」

「そうですか」と音羽屋が返して播磨屋一家の臨時会議は終わり、昇介はロイスに向き直った。

「音羽屋の小父《おじ》さんの話、どう思う？」

「どうと言われても……」

「ごめん、分かんないよね」

そう謝られて、逆にロイスはふくれた。

「そのとおりですけど、そうはっきり言われるとおもしろくないです」

あらら。と、昇介は慌てて話題を変える。

「……にしても、甚平兄ちゃん何やってるんだろうなぁ」

甚平の名前が出たとたん、いっきにロイスの表情が曇る。

「そういえば連絡ありませんね」

——分かりやすいなぁ、と思いつつ、昇介は連絡がない理由に思いをめぐらせた。

最初に、「〝踏鞴山《ここ》〟から動けねぇ。そっちは任せる」という連絡があったきりなのは、やっぱり、ほかの採鉱師《ライバル》連中に聞かせたくない事情があるんだろうなぁ——と昇介が思った頃。

事情持ちの成田屋甚平はへばっていた。

いつもは資材運搬の艀が動きまわっているだけの〝踏鞴山《たたらやま》〟に、鮮やかなスーツの群れがいくつも取り付いている。建設組合に所属する〝宇宙鳶《そらとび》〟の連中だ。

〝踏鞴山《たたらやま》〟の衛星群は、〈蒼橋〉標準の岩塊を刳り抜いた物が多いが、そこはそれ、材料に不足しない場所だから、大部分は金属製の構造物を付加して拡張されているし、数は少ないが一から全部作った物もある。

岩塊部分は掘削するだけで部屋が出来るし、気密化も容易なので多くは居住部分に使われる。当然隕石衝突にも強いから、今回の〝天邪鬼《アマンジャク》〟騒動でも比較的安全と考えられているが、問題は金属製の衛星だ。

外鈑は一気圧に耐えれば良く、宇宙船のように加速の過重がかからないから骨組みも華奢《きゃしゃ》でいいし、重い機械を置くために強固な土台を用意する必要もない。通常なら良いとこずくめな衛星工場だが、〝天邪鬼《アマンジャク》〟相手ではすべて裏目に出る。

そんな一つ。複雑な枠組みと配管に覆われた、奇妙なオブジェのような工場の北極側(上)に、艀が曳《ひ》いて来た厚みのある金属塊《インゴット》を何人かが組になって静止させた。

「しかしもったいねぇなぁ。これ一個でおれの《播磨屋弐號《フネ》》が三隻くらいは買えるぜ」

と、〝宇宙鳶《そらとび》〟連に混じって手伝いをしていた甚平が、荒い息をつきながらぼやいている。

スーツのバーニアを吹かして押して来たから自分の力を使ったわけではないのだが、そこは素人の悲しさ、どうしても余分な力が入ってしまうのだ。

「いや、こいつは複層成型の特別仕様チタンだ。おまえさんのボロ船なら一〇隻買って、お釣りで〈豊葦原《とよあしはら》〉に別荘が買えるぜ」

くっつけたヘルメット同士の伝導音でそう冷やかしたのは、甚平が建設組合に顔を出したとたん、首根っこを掴むようにしてここまで引っ張って来た阿亀組《おかめぐみ》の頭《かしら》、番匠屋豊聡《ばんしょうやとよさと》だ。

播磨屋源治の古い知り合いで、甚平が顔を見せたら世話してくれるように頼んでくれてあったらしい。

赤線二本の頭《かしら》の印を肩から腕に流した、鬱金《うこん》色の〝宇宙鳶《そらとび》〟仕様スーツがぴしりと決まっている。肩に輝くのは濃紺に金の星二つの蒼橋義勇軍中佐の徽章だ。

ストで輸出が出来ないまま冶金工場の倉庫で眠っていた各種の金属塊《インゴット》を、〝天邪鬼《アマンジャク》〟の防弾鈑代わりに使うことを思い付いた張本人でもある。

確かに一個で一〇〇トンを超える物もある金属塊《インゴット》なら、大きな岩片でも押されるくらいですむ。衛星から距離を取って浮かべておけば多少動いても問題はない。

とはいえ、原料の鉄やチタンならともかく、ここで造っているのはジルカロイや抗張力モリブデン多重複合鋼などの高価な合金や複合材だ。いくら強固な材料でも〝天邪鬼《アマンジャク》〟がぶつかれば傷が付いて売り物にはならない。

「そりゃあサラッピンとは言わねぇが、あれでも性能はいいいんだぜ」

そう抗弁するものの、説得力はまるでない。

「分かった分かった、おまえさんの腕は聞いてるよ。紅天の軽巡航艦で独楽《こま》まわしやったのはおまえだろう？」

「おや、聞こえてますか」と、甚平が喜んだのも束の間、阿亀組の頭《かしら》は「ほら、次が来た」とヘルメットを離し、いきなりくるりと宙返りすると明後日《あさって》のほうに飛んだ。

見れば金属塊《インゴット》を何枚か曳いて新しい艀が近付いて来る。

そうは言われても甚平の着ているのは、どの作業艇でも常備している普通の船外作業用スーツだ。身体の関節部分に小型バーニアを仕込み、手足のわずかな曲げ伸ばしだけで三六〇度自在に動ける〝宇宙鳶《そらとび》〟仕様スーツのようにはいかない。

一回余分に宙返りしたりしながら艀に近付いてみれば、今度のやつは金属塊《インゴット》というより厚い金属鈑で、片方が厚く反対側が薄い楔形の断面形をしていた。どうやら圧延工程の途中で引っ張り出して来たらしい。

阿亀組の頭《かしら》はスーツのポケット《かくし》から曲尺《かねじゃく》を取り出すと、素早く厚みを見分し、一つ頷くと、周りにいた組員たちに合図した。

遠くからでも見分けが付くように一人一人異なる色合いに染められたスーツの群れが、蟻がたかるように金属鈑の周囲に取り付いていく。出遅れた甚平がまごまごするうちに、バーニアの一斉噴射で、断面が楔形の金属鈑はゆっくりと水平に回転を始めた。

と、動き出したとたんに、〝宇宙鳶《そらとび》〟たちはくるりと向きを変え、頭の合図で逆方向に短く何度か噴射をかけた。回転が徐々に緩やかになり、最後に角の四人が元の方向に向かい、揃って軽く噴射すると、金属鈑は元の位置できっちり一八〇度向きを変え、ぴたりと静止する。

その下に、艀が引っ張ってきた同じ形状のもう一枚の金属鈑がゆっくり滑り込んで来る。後ろに付いていたもう一隻の艀が軽く制動噴射をかけると、先ほどの一枚の下でやはりぴたりと止まる。

すかさず上の一枚の四隅に取り付いていた四人がいっせいに逆立ちし、上向きにバーニアを吹かすと、二枚の金属鈑はゆっくりと間隔を縮め、ぶつかって均一な厚さの一枚鈑になった。

頭《かしら》が素早く二枚の継ぎ目を検分し、大きく頷くと、両手で大きく丸を作る。ＯＫの合図を見て、待機していた鎧武者のような溶接仕様スーツを着た組員が取り付き、鈑の周りで火花を散らし始める。

宇宙空間に重力はないが質量はある。運動量保存の法則を自家薬籠中の物にして、完全に無音の世界で行なわれた離れ業をぽかんと眺めていた甚平だったが、やっとそこで我に返った。

――凄ぇ。最初から最後まで誰も何も話してねぇのに、息がぴったり合ってる。こいつぁ真似できねぇや。

と、ひたすら感心していた甚平の耳に、無線を通した頭《かしら》の声が響いた。

「こら成田屋。そんなとこで油売ってるんじゃねぇ。さっさとこっちに来い」

慌てて見まわすと、鬱金色に赤二本線のスーツが、さっき金属鈑を曳いてきた艀の上で手を振っている。

甚平は慌ててバーニアのボタンを押したが、ちょっと行きすぎそうになって頭《かしら》に確保される羽目になった。

逆立ちしながら頭《かしら》のヘルメットに自分のヘルメットをくっつけた甚平の耳に、頭《かしら》の声が直接届く。

「もうちっと精進《しょうじん》しろや。いや、言いわけはいい。雷神屋《いかづちや》の大将がおまえさんを呼んでる。外線チャンネルの二二〇四だ」

「雷神屋《いかづちや》？」初めて聞く名だが、ご指名とあれば出ないわけにはいかない。甚平は口から出かけた言いわけを呑み込んでチャンネルを合わせた。

「はい。成田屋ですが」と、応答した甚平の耳に、だみ声が飛び込む。

「おお、あんたが播磨屋さんところの若い衆か。今、建設組合のところに係船《とめ》してる〝露払い〟用の艇《フネ》はあんたのだな？」

「そうですが、何か？　あれは推進剤《アイス》がないんで遠くには行けませんぜ」

「そんなことは分かってる。頼みがあるんだ」

「頼み？　なんです？」

「おれにくれ」

「は？」

と、甚平が顎を落とした頃——。

ムックホッファ准将の話を聞き終えたアフメド参謀長は顎をなでていた。

「なるほど。やってみる価値はありますね」

〝ブリッジ〟に急行中の連邦宇宙軍第一〇八任務部隊旗艦《プロテウス》のCICだ。

ロケ松から受けた〝天邪鬼《アマンジャク》〟第二陣の迎撃計画を立案している参謀たちのざわめきから少し離れて、二人の会話は続く。

「分かりました。シミュレーションしてみます」

「ああ。よろしく頼む。可能だと分かったら実施プランを立てる」

「実際に出来たら戦訓ものですね」

「出来るさ。この艦と《テーレマコス》なら」

——就役した時から手塩にかけて来たんだからな——と、心の中で呟《つぶや》いて、准将は新しい情報が表示され始めたモニタに目を落とした。

15 信号機

すでに丸一日、蒼橋《あおのはし》義勇軍の奮戦は続いていた。

漆黒の宇宙空間に噴射炎が閃く。バーニアを吹かして大きく尻を振った作業艇の脇をもう一隻がすり抜けていき、逆噴射をかけてわずかに首を振ると、尖った先端からいきなり長い炎――いや稲妻を連続して吹く。そしてそれが消えて数秒後、遥か遠くでかすかな光の球が続けて弾《はじ》けた。

「やった!」

《播磨屋四號》のコクピットで滝乃屋昇介《たきのやしょうすけ》が歓声を上げる。

「OK、軌道外れたよ。次は二二四―一一九三―七七四にいるやつをお願い」

「了解《ラジャー》」

モニタの中の、極彩色の文字で〝生駒屋見参《いこまやけんざん》〟と書かれた作業艇が、バーニアを光らせて遠ざかっていく。

乗っているのは生駒屋辰美《いこまやたつみ》。〝流鏑馬《やぶさめ》の辰美〟の二つ名を持つ、腕利きの〝露払い〟だ。

どこの一家にも属さず助っ人として渡り歩いていて、今は甚平の代わりに入っている。と、そこに播磨屋源治《はりまやげんじ》の声が割って入った。

「こら、旗坊。危ねぇ真似するんじゃねぇ。ロイスが怪我したらどうする」

言われて昇介は後ろの便乗席を振り返った。今の急機動に耐えられなかったらしく、白いスーツがぐったりしている。

慌ててスーツの生体モニタを確認するが、全部平常値だ。失神しているだけらしい。

昇介はそ知らぬふりで返事をした。

「大丈夫。静かにしてる。さっきのは生駒屋さんだから、ぼくが避ければ必ず当ててくれると思ったんだ」

「そうか。あんまり無茶するなよ」と源治が安堵《あんど》の声を漏らしたところに、生駒屋が口を挟む。

「ずいぶん持ち上げるじゃねぇか。くすぐったいぜ」

「うん。甚平兄ちゃんが、生駒屋の姐《ねえ》さんはおれの次くれぇに出来る、って言ってたから信用したんだ」

「けっ、甚平の野郎、一回ぐらい腕比べで勝ったからって、吹かしやがるぜ。やつが〝踏《たた》鞴山《らやま》〟にいるってのはホントか？」

「うん。昨日、艇《フネ》を取られたって連絡して来た」

「艇《フネ》を取られたぁ？　何やってんだあいつ？」

「分かんないよ。言ってきたのはそれだけだもの」

「まったくこのクソ忙しい時にあの野郎……」

と、生駒屋が言い掛けた時、ＣＩＣからのＡ班向け一斉同報が入った。壁のスピーカーが舌足らずな声でしゃべり出す。

「Ａ班ハＧ班と交代だョ。Ｇ班の〝旗士〟が管制区域に入ったラ、データを引き継いで待機空域に移動よろしくネ」

聞いた昇介はぽかんとした。慌ててＣＩＣ直通回線を開く。

「おヤ？　旗坊じゃン。何か用？」

「何か用？　じゃないよ、この〝春の小川〟が」

急に声の機嫌が悪くなる。

「うるさいョ。なんの用かって聞いてるんだョ」

「なんでおまえが〝葡萄山《CIC》〟にいるのさ？　梅さんと小笹《こざさ》さんはどうしたの？」

乾小笹婆《いぬいこざさばあ》さんは梅さんの交代要員だ。今まではこの二人の乾葡萄《ほしぶどう》がＡ班の担当だったはずだ。

「無理がたたって声が出ないんで休んでるョ。やっぱり年寄りの冷や水は良くないネ」

ＣＩＣのオペレータが担当する一班には、三〇を超えるグループが含まれる。三〇人の

〝旗士〟相手に取っ換え引っ換えしゃべり続けていれば声が出なくなるのも無理はないが……。

「そうなの？　無理しないようにぼくが言ってたと伝えて――いや、そうじゃない。なんでおまえが乾葡萄《ほしぶどう》なんてやってるのさ？」

「乾葡萄《ほしぶどう》じゃないヨ、ピチピチの取れたてだヨ」

「違う！　なんで〝葡萄山《CIC》〟なんかにいるかって訊《き》いてるんだよ！」

「おお怖イ。さすが中尉さんともなれば偉そうだネ。あたいたちハ、助っ人だヨ。あんたのお祖父《じい》さんに呼ばれたンさ。人手が足りないってネ」

「祖父《じい》ちゃんに？」

――と昇介が声を上げた頃――。

蒼橋義勇軍司令長官滝乃屋仁左衛門《たきのやにざえもん》は、急ににぎやかになった〝葡萄山《CIC》〟で蒼橋評議会からの通信を受けていた。

周囲のコンソールには、それまでの老オペレータではなく、揃いの蒼橋中級軌道実技学校の制服ツナギを着た少年少女たちが緊張した面持ちで付いている。

「話は聞いた。少しやりすぎな気もしないではないが、やむを得ないだろうな」

評議会主席ムスタファ・カマルの声には疲労の色が濃い。対〈紅天《こうてん》〉戦争と〝天邪鬼《アマンジャク》〟

迎撃が同時進行しているのだ。行政の長が疲れ果てても当然だろう。

「で、彼ら《生徒》は本当に使い物になるのかね？　未経験だろう？」

そう訊《たず》ねた主席に、御隠居《ごいんきょ》司令長官は黙って一人のオペレータの会話を接続した。

「……だから赤ランプが点《つ》いてるんです！　今の作業をすぐ中止して〝白熊山〟に向かってください！」

若い女の子の声が上《うわ》ずっている。それに答えるのは太いダミ声だ。

「小娘がナマ抜かすな。後ちょっとで射程に入るってぇのに抜けられるかよ。パパっと撃ってから……」

「だめです！　赤ランプなんです。帰れなくなります！　早く、早く！」

対する女の子は必死に赤ランプを繰り返す。終わりのほうは涙声だ。

声が途切れ、女の子のしゃくり上げる声だけが続く。ややあって、ダミ声はあきらめたようすで答えた
「……分かったよ。何も泣くことはねぇじゃねえか。帰《けえ》るよ。座標をくれ」

ぱっと明るくなった女の子の声が弾《はず》む。

「……良かった。ハイ、すぐ送ります」

そこで司令長官はオペレータの会話との接続を切った。

「今のは？」

　主席の問いに、仁左衛門が淡々と答える。

「主席が心配されてたオペレータ《生徒》と、ベテラン採鉱師《やまし》の会話です」

「ふむ、泣いていたようだが、あれで大丈夫なのかね」

「それが付け目――と言っちゃあ語弊《ごへい》がありますが、ああでなきゃいけねぇんで」

「なるほど。理由《わけ》がありそうだな。聞かせてもらえるか？」

「けっこうでさ。連中《生徒》は主席がおっしゃるとおり実務は未経験です。ただ、基本は教えられてる。だから言ったんです。何があっても、何を言われても、基本マニュアルどおりに言え。絶対自分で判断するな、とね」

「自分で判断するな？　普通は逆だろう？」

「当人が半人前ぐらいになってりゃあ、そうでしょうがね。やつら《生徒》はまだそこまでいってねぇ。だから信号機になれって言ったんでさ」

「信号機？」

「信号に逆らえば事故になるから、どんなに文句を言っても時間が来るまでは変わらねぇ。

　基本マニュアルも同じですぜ。位置と推進剤《アイス》の量をモニタしてるＣＩＣで警報ランプが点いたら、その艇《フネ》は作業を中止して戻らなきゃならねぇ。

　ところがベテランは警報にマージンがあることを知ってるから、適当に塩梅《あんばい》して融通をつけちまう。でもそいつは、普段の仕事ならともかく、こういう集団作業の時はご法度《はっと》だ」

主席が頷く気配がする。

「なるほど。余分に仕事した後で、辻褄合わせに変わりぎわの黄信号を突っ切られては困るということだな」

「そのとおりで。実際に事故が起きるかどうかが問題じゃねぇ、これから班を組み直して再編成しようって時に足並みが乱れるのが困るんでさ。だから雛《ひよ》っ子で融通の利かない石頭オペレータが要《い》るんです。

逆らうのは簡単だが、言われてることは間違ってねぇんだから、どうしても引け目が生じる。しかも相手は自分の息子や娘くらいの連中《生徒》だ。強弁《きょうべん》すりゃあ弱い者いじめになっちまう。結果、渋々でも言うことを聞くって寸法でさ」

「――なるほど。感服した。その調子で頼む」

「これからが正念場だ。主席も、もうひと頑張り願います」

「ああ。分かっている」

回線が切れたスピーカーに仁左衛門が軽く敬礼して振り向くと、後ろで聞いていたシュナイダー参謀長が感心した様子で言った。

「上手《うま》く誤魔化しましたね」

仁左衛門は軽く肩をすくめた。

「誤魔化せるもんけぇ。やっこさんはこっちの事情ぐらいとっくに知ってらぁな。最初に話しておいたんだからな」

「それはそうですが……」

「今のは自分が聞きたいから聞いたんじゃねぇ。後ろに聞かせたいやつらがいるのさ」

「なるほど」と元情宣部長は頷いた。評議会には様々な組合や団体の代表が集まっているが、その中には蒼橋義勇軍と縁の薄いところも少なくないのだ。

彼らには義勇軍の事情は良く分からないから、軌道実技学校の生徒を動員すると聞いて、義勇軍はそこまで追い詰められているのか――と不安になる者が出るのは当然だった。だから主席はわざわざ仁左衛門に連絡して来たのだ。連中を安心させる材料をくれ、と。

正確でなくてもいい。それらしくて、義勇軍の幹部はちゃんと考えてるんだから大丈夫――と、彼らが自分で納得する助けになればそれでいいのだ。

「主席も大変ですね」

参謀長の言葉に仁左衛門が深く頷く。

「ああ。ああやって小まめに火消しをしてくれてるから、おれたちは後ろを気にしなくていいのさ。で、再編成はどんな具合だ？」

「はい」と、参謀長は正面のモニタを切り替えた。

「次のシフトまでに全体の三分の一が〝白熊山〟行きになります。その上で班を再編成して当番四班、非番四班の八班体制にします」

〝天邪鬼《アマンジヤク》〟集団を囲っていた二×二×二の立方晶形の格子が崩れて、ひとまわり小さい一×二×一の直方体を四つ束ねた格子が現われる。

「目標の数は当初の三五〇〇あまりから、七〇〇〇台まで減りました。こちらもこれからが正念場です」

岩塊《ヤマ》の数が減れば間隔が空き、移動の手間が増える。効率は確実に落ちるだろう。あとは文字どおり時間との勝負だった。

「分かった。水に漬けた乾葡萄《ほしぶどう》が戻るまでどのぐらいだ?」

「このシフトが終わる四時間後には半数が復帰出来そうです。班の数が減っているので人数は足ります」

「よし、雛っ子連中はそれでお役御免だ。あまり無理させせんじゃねぇぞ」

「はい。承知してます」

〝天邪鬼《アマンジヤク》〟との戦いはすでに四〇時間近くに及び、老オペレータ《乾葡萄》たちは徐々に消耗し、交代時間になっても起き上がれない者が増えていた。若い職員オペレータはさすがに頑張っていたが、介抱《かんご》のために本来の業務に戻らざるを得ない。

つまり、事前に準備していた迎撃プラン以上の〝天邪鬼《アマンジヤク》〟の数に最初に屈したのは、最後まで健在であるべき〝葡萄山《ぶどうやま》〟だったわけだ。

だが、仁左衛門ら義勇軍首脳陣はその可能性も考慮し――老人の意欲と体力の乖離《かいり》は身をもって知っている――事前に主席に話を通し、正規のオペレータたちがダウンした時のスペアとして、中級軌道実技学校の生徒を動員する許可を得ていた。一シフトだけでも入ってもらえれば、体勢の立て直しが出来るからだ。

参謀長の応答を受けて、仁左衛門がさらに確認する。

「遅れてた連中はどうなった？」

「一番遅れていた連中で一班組みました。投入しますか？」

「数は？」

「一二グループ。五二隻です」

「位置はどの辺だ？」

モニタのレンジがぐんと広がり、〝天邪鬼《アマンジャク》〟と〝踏鞴山《たたらやま》〟の双方が一画面に入る。両者を結ぶ直線の下三分の一あたりに矢印が出て、〝天邪鬼《アマンジャク》〟側を向く。

「一番遅い艇《フネ》の脚に合わせて〝天邪鬼《アマンジャク》〟に同期し、作業が出来るようになるのがこのあたり」

先ほどの矢印にほぼ重なる形で、下向きの矢印が出る。

つまり、今の位置から減速しながら進み、速度がゼロになったところで反転して、今度は加速しながら戻って来て〝天邪鬼《アマンジャク》〟に追い付かれたところで速度を合わせて作業に入るのだ。

「で、その地点で残っている大物岩塊《ヤマ》が三二～三六個。残り一二時間でこの班が処理出来る数が二八～三二個です」

仁左衛門が難しい顔になった。

「いま頑張ってる連中がその地点まで来た時、余力はどのくらいだ?」

参謀長は沈んだ声で言った。

「恐らく——一、二回作業するのが限界かと」

「ぎりぎりだな」

「ぎりぎりです」

最善の結果なら大物は全部排除できるが、最悪なら八個が〝踏鞴山《たたらやま》〟の軌道と交差する。

しばらく考えていた仁左衛門だったが、ふと何か思いついた様子でカフを上げると、

「蒼橋警察軍《けいさつ》の本部長を頼む」とオペレータ《生徒》に告げた。

何やらばたばたと慌てている気配があって、いつもより大分時間がかかってから相手が出る。

「蒼橋警察軍本部長です」

それに出る前に、「ありがとよ」と仁左衛門がねぎらうと、三つほど向こうのコンソールで女の子がぴょこんと頭を下げた。緊張からか顔が真っ赤だ。

「ああいうのがいつの間にか梅干ばあさんになっちまうんだから、年月ってのは残酷だな」

「なんの話です？」と警察軍本部長が訊ねる。

「おや、聞こえてたかい。なに、こっちの話だ。出来るかぎり早く、待機空域に入ってもらえるか？」

「待機空域ですか？」

「ああ、引っ張って来たやつを頼む。中に入ると危ねぇからな」

「危ないからと警察軍が引っ込んでちゃあ仕事になりませんが、〝天邪鬼《アマンジャク》〟相手じゃ仕方ないですね。そんなに酷《ひど》いんですか？」

「まだそれほどじゃねぇが、もうじきそうなる」

恐ろしいことをさらりと言われて、本部長は息を呑《の》んだ。

「分かりました」

「頼んだ」

と、回線を切ろうとしたとき、声が続けた。

「待ってください。こちらからも一つお願いが」

「何でぇ？」

「迎撃戦の様子をホロビジョンで流してください」

「どういうこった？　情報はちゃんと流してるはずだぜ」

「蒼橋義勇軍に近い人間ばかりじゃありません。〝簪山《かんざしやま》〟には、軌道要素が――とか言われても分からない連中が多いんです」

「――そうか、気が付かなかったな」

少し考えて、仁左衛門は自分の迂闊《うかつ》さに気が付いた。

〝簪山《かんざしやま》〟の人口の半数以上は宇宙空《そ》間《ら》に出ることがない普通の市民だ。専門用語で説明されても分からないだろう。

「分かった。すぐ手配する」

参謀長に顎をしゃくって見せると、元情宣部長は慌《あわ》ただしく動き始めた。

「それだけか？」

「はい。今のところは」

「〈紅天〉の連中はおとなしくしてるか？」

「ええ。素直に外出禁止令を守っています。ただ……」

「どうした？」

「〝簪山《かんざしやま》〟も危ないとか、いろいろと噂が飛んでいるようです。動揺が広がるとまずいです」

「分かった」そう言うと仁左衛門は回線を切った。

——なるほど。ホロビジョン放送を依頼してきたのはそれが理由か。

と、参謀長が顔を上げた。

「手配終わりました」

「すんだのか？」

「こういうこともあろうかと、ってやつです」

事前にそれなりの準備をしていたのだろう。

「手が早ぇや。さすがだな」

「若い子が誤解するような言い方は勘弁してください。情報の流し方はこちらで決めていいですね？」

「ああ、任せる」

と、そこで仁左衛門は言葉を切り、続けた。

「一つだけ忘れねぇで欲しいことがある」

「何です？」

「嘘はつくな」

参謀長は一瞬ぽかんとし、厳しい表情になって頷いた。

「了解《ラジャー》」

と、そこで仁左衛門は参謀長に耳を寄せた。

「雷親爺《かみなりおやじ》のほうはどんな調子だ？」

参謀長も声を潜《ひそ》める。

「今、和尚が例の大尉を誑《たぶら》かしているところです」

仁左衛門は軽く頷くと、よっこらしょと腰を伸ばし、再度カフを上げた。

「例の軽巡航艦を捕まえた大将を呼んでくれや」

オペレータ《生徒》は慌てた。

「た、大将？　蒼橋義勇軍に大将なんているんですか？」

蒼橋義勇軍の将官は司令長官の滝乃屋仁左衛門しかいない。

ただ、当のご本人が「一人だけで大中小もねぇだろう。必要になったら付けるから、今は司令長官でいいぜ」と言うので、階級未定の将官という不思議な階級ではあるのだが。

見かねた参謀長が助け舟を出す。

「さっき連絡があった、A班の《播磨屋壱號》に乗ってるハイネマン中佐のことだ」

「お、それだそれだ。秘話通信で頼むぜ」

「はい、ただいま」と返答があって少しして、司令長官のコンソールモニタに火が入った。


モニタの向こう。巨大な機械に取り付いている空色のツナギ姿の連中の前を、一人だけオレンジ色のツナギの男がすーっと横切った。

——あれ、あいつはどこかで？　とロケ松が思った時、髭面でげじげじ眉毛の親爺がいきなり画面に登場した。ロケ松が一瞬のけぞりそうになったほどの迫力だ。

「お、あんたが連邦宇宙軍の大尉さんか。おれは踏鞴山《たたらやま》管理組合の重電担当役員で〝雷神《いかづち》屋《や》〟の神立雷五郎《かんだちらいごろう》ってもんだ。ちょっと聞きたいことがあるんだが、いいかね？」

〝踏鞴山《たたらやま》〟の工業衛星群が所属する同業組合の幹部らしいが、雷《かみなり》様が隊列を組んで行進しているような名前だ。

「そりゃあ、おれに話せることなら」

「よっしゃ、ありがてぇ。ちょっと待っててくれ」

言うなり画面がぐらりと揺れた。向こうのコンソールからカメラだけ外して運んでいるらしい。大雑把な持ち方らしく、画面が床や天井を映しながらめまぐるしく揺れる。

こりゃあたまらんと画面から目を逸らしたロケ松の視界に、同じ画像を見ていたらしい住職が辟易《へきえき》した様子で目をつぶるのが入った。

見慣れた葡萄山細石寺の庵の中。しかし今日は様子が違う。四畳半の畳を割って伸び上がってきた作業艇用の標準コンソールが三つ、向かい合うように部屋を占拠している。

ＣＩＣに呼びに来た沙良《さら》は「今日は忙しいんだヨ」と憎まれ口をきいて、すでに姿を消している。

——本当にここの住職は何者なんだ？　ロケ松はそんなことを考えながら、目を瞬いている老僧に訊ねた。

「こいつも布石の一つってやつですかい？」

住職は、ほほ、と笑うと言った。

「布石というか、抑えというか、いや捨石かもしれませんな。どうなるかは熊倉大尉さんしだいということで」

「おや、おれですかい？」

「左様。そら、雷親爺《かみなりおやじ》が出ましたぞ」

そう言われてモニタに目を戻せば、カメラを覗き込んでいる雷神屋の社長はたしかに雷親爺としか言いようのない風貌だった。

「すまん。カメラをオフにするのを忘れてた。大丈夫だったか？」

「あ、ああ。平気だが。聞きたいことってのはなんだ？」

「そのことよ」と雷親爺が振ったカメラが映し出した物を見て、ロケ松は絶句した。

——そして一五分後、連邦宇宙軍機関大尉熊倉松五郎《くまくらまつごろう》はコンソールの前に、どかりとあぐらをかき、怒鳴っていた。

「違う、そうじゃねぇ。Aジェネレーターの温度が先だ。そっちが規定温度になってからBを起動するんだ。一緒にやったらいつまで経っても上がらねぇぞ。そう、そうだ。いや、二次コイルはまだいい。電流が定格になるまで回路を開くな。中途半端にやるとロスがものすごくなるぞ。その前に……」

　素養のない人間にはまるで意味不明な専門用語のやりとりが続き、何度か怒鳴り合いになったものの、なんとか収まって——ついに複雑な形状をした機械に取り付いていた空色ツナギの一人が、こちらを向いて親指を突き上げた。上手《うま》くいったらしい。

　画面の雷親爺が満面の笑みで口を開く。

「助かった。おかげで動いたよ。やっぱり餅は餅屋だな」

「何、このくらいは屁でもねぇが。あんた、そんな物をどうする気だ？」

　雷親爺はニヤリと笑った。

「瓜子姫《うりこひめ》を助けるのさ」


「すまねぇ。〝葡萄山《ぶどうやま》〟から指示が来た。おれだけ切り上げろって言ってる」

　と、突然播磨屋源治から家内無線《ないせん》で言われた昇介は驚いた。

　いまA班は休息中だ。もう少ししたらまた作業に戻らなくてはならない。

「え？　聞いてないよ？」

　CICからの指示は〝旗士〟を通じて行なわれるのが基本だが、昇介は何も連絡を受けていない。

　と、そこに珍しく大和屋小雪《やまとやこゆき》の声が加わった。

「昇介くん。途中で抜けてごめんね。そこにロイスさんいる？」

ぽかんとしていたロイスが慌てて声を出す。

「あ、はい。います。行っちゃうんですか？」

「ええ。義勇軍司令部から直接の命令なの。内容は言えないけれど」

「そうなんですか……寂《さび》しくなりますね」

音羽屋はすでに爆薬を使い果たして〝白熊山〟に向かっている。ここで播磨屋が抜けたら、播磨屋一家は昇介だけになってしまうわけだ。

「巻き込んでしまってごめんなさいね。そのことだけ謝っておきたかったの」

「そんなことないです。巻き込んでもらったおかげで、凄《すご》い体験が出来ました」

「それならいいけど……あ、軌道計算が終わったわ。行くわね」

「はい。お幸せに」

いきなりロイスにそう言われて、小雪の声がひっくり返った。

「な、何を言ってるの？　わたしは別に源治さんとは何も」

「ロ、ロイスさん、あんたこんなところで何を言い出すんだ」

源治の声も似たようなものだ。

そこに笑いながら昇介が割り込んだ。

「いいからいいから。早く行きなよ。邪魔しないから」

「馬鹿野郎」

そう一言残して、モニタの中の《播磨屋壱號》は逆噴射を開始した。

その時、スピーカーが舌足らずな声で話し始めた。

「旗坊、起きてるカ？」

ロイスと顔を見合わせてにやにやしていた昇介が、渋々という様子で応答ボタンを押す。

「何？」

「おヤ、ちゃんと起きてたネ。偉イ偉イ」

「うるさいよ。なんの用だい？」

「播磨屋さんと交代する〝車曳き〟が決まったヨ」

「おい、大将が移動するってなんで教えてくれなかったんだよ」

「うるさいナ。あたいもいま知ったんだヨ。で、聞くノ？　聞かないノ？」

「聞くよ。誰さ」

「えート、〝越後屋鉱務店〟の越後屋景清《えちごやかげきよ》って人だヨ」

それを聞いて昇介が絶句した頃――。

もう一人絶句していた男がいた。

紅天星系軍《テロキア》艦長、ラミレス中佐の耳に聞き飽きた声が届く。

「よう、元気でやってるようだな。引越ししてたとは思わなかったぜ」

「！　なんの用だ。放っておくんじゃなかったのか？」

中佐が今いるのは僚艦《タンダム》の艦橋だ。通信は《テロキア》から転送されている。艦橋の乗組員がこらえ切れずに聞き耳を立てているのを感じて、中佐は通信をヘッドセットに切り替えた。

「ちょっと事情が変わった。いい話が一つと悪い話が二つあるんだが、どっちを先に聞きたい？」

前に比べて口調が妙に弾んでいるのが、妙に気に障る。

「誰も聞くとは……」

「そうとんがるな。禿げるぞ」

「余計なお世話だ」

艦長は舌打ちした。――いかんいかん。こいつと話していると戦争中の相手だということを忘れそうになる。

「分かった、悪いほうから聞く」

声がかすかに震えているのは、何か身に覚えがあるのかも知れない。

「さすがは艦長さんだ。危機管理の基本がちゃんと出来てる」

「いいから話せ」

「まず一つ目だ。あんたらが向かうつもりの〈紅天〉の冶金衛星は空っぽだぜ」

「何？」

「非常事態宣言を受けて全員避難しちまったよ。着いても何も出来ねぇぜ」

「どうしてそれを！」

声はあきれたように告げた。

「あんたがレーダーを壊さなかったことに感謝してるよ」

「あ！」思わず声が出た。

蒼橋航路局の航法支援レーダーだ。あれは直径一〇m以上の物体を感知できる。

中佐は一つだけ奇跡的に修理出来た左舷モニタを見た。

頭上に輝く〝ブリッジ〟の光を受けて不恰好な物体が浮き、周囲で何人ものスーツ姿の乗組員が作業している。

ここまで乗ってきた《テロキア》の艦載艇《カッター》に、《タンダム》の艦載艇《カッター》の推進剤《アイス》を、予備まで含めて無理矢理積み込んでいるところだ。

本来は宇宙港内部や宇宙空間での船舶の臨検等に使うための艦載艇《カッター》だが、軌道作業艇と同じ核融合推進機関を積んでいるから、推進剤《アイス》さえあればH区まで上がれる。だが、大きさは確かに一〇m以上ある。

レーダーの存在を忘れていたわけではないが、放っておくという言葉に惑わされたのだ。

良く考えれば見ないとは言われていない。

「〝天邪鬼《アマンジャク》〟にゃあ紅蒼地位協定は通用しねぇからな。冶金衛星の職員は、ありったけの艇《フネ》でL区に逃げちまったよ」

実はH区にもわずかだが〈紅天〉系の衛星がある。L区では入手できない〝団子山《みたらし》〟の希少金属を購入して、〝踏鞴山《たたらやま》〟では作っていない特殊な合金類を製造しているのだ。要は軍需専門の工場衛星であり、実質的に紅天軍が管理している。

戦略的には重要だが戦術的には無価値な衛星なので、蒼橋義勇軍も放置していると読んだ艦長は、そこに助けを求めるつもりだったのだ。

「分かった。空き家でもシャワーぐらいは使えるだろう。それを楽しみにするさ」

準備している艦載艇に船室《キャビン》はない。推進剤《アイス》のタンクを積むのに取り外してしまったのだ。さらに軽量化のためにコクピット周りも外せる物は全部外してしまったから、搭乗予定の艦長たち四人はスーツ姿でむき出しの宇宙空間に身をさらして航行しなくてはならない。

確かに向こうに着いたらシャワーは必要だろう。

「シャワー？」と一瞬考えたらしい声が、突然笑った。

「そうか。大変だな。会うのはあんたらがシャワーを浴びてからにしよう」

「何？　側《そば》にいるのか？」

「おいおい、そういうのを野暮《やぼ》って言うんだぜ。安心しな、誰も近くにゃいねぇよ」

「なるほど。で、二つ目の悪いことは何だ？」

「あんたら二隻が危ない」

「何？」

「アンテナは直したんだろう？　あんたらが作った〝天邪鬼《アマンジャク》〟のことは知ってるな？」

「あ……ああ、もちろんだ。だが、謝罪するつもりはない。これは戦争だ」

「そんなこと言ってるんじゃねぇよ。おれはあんたら二隻が危ない、って言ったんだぜ」

「危ない……まさか！」

「そうだ。いま来てるのは大丈夫だが、大きくバラけている後続の一部がそのあたりに行く可能性が高い」

声の言う事実がようやく脳に達したとたん、ゼロＧ空間なのに足元がズコンと抜けるような感覚が全身を襲った。

――進入軌道を啓開するために破砕した岩塊の破片が、ＩＯ《Irregular Object》になることは予想されていた。いや、むしろ積極的に利用する方向で蒼橋制圧作戦が立案されたと言ってもいい。作戦の第一案ではアクエリアスを占領した後、来襲するＩＯの軌道が実際にどうであれ、〈蒼橋〉在住の〈紅天〉市民の生命財産が危険に晒されると主張。その保護を大義名分として〝ブリッジ〟内に堂々と侵攻する予定だったのだ。

もし実際に危険だったとしても、軽巡航艦の主砲なら簡単に始末できるし、自国民保護の名目で動くなら、連邦軍が強行阻止に出る可能性は低い。

——だが、それは自分が自由に動けた時の見方だ。自艦が航行能力を失って軌道上を慣性運動しているだけの残骸になってしまったいま考えれば、ＩＯがいかに恐ろしいか良く分かる。直撃すると分かっても逃げようがないのだ。

——こんな当たり前のことに、今の今まで思い至らなかったとは——艦長は心の中で慚《ざん》愧《き》の涙を流し、乗組員に詫びた。

そんな艦長の様子に気付いているのかいないのか、声は続く。

「通過時間は四日と一三時間後。まだどのぐらい近くなるかは分からねぇが、一〇〇㎞以内になることは確かだ。一個だけじゃなくて、二〇個くらいの群れらしい」

中佐はかろうじて声を絞り出した。

「なんとか……なんとかならないのか？」

返答は無情だった。

「おい。休戦の期限はとっくの昔に切れてる。あんたとおれはれっきとした敵同士なんだぜ。忘れたのか？」

「もちろん忘れてない。忘れてないが……」

最初に降伏を拒否したのは自分なのだ。あの時降伏していれば、少なくとも乗組員の命は助かっただろう。

声はさらに無情に続く。

「それに、なんとかしたくても、おれたちには何も出来ねぇんだ。義勇軍の艇《フネ》は全部、あんたらが作った〝天邪鬼《アマンジャク》〟の迎撃に出払ってる。ほかの船は〝天邪鬼《アマンジャク》〟が通り過ぎるまで危なくて動けねぇ。どうしようもねぇんだ」

声の言う意味が、ゆっくりと中佐の全身に染み渡っていく。

――そうさ。当たり前だ。そうなるように計画したんだ。それで当たり前。予定どおりだ。何も問題はない。問題はない……。

黙り込んでしまった中佐に、少し心配げな声が呼び掛けた。

「おい、聞いてるか？」

「あ、ああ、聞こえている。心の準備をする時間をくれてありがとう」

「心の準備？　ずいぶん気が早ぇなぁ。いい知らせを聞かなくてもいいのかね？」

中佐はぼんやりと返した。

「いい知らせ？」

――そういえばいい知らせが一つ、悪い知らせが二つとか言っていたな……。

「ああ。聞くかね？」

これ以上、何を聞いても驚く気がしない。

「ああ、頼む」

「あんたたちは助かるぜ」

一瞬、何を言われたか分からなかった。だが、言葉の意味を理解した時、中佐の声はひっくり返った。

「何！　いま何と言った。ついさっき、何も出来ないと言ったのは嘘か！」

響き渡った中佐の声に、艦橋中の視線が集中する。だが、中佐にそれに気付く余裕はない。

「落ち着け。おれはおれたちにはって言ったんだ。おれたち《蒼橋》とあんたら《紅天》のほかに、もう一つあるだろう？」

「もう一つ？………連邦宇宙軍か！」

「そういうこった。今、連中は全速力で〈蒼橋〉に向かってる。減速しなきゃならねぇから、いま来てる分には間に合わねぇが、後続の分なら充分相手出来るそうだ」

それを聞いて中佐は深く安堵《あんど》し、そして展開の皮肉さを思って黒い自嘲の笑みを漏らした。

――そうか。われわれがやろうとしていたことを、連邦宇宙軍がやるというわけか。

だが、白眼視されながら強引に侵入したであろうわれわれと違って、彼らは招かれて、市民の歓呼の中を堂々と訪問するわけだ。なんともやり切れんな……。

と、そこで突然、声は調子を変えた。

「以上の事実に鑑《かんが》み、蒼橋義勇軍は、貴官に改めて降伏を勧告する。なお、貴官の返答のいかんにかかわらず問題の岩塊群の処理は行なわれるので、心配する必要はない。返答の期限は六時間後。以上、通信終わり」

ぷつんと回線が切れ、後には中佐が一人取り残された。

額に垂れる汗を拭い、ヘッドセットを外した中佐の耳に、周囲の乗組員のざわつきが潮騒のように押し寄せる。

ラミレス中佐は何か吹っ切れたような表情で艦内に向き直った。

16　騎兵隊

次の目標を狙って遷移《せんい》していた一隻の作業艇が、突然独楽《こま》のようにまわり始めた。踊るように跳ねるように回転が不規則にぶれていく。

次の瞬間、船体の一部が爆ぜた。外鈑が飛び散り、妙にぶれた円盤が飛び出して、棒渦巻銀河のような霞《かすみ》を振り撒きながら遠ざかっていく。

不規則回転の原因となったエアタンクを切り離した作業艇のほうは、バーニアを小刻みに吹かしてなんとか回転を止めようとやっきになっているが、回転は酷《ひど》くなる一方だ。と、次の瞬間、何かが回転する舷側で光った。バーニアの破片が飛び散り、同時に回転がぐぅっという感じで弱まっていく。

バーニアの首振り機構が固着したことに気付かず、回転を止めるつもりで逆に激しくさせていたことに、パイロットがやっと気付いたらしい。

「凄《すご》い。一発だ」滝乃屋昇介《たきのやしょうすけ》の声が弾《はず》む。だが、「どうもまずいな」と返す生駒屋辰美《いこまやたつみ》の声は浮かない。

　なんとか回転を止めつつある作業艇に連絡を取り、無事を確認してＣＩＣに連絡した後、昇介がやっと辰美に訊《たず》ねる。

「まずいって何が？」

「混み合いすぎだ。弾体《タマ》が生きてる」

　リニアガンの弾体《タマ》はミニ〝天邪鬼《アマンジャク》〟化を防ぐために、タイマーが仕込んであり、外れた時は自動的に蒸発する。だが、六時間前に最後の迎撃班が参加して混み合いに拍車がかかっている今だと、機能が働く前にほかの何かにぶつかってしまうのだ。

「え？　じゃ、今のも？」

「ああ、流れ弾だ。昇介も気を付けな」

「無茶言わないでよ、そんなの無理だよ」

「そうか？　気配で分からないか？」

「辰美姐《ねえ》さんと一緒にしないでよ」

　秒速二〇㎞近い弾体《タマ》を気配で避けられると豪語するのは生駒屋辰美ぐらいのものだろう。

　と、そこでスピーカーが吼《ほ》えた。

「何ぐずぐずしてやがる。こっちの用意は出来た。行くぞ」

　昇介は慌てた。

　ズームしていたモニタを元のレンジに戻し、本来の目標に合わせる。

岩塊《ヤマ》の一つに〝越後屋鉱務店〟と書かれた〝車曳き〟が取り付いている。

「だめだよ、まだ生駒屋さんが占位《せんい》してない。五分待って」

「うるせぇ。時間がねぇんだ。行くぞ」

言うなり《越後屋鉱務店》は全力で主推進機関を噴射し始めた。岩塊《ヤマ》の速度が見る見る落ちていき、それと同時に低軌道側に遷移していく。

「こら、越後屋、どういうつもりだ、早ぇぞ」

辰美が怒鳴るが、越後屋景清《えちごやかげきよ》は歯牙《しが》にもかけないで言い放った。

「ぐずぐずするな、さっさと占位しろ!」

あまりの言い草に、辰美が切れる。

「馬鹿野郎! 推進剤《アイス》の無駄遣いさせるんじゃねぇ」

昇介が必死で割って入る。

「辰美姐《ねえ》さん、進路を一一二―三一二に。三分で占位出来る」

「む?」

「ちょっと距離が遠いけど、姐《ねえ》さんなら狙えるよね」

「あ、ああ。もちろんだ」

「じゃ、お願い」

そう手早く切り上げると、昇介はふぅと大きく息を吐き、シートにもたれた。

「大変ですね」と便乗席のロイスが気遣うが「まぁね」と返す昇介の笑みは弱々しい。

なにせ昇介は今、常時四〜六グループの管制をしているのだ。

艇《フネ》が増えるとさっきのような事故も増える。それを救助できるのは推進剤《アイス》に余裕のある〝旗士〟しかいないから、事故艇に一番近い位置にいる〝旗士〟が持ち場を離れる時、昇介に後を託していったからだ。

人手が足りなくなると一番出来る人間のところに仕事が集中する――という、組織の摂理が如実に表われた結果だが、託されたほうはたまらない。

幸い捜索救難用に改造されている蒼橋《あおのはし》警察軍の哨戒艦が間に合ったので、乗組員の救助にはなんとか目処がついた。しかし、事故艇を彼らが待つ待機空域まで移動させるために推進剤《アイス》を消耗したため、元の空域に復帰出来ない艇《フネ》が続出し、〝旗士〟不足に拍車がかかっている。

しかしそれはまだいい。昇介を消耗させているのは単なる忙しさだけでなく、普段一緒に仕事をしたことのない相手を管制するやりにくさだった。

特に辰美はともかく、景清には周りに合わせるという姿勢がまるでない。昇介が苦労して間に入ってなんとか収めるものだから、さらに図に乗って余計に昇介が苦労するという悪循環が続いている。

「〝旗士〟は岩塊《ヤマ》を動かせないからね。これがぼくの仕事だよ」

と、自嘲気味に返したところに再びスピーカーが吼《ほ》えた。

「おい。次の岩塊《ヤマ》はどの辺だ？」

景清の催促だ。昇介は急いでデータを繰った。予定より早く動いたから軌道要素がかなり変わっている。

「えと、次の目標はa—一四だけど、その前に七分後に三分噴射を切って。その後一七分噴射で今の荷物は離せるから」

移動中のほかの岩塊《ヤマ》と交差する可能性が出てきたのだ。

「う……そんなことは分かってる。余計なこと言うんじゃねぇ。a—一四だな？」

「そうだよ。頼むね」

「分かった」

不機嫌そうな声が回線を切る。

「あれ、絶対気付いてませんでしたね」ロイスが声を潜《ひそ》める。

昇介は苦笑いした。今はそんなことにいちいちかまってはいられない。

「六分寝る」そう言うと昇介はヘルメットのバイザーの透明度を下げた。すぐに寝息が聞こえて来る。

作業艇は少し吹かして慣性軌道に遷移するという運動を繰り返すから、一度タイミングを指示すれば、次の噴射指示まで何分かの間が空く。昇介にはもう、その間の暇を見つけて小刻みな睡眠を取る以外、休息を取る方法はないのだ。

ロイスは少し微笑《ほほえ》むと座り直した。起こすのは彼女の役目だ。

ロイスの背後のモニタに遠く、長く噴射炎の尾を引く艇《フネ》が見える。〝天邪鬼《アマンジャク》〟に同期したまま放棄すると一緒に〝踏鞴山《たたらやま》〟にぶつかってしまうから、無人にして低軌道に投棄されるのだろう。

蒼橋義勇軍の本番。〝天邪鬼《アマンジャク》〟迎撃戦は最後の佳境に入ろうとしていた。


――だが、数時間後。

「やっぱり全部は無理けぇ？」

「はい。やはりあの〝天邪鬼《アマンジャク》〟は遠すぎたかもしれません」

蒼橋義勇軍の〝葡萄山《ぶどうやま》〟ＣＩＣ《乾葡萄》は憂色に包まれていた。すでに応援の中級軌道実技学校の生徒たちは正規のオペレータと交代しているが、彼らの顔にも二度目の疲労の影が濃い。

それでも何とかＣＩＣが機能しているのは業務が減っているからだ。正面の戦況表示板の動きは、数時間前と比べると遥かに緩やかになっている。

「動けるのは何隻だ？」

「三二隻。全部〝旗士〟です」

「残りは？」

「大物は四個です」

軌道交差まで二時間を残して、ほかの艇《フネ》は資材を使い果たし、〝白熊山〟に行くしかなくなった。派手に推進剤《アイス》を使っていた越後屋も、慎重に使っていた辰美も今はいない。〝天邪鬼《アマンジヤク》〟に同期した後動いていない——動いてはいけない——〝旗士〟だけが残ったということだが、残った〝旗士〟に岩塊《ヤマ》を動かす術《すべ》はない。

「出来ねぇことをやれとは言えねぇが……そうだ」

と、そこで仁左衛門は参謀長の耳に口を寄せた。

「雷親爺《かみなりおやじ》はなんと言ってる？」

参謀長は沈痛な表情で答えた。

「コードが分からないそうです」

「そうか……」と仁左衛門は少し考えて顔を上げた。

「もともとありゃあ当て物《ふくびき》の類《たぐい》だ。当て物を当てにしちゃあいけねぇってことだな。仕方ねぇ。四個残ったことをホロビジョンで発表してくれや」

「よろしいんですか？」

参謀長が念を押すように訊ねる。

「よろしいもよろしくねぇもあるかよ。まだ〝天邪鬼《アマンジヤク》〟の後始末があるし、〈紅天《こうてん》〉相手の戦闘《ドンパチ》も待ってる。ここで誤魔化したら蒼橋義勇軍は信を失うぜ」

「了解《イエス・サー》」

と、表情を引き締めた参謀長に向かって、仁左衛門はさらに声を張った。

「今は〝白熊山〟に向かった連中の再集合に全力を尽くす。息のあるオペレータをかき集めて指示を出してくれや。後続の〝天邪鬼《アマンジャク》〟が来るまでに何隻出られるか確かめなきゃならねぇ」

「え？　連邦宇宙軍《きへいたい》に任せるんじゃなかったんですか？」

驚く参謀長に、仁左衛門は渋い表情で言った。

「助っ人は助っ人だ。全部任せるのは仁義に反するぜ。ここまではこっちでやりますから後をお願いしますってのが筋だろう」

「分かりました」と、参謀長がコンソールに向かった頃――。

「決心はついたかね？」

残骸と化した《テロキア》に戻っていたラミレス中佐の耳に、播磨屋源治《はりまやげんじ》の聞き慣れた声が届く。

中佐ははっきりと答えた。

「ああ、降伏する。救助を頼む」

声が一瞬息を引く気配があり、驚いたように続けた。

「そうか——良く決心したな」

「もう意地を張っても仕方ないからな」

「分かった。そっちに着くまで少し時間がかかるが、大丈夫か？」

「ああ。負傷者はいないし物資も三週間はもつ」

「分かった。そんなにはかからねぇ」

「感謝する」

と、そこで少し考える気配があって、声は訊ねた。

「この通信を聞いているのはあんただけかね？」

「ああ、ヘッドセットで聞いてる」

「そうか……すまねぇが、部屋かどこかに移ってもらえないかね？」

「それはいいが、何故だ？」

「ちょっと頼みがある」

そう言われて中佐が眉をひそめた頃——。


なす術《すべ》を失った《播磨屋四號》のコクピットで、何日かぶりにまとまった睡眠を取った昇介がようやく目を覚ました。

慌てて飲み物を手渡そうとするロイスを制して、昇介は目元をこすりながらモニタに映る四つの〝天邪鬼《アマンジャク》〟を見上げた。

「……やっぱり夢じゃなかったんだ……。

頑張ったのに……あんなに頑張ったのに……〈紅天〉とは話せるけど〝天邪鬼《アマンジャク》〟に話は通じないから、みんな本気でかかったのに……結局ぼくらは勝てなかった……蒼橋義勇軍は本当の本番で負けちゃったんだ……八二年かかって準備して来たのに……」

低く嗚咽《おえつ》が漏れる。

ロイスは言葉が浮かばないまま、昇介の腕を優しく押さえた。

はっと振り返った蒼橋義勇軍中尉の目元にきらきらと光る滴が浮いている。ロイスはそれを指先でぬぐうと、彼の頭を優しく抱いた。

「大丈夫です。昇介さんは頑張りました。播磨屋さんも、小雪さんも、音羽屋さんも、辰美姐《ねえ》さんもみんな頑張って、出来ることは全部やったんです。そして〝踏鞴山《たたらやま》〟では〝宇宙鳶《そらとび》〟の皆さんや成田屋《じんぺい》さんが今も頑張っています。皆を信じましょう。そして胸を張って帰りましょう」

ロイスは嘘がつけない。それを良く知っている昇介は照れ臭そうに鼻をすする。

「ごめん。みっともないところ見せちゃったね。ぼくは大丈夫だから、ロイス姉ちゃんは少し休んで。寝てないんでしょ？」

ロイスの目元には黒い隈が出来ている。昇介が寝ている間ずっと見守っていたのだ。

「うん、じゃ少し休ませてもらうね」

そう言ってロイスは便乗席のシートをリクライニングさせる。

と、昇介の表情がいつもの悪戯小僧に戻った。

「ロイス姉ちゃんって、結構胸大きいんだね」

とたんにロイスが跳ね起きる。

「ば、馬鹿。子供の癖に何言ってるの！」

「子供だから分かったんだよ」

そうケロリと言い放つと、昇介はモニタに目を戻した。

「ほんとにもう……」

真っ赤になったロイスはぶつぶつ呟《つぶや》いていたが、睡魔には勝てないのだろう。ほどなく静かな寝息が聞こえて来た。

「あと四つなんだけどなぁ……」あきらめ切れない昇介が呟《つぶや》く。

モニタの中では最後に残った〝旗士〟たちの艇《フネ》が、四個の〝天邪鬼《アマンジヤク》〟を囲んでいる。


——だがその一時間後。ロイスはがくんという衝撃で目を覚ました。

「な、何？　何してるの？」おろおろと見まわすロイスに、ヘルメット姿で操縦桿を握り締め、前を向いたままの昇介が鋭く叫んだ。

「黙って、舌噛むよ」

とたんに次の衝撃が来た。《播磨屋四號》の船体が軋《きし》む。

「エアのホースつないで。スーツのヘルメットかぶってシールして。早く！」

そう言うと昇介はまごまごしているロイスの頭にヘルメットをかぶせた。

「手が届かないから、後は自分でお願い」

「説明してよ！」半分涙目になったロイスが必死でホースをつなぎながら叫ぶ。

「岩塊《ヤマ》にぶつけてる」

昇介の声が耳の側からも聞こえる。スーツが機能し始めたのだ。

「ぶつけてる？　何故？」

「ロイス姉ちゃんに出来ることは全部やったって言われたけど、まだあった」

「で、でも、〝旗士〟には岩塊《ヤマ》を動かす機能はないって……」

「あれ嘘。一つだけあったんだ。それがこれさ」

昇介の言葉と共に《播磨屋四號》にこれまで以上の衝撃が走った。嫌な金属音が艇の後部から響く。

素早くモニタをチェックした昇介が前を向いたまま、ほっとしたように告げた。

「大丈夫。まだ壊れてない」

「まだ壊れてないって――じゃあ、そのうち壊れるの？」

「たぶん」

「たぶんて何！」

ロイスの絶叫はヘルメットの中からだけ聞こえた。


「ぶつけてル！」

沙良《さら》の叫びがＣＩＣに響いた。

「何？」

「旗坊ガ、艇《フネ》を岩塊《ヤマ》にぶつけてるんだヨ」

参謀長が顔色を変える。

「――馬鹿な。そんなもんで岩塊《ヤマ》が動くか」

〝旗士〟は岩塊《ヤマ》と速度を合わせているから相対速度が小さい。衝突させたくらいで軌道が変わるなら〝車曳き〟が苦労する必要はないのだ。だが――。

「大変だ、ほかの〝旗士〟も真似し始めやがった。おい、やめろ。無茶するんじゃねぇ」

と叫んだオペレータのヘッドセットに〝旗士〟の一人の声が届く。

「旗坊が身体張ってるんだ。黙って見てるわけにゃあいかねぇ。一個でも二個でも逸らせりゃ御《おん》の字ってやつさ」

と、そこに仮眠を取っていた仁左衛門が飛び込んで来た。

「何事でぇ？」

シュナイダー参謀長が悲痛な表情で答える。

「はい。最後に残った〃旗士〃連中が、岩塊《ヤマ》の軌道変更をするために艇《フネ》をぶつけ始めました」

御隠居《ごいんきょ》は絶句した。

「！　なんだと？　とんでもねぇことを考えやがる。始めたのは誰だ」

「あなたのお孫さんです」

御隠居は再度絶句した。

「！　昇介の野郎、何考えてやがる。回線開けるか？」

「出します」

壁面のスピーカーの一つが、電源が入るカリカリという音に続いてしゃべり出した。

「いま忙しいんだけど、何？」

「この大馬鹿野郎！　そこで何してる！」

「じ、祖父《じい》ちゃん。ぼくは今……」

「馬鹿野郎！　司令長官と呼べ」

「は、はい。司令長官。滝乃屋中尉は今、岩塊《ヤマ》の軌道変更をしております」

「誰が命令した」

「それは総動員令で……」

「そのどこに艇《フネ》をぶつけて軌道変更しろと書いてある？」

「書いてないけど。もうこれしかないんだよ」

そこで御隠居は大きく息を吸うと特大の声で怒鳴った。

「このクソ餓鬼が！　ナマ抜かすんじゃねぇ！」

老オペレータたちがいっせいに顔を向ける。

「いいか？　軌道作業艇ってのは、何かにぶつけるようにゃあ出来てねぇんだ。装甲鈑はもってても艇体がもたねぇ。取り付け部からへし折れるぞ」

昇介の返事は固い。

「分かってる」

そこに沙良が割り込んだ。

「だめだヨ。死んじゃうヨ」

「平気、警察《けいさつ》軍がいる」

「そんなこと言ってるんじゃないヨ！」

と沙良が絶叫した時、参謀長が割り込んだ。

「滝乃屋中尉。そこにロイス・クレインがいるな？」

「いるよ」

「無事か？」

「気絶してる」

とたんに御隠居の顔色が変わった。

「昇介、手前《てめ》ぇ、他所様《よそさま》の娘さん乗っけてるのにこんな真似を……」

と、そこに声がした。

「だ、大丈夫です。あたしは平気ですから、昇介くんを責めないでください」

「ロイスさん、あんた……」

と御隠居が言い掛けるが、ロイスは少し震える声でくり返した。

「大丈夫です。昇介くんなら出来ます」

とロイスが拳を握り締めた時――。

《播磨屋四號》のコクピットで家内無線《ないせん》スピーカーの《弐號》ランプが光った。

「昇介、無理するんじゃねぇ」

一瞬あっけにとられた昇介とロイスが次の瞬間顔を輝かせる。

「甚平《じんぺい》兄ちゃん！」

「成田屋さん！」

スピーカーは颯爽《さっそう》と告げた。

「待たせたな。後は任せろ」

「任せろったって――どこにいるの？」

昇介は慌てて所在を探るが、《播磨屋弐號》の表示は〝踏鞴山《たたらやま》〟から動いていない。

「そこからじゃリニアガンは届かないよ」

「当たり前ぇだ。いいからすぐ離れろ。五分後にそいつ《アマンジヤク》を落とす」

「どうやって？」

「説明は後だ。いいから早く離れろ。五分だぞ」


――と言ってリニアガン用を改造した照準装置を握り直した甚平の耳に、播磨屋源治の声が届く。

「動いたか？」

「ええ。バッチリです」

「よっしゃ。任せた」

「合点承知！」

そう叫んだ甚平が乗る《播磨屋弐號》は、奇怪な姿に変貌していた。

その腹からは人の太腿ほどもあるケーブルが何本も伸び出し、《播磨屋弐號》のすぐ下にある〝雷神屋《いかづちや》〟の工場に消えている。さらに視界を広げれば、同じようなケーブルが艀《はしけ》を連ねた浮橋に載せられて周囲のいくつかの工場につながっているのが分かるだろう。

一二個の工場衛星の核融合炉が作り出す一〇万メガワット以上の電力は、《播磨屋弐號》に載せられた一抱えもある先細りの円筒に流れ込んでいく。

その微妙に凹凸のある円柱のあちこちにはまだ、甚平たちが撃ち込んだ溶着弾――別名半田弾――の痕跡が残っていた。

分解した紅天軽巡航艦から外した後部主砲の主砲身だけを載せた《播磨屋弐號・改》は、四周のバーニアを微妙に吹かし、〝踏鞴山《うりこひめ》〟に迫る〝天邪鬼《アマンジャク》〟に照準を定めた。


――そして五分後。

突然砲身の先に何重にもなった光のリングが出現し、かすかな光柱が伸び上がった。膨大な電力で発生する磁場によって加速された荷電粒子（陽子、中性子等）が砲身の多重収束磁場レンズによって収束され、さらに電子を付加されて中性化された後、光速の一〇分の一ほどの速度で飛び出したのだ。

砲身に張り付いていた半田弾の残滓《ざんし》があっという間に蒸発し、《播磨屋弐號・改》が薄い金属の蒸気に包まれる。

次の瞬間、〝踏鞴山《たたらやま》〟の公用周波数帯は爆発した。

「やった！」

「やりやがった」

「ど真ん中だぜ」

推進剤《アイス》ステーションの親爺が、阿亀組《おかめぐみ》の頭《かしら》が、そして雷親爺が、それぞれの持ち場で歓声を上げている。

〝葡萄山《CIC》〟も興奮の渦だった。

乾葡萄《ほしぶどう》の梅さんや小笹《こざさ》さん、そして話を聞いて集まっていた生徒たちに混じった沙良も大きな声で拳を突き上げている
「直撃です。〝天邪鬼《アマンジャク》〟は完全に破壊されました」

パルス状のビームが小刻みに揺れ、砕いた岩塊《ヤマ》を蒸発させていくのを参謀長が確認する。

「すげぇ威力だな。〈紅天〉が持たせたがらなかったはずだ」

仁左衛門がしみじみと言う。

「当て物が当たりましたね」

「ああ、それも特等だ。大尉さんと雷親爺に礼を言わねぇとな」

〝簪山《かんざしやま》〟で、〝ブリッジ〟のあちこちで、そして蒼橋地表でも歓声が上がる。完全迎撃は絶望的と知らされた後だけに、突然始まった実況中継の内容は衝撃的だった。

放送に見入っていたカマル主席が、うっすらと涙を浮かべる。

「やってくれたか……これで〈蒼橋〉は救われる」


「いい腕だ。やっぱりあいつには敵《かな》わねぇな」

〝白熊山〟に向かう途中で中継を見ていた生駒屋辰美《いこまやたつみ》がしみじみと呟く。

「〝流鏑馬《やぶさめ》の辰美〟ともあろう人がずいぶん殊勝《しゅしょう》ですね。惚《ほ》れましたか？」

そう笑いを含んで訊ねるのは先行して〝白熊山〟に向かっていた音羽屋忠信《おとわやただのぶ》だ。

「そんなんじゃねぇが――腕に惚れるってのもありかもな……」

彼らの会話を密かにモニタしていた越後屋景清がそう返す辰美の声に常にない艶《つや》っぽさがあることに気付いて、「けっ、やくたいもねぇ」と毒付いた時――。


《播磨屋四號》では――。

ロイスが泣いていた。

ヘルメットの中に涙の粒が浮いてフェイスシールドの妨曇機能が追い付かない。

「成田屋《じんぺい》さんが……成田屋《じんぺい》さんが助けてくれたんですね？」

「うん、そうだよ。甚平兄ちゃんが助けてくれたんだ。もう大丈夫、大丈夫だよ」

そう言う昇介のフェイスシールドも真っ白だ。

そして葡萄山細石寺の庵では、ロケ松が虚脱していた。

「あの親爺、やりやがった……」

傍らの住職がゆっくり頷き、手元のスイッチを操作する。

飛び出していたコンソールが静かに収納されていき、代わりにＩＨ《誘導加熱》茶釜が姿を現わした。

「一服点てるとしましょう」

住職がそう言ってしばらくすると、釜がしゅんしゅんと湯気を上げ始めた。

だがその頃。歓喜の渦に巻き込まれている〝簪山《かんざしやま》〟で、その渦から離れて歩き出した一人の男がいた。

――あの主砲を撃てたということは、誰かが制御コードを漏らしたということだ。まぁ、誰かは分かっているが、これでアンゼルナイヒもお終いだな。

綺麗に髭を剃り上げた男は、人垣を掻き分けて〈紅天〉管理区域に向けて歩き出した。

「よっしゃ、後二つだ」

神立雷《かんだちらい》五郎《ごろう》のヘッドセットに甚平の声が響く。

「電圧はまだ大丈夫だ。慎重に行け」

「分かってる――けど、チャージがだんだん遅くなってねぇか？」

問われた雷親爺がちらりと〝雷神屋〟の工場に据え付けられた制御盤に目を走らせる。

「異常はないが――確かに遅いな。おい、ちょっと見て見ろ」

と、雷親爺が振り向いた時――。

奥に据え付けてあったジェネレーターが突然閃光を発した。

〝葡萄山《CIC》〟のモニタが一瞬で全部消え、すさまじい雑音がすべてのスピーカーから飛び出す。

ヘッドセットを放り出した御隠居が雑音に負けじと怒鳴る。

「何が起こった！」

その時、唐突に雑音がやんだ。

オペレータたちが慌ててヘッドセットを付けるが、しきりに叩いたり耳を突《つつ》いたりしているところを見ると、機能は回復していないようだ。

通信記録を見直していた参謀長が蒼白な顔を上げる
「ＥＭＰ（Electro Magnetic Pulse《電磁パルス》）です――発信源は……〝踏鞴山《たたらやま》〟！」

雷親爺たちの技術は確かに凄かった。それまで見たこともなかったビーム砲を分解整備し、工場衛星の電力を集めることで発射可能にすることなど普通は考えないし、考えたとしても実行はしない、いや出来ない。

　そして、数多くの工業衛星の電源まわりを手掛け、重電関係の経験を積んでいた雷親爺たちでも、ロケ松のビーム砲用磁場発生器《ジェネレーター》の知識がなければ起動は覚束なかっただろう。それはいい。だがそんな親爺たちの神業にも隘路《あいろ》はあった。

　そう、軍事技術だ。紅蒼相互安全保障条約でビーム砲の研究所持を制限された〈蒼橋〉には、大切な技術がすぽんと抜けていたのだ。

　ビーム砲は桁違いの高電力で発生した磁場によって荷電粒子を加速させる。その磁気を遮蔽《しゃへい》するために、〈紅天〉はラミレス中佐たちが向かおうとしていた冶金衛星で磁気遮蔽用の特殊合金を製造していたのだ。

　当然、親爺たちはそれを知らない。民生用の金属を使って急造された《播磨屋弐號・改》の磁気遮蔽能力には限界があり、連続発射の負荷に耐え切れなくなった磁場発生器《ジェネレーター》がリークを起こし、溢れ出た磁場が強力なＥＭＰを発生させたのだ。

　その結果〈蒼橋〉は今、完全に沈黙している。軍事施設や軍艦ならＥＭＰ対策は標準装備だが、民間の施設や艇《フネ》にはそんな上等な絡繰《カラクリ》は仕込まれていない。システムの破損を防ぐために緊急停止させるくらいしか出来ないからだ。

完全に沈黙した宇宙空間を《播磨屋壱號》が慣性航行している。

「だめです。回復しません」

真っ暗になったモニタ相手に苦戦していた大和屋小雪《やまとやこゆき》が悲痛な声を上げる。

「仕方ねぇ。ゼロから再起動だ。何分かかる？」

「チェック回路自体のチェックから始めますから、二〇分ぐらいは」

「そうか。ま、しょうがねぇな。頼む」

「はい。でも、何が起こったんでしょう？」

「甚平のやつが何かミスったのかも知れねぇが……あそこまでやっただけでも上々吉《じょうじょうきち》だ。文句を言ったら罰が当たるぜ」

「そうですね。ここまで出来たのは艇長のお手柄です」

「いや、おれはあの中佐と話をしただけだぜ。手柄を立てたのは甚平と昇介たちだ」

小雪が花のように笑う。

「ええ、みんな頑張りました」

「ああ。おまえもな。そら、ご褒美《ほうび》だ」

え？　と顔を向ける小雪の手を取って、源治が何かを載せる。

「これは……」

越生堂《おごせどう》の光年飴が一つ載っている。

「いろいろ世話になった。これからもよろしく頼むぜ」

飴を握り締めた小雪の頬にぱっと朱が散る。

「そんな……わたし……」

源治はそんな小雪を目を細めて見つめながら、これからのことを考えていた。

──最初の加速の時に推進剤《アイス》を節約したから、《テロキア》と《タンダム》がいる空域に着くには一週間くれぇはかかるだろう。二隻に順に取り付いて少し加速してやれば、残骸と化した軽巡航艦はH区への遷移軌道に乗る。後は〝白熊山〟で推進剤《アイス》を補給して待機しているはずのほかの艇《フネ》に任せればいい──問題はその後だな。ま、二人で〈豊葦原《とよあしはら》〉は無理としても、〝簪山《かんざしやま》〟に行くぐらいの時間が取れるといいんだが……。


──と、源治がすべて終わったような気分でいた時。

連邦宇宙軍の払い下げゆえにEMPの被害を受けずに済んだ蒼橋警察軍哨戒艦のレーダースコープで、光点が光った。

「何か来ます！　速い！」

沈黙した本部を懸命に呼ぶ哨戒艦の遠くを、何本ものかすかな光柱の群れが横切っていく。

「成田屋《じんぺい》さんに何かあったんでしょうか？」

《播磨屋四號》の中でロイスが呟く。

「分からない。〝踏鞴山《たたらやま》〟で何かあったのは間違いないんだけれど……」

そう言いながら、やっと回復した操船システムを操って、昇介は装甲鈑を開き、窓を〝天邪鬼《アマンジヤク》〟のほうに向けた。レーダーが回復するまで目視で見る以外方法はない。

甚平の警告に従って離れたから、この位置からは〝天邪鬼《アマンジヤク》〟は背景の恒星よりわずかに大きい光点でしかない。その数は二つだ。

──結局、物理法則には勝てなかったな……昇介はそんなことを考えている。

〝天邪鬼《アマンジヤク》〟には意思も目的もない。ただ物理法則に従って動いているだけだ。人間相手のような交渉や取引、ましてや泣き落としなどが通用するはずもなく、残り二個の岩塊《ヤマ》は〝踏鞴山《たたらやま》〟を襲うだろう。

──やっぱり蒼橋義勇軍は負けちゃったんだな……。

昇介が苦い思いを噛み締めていた時、窓を見つめていたロイスが突然叫んだ。

「あ！」

窓の向こうで真っ白な光球が膨れ上がっている。〝天邪鬼《アマンジヤク》〟の一つがあったところだ。

「〝天邪鬼《アマンジヤク》〟が……」

二人が啞然と見つめるうちに、かすかな光柱の束が横切り、もう一つの〝天邪鬼《アマンジヤク》〟のあった場所に二つ目の光球が輝く。

「あれ……ビーム砲だ。さっき見たのと同じだ」

昇介の言葉に、ロイスの表情がぱっと輝く。

「じゃ、成田屋《じんぺい》さんが……」

「――たぶん」と答える昇介の頭の奥で、何かが引っ掛かった。

――違う。〝踏鞴山《たたらやま》〟はあっちじゃない。

その時、青白い二本の光の帯が、〝天邪鬼《アマンジャク》〟があった空域の遥か向こうを横切った。


「撃破成功しました」

連邦宇宙軍第一〇八任務部隊旗艦《プロテウス》のCICに砲術長の報告が入る。

ムックホッファ准将は大きく頷き、傍らのアフメド参謀長に告げた。

「結局、わたしの予想は当たらなかったな」

参謀長が微笑む。

「巡航艦の出番がないどころか、文字どおり千両役者ですよ」

「三分後に減速開始。二Gで六時間。総員シートから立つな」

航海長の艦内アナウンスが流れる。

――三分後。軌道に同期するための減速を一切行なわず、秒速八〇〇㎞を超える速度で

〝天邪鬼《アマンジャク》〟をフライバイしつつ撃破した二隻の軽巡航艦は、逆噴射の炎を長く引きながら減速に入った。

——やがて、〈蒼橋〉の通信網がゆっくりと回復を始める。

だが、成田屋甚平《なりたやじんぺい》からの応答はいつまでたっても返って来なかった。

補遺① イカリング理論

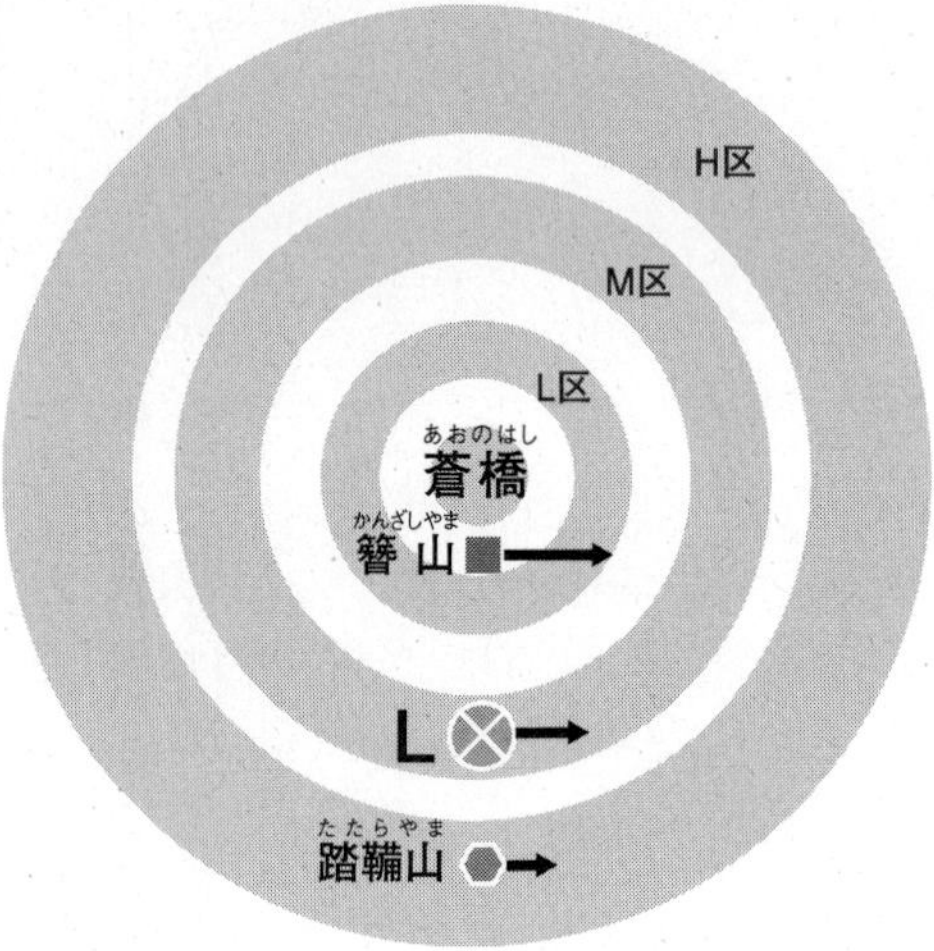

第5章で、滝乃屋昇介《たきのやしょうすけ》がロイスに語ったイカリング理論についての解説。

軌道上にある物体は、蒼橋《あおのはし》の重力に引かれて〝永遠に落下し続ける〟＝自由落下の状態にある。

惑星に落ちないのは、〝重力に対して横向きの速度〟＝軌道速度を持っていて、釣り合いがとれているから。

ただ、惑星に近いほど、軌道の長さが短いため、必要な軌道上の速度は小さく、周回周期は短くなる。

上の図の例でいけば、H区にある踏鞴《たたら》山《やま》よりもL区にある簪《かんざしやま》山のほうが、踏鞴山より早く周回して見える。

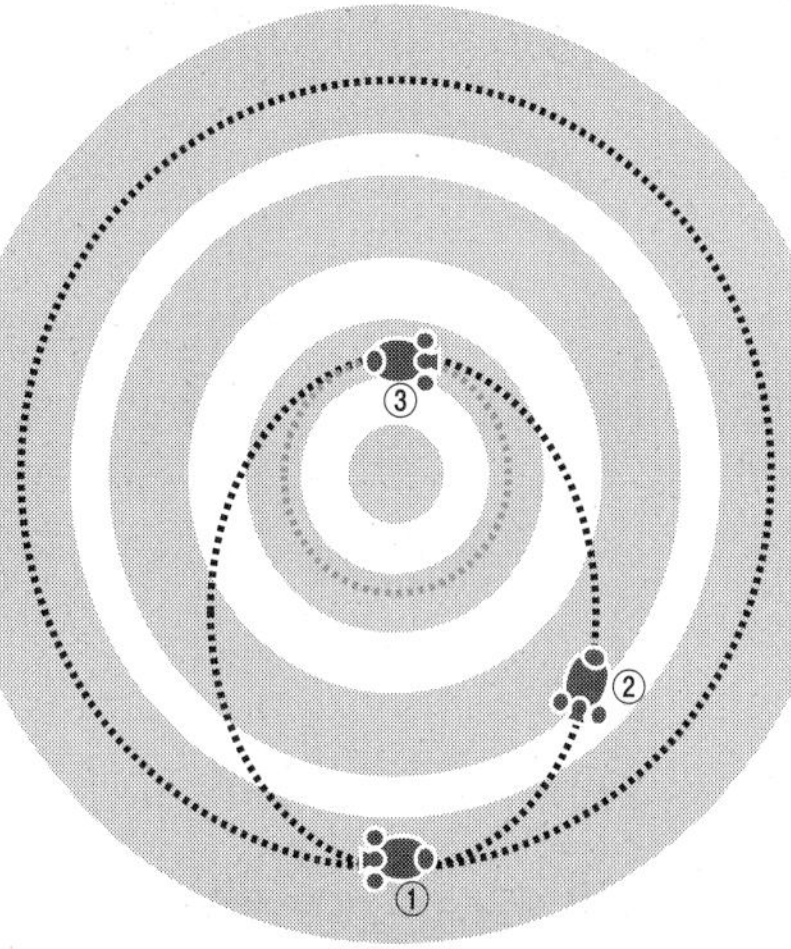

①踏鞴山《たたらやま》を出発した軌道作業艇は、最初は、踏鞴山と同じ軌道速度を持っている。②軌道速度を打ち消すように減速してやれば、作業艇は惑星に向けて落下する楕円軌道になる。

落下を続ける間は、惑星の重力に引っ張られるので、（身体には感じられないが）作業艇の軌道速度は増加を続けている。③目的地であるL区の軌道（近地点）まで落下すると、軌道速度は、その軌道にとどまる場合（円軌道）に必要とされる速度より大きくなっている。

そこで、目的地にとどまるために、再び軌道速度を相殺するように減速してやれば、L区にとどまることができる。

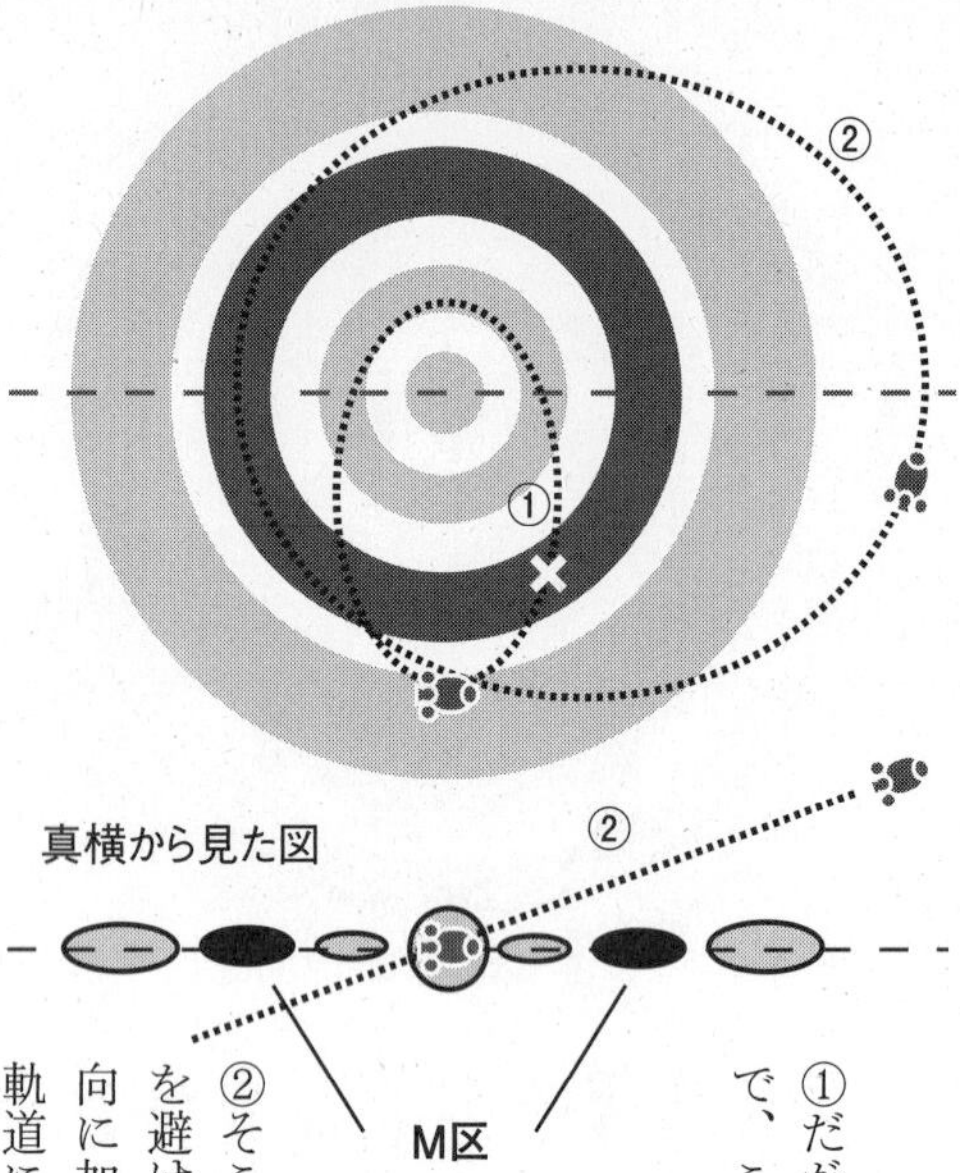

①だが、実際にはM区を通過できないので、この①の軌道のままでは使えない。

②そこで、赤道に沿って広がるブリッジを避けるように、北極、あるいは南極方向に加速をすると、軌道面が斜めの楕円軌道になる。